10 years

太阳鸟十年精选

王蒙　主编

掩于岁月深处的
青葱记忆

辽宁人民出版社

图书在版编目（CIP）数据

掩于岁月深处的青葱记忆 / 王蒙主编 . —沈阳：
辽宁人民出版社，2018.1
ISBN 978-7-205-09123-1

Ⅰ . ①掩⋯ Ⅱ . ①王⋯ Ⅲ . ①中国文学—当代文
学—作品综合集 Ⅳ . ①I217.1

中国版本图书馆 CIP 数据核字（2017）第 266291 号

出版发行：辽宁人民出版社
　　　　　地址：沈阳市和平区十一纬路 25 号　邮编：110003
　　　　　电话：024-23284321（邮　购）　024-23284324（发行部）
　　　　　传真：024-23284191（发行部）　024-23284304（办公室）
　　　　　http://www.lnpph.com.cn
印　　刷：沈阳博雅润来印刷有限公司
幅面尺寸：160mm×230mm
印　　张：15.75
字　　数：247 千字
出版时间：2018 年 1 月第 1 版
印刷时间：2018 年 1 月第 1 次印刷
责任编辑：赵维宁　艾明秋
装帧设计：丁末末
责任校对：张　帆
书　　号：ISBN 978-7-205-09123-1
定　　价：48.00 元

总序
PREFACE

这套"太阳鸟十年精选"所收录的文章均选自过去十年我为辽宁人民出版社主编的太阳鸟文学年选。太阳鸟文学年选作为每年国内出版的多种文学年选中的一种,已经坚持了近二十年。它说明辽宁人民出版社的这套太阳鸟文学年选具有相当的历史性,表现了辽宁人民出版社编辑们的坚持不懈,这也是年选权威性的一个方面。

太阳鸟文学年选近二十年来,纳入其编选范围的文体大致六种,即中篇小说、短篇小说、诗歌、散文、随笔和杂文,这一次编辑将选文的体裁限定在了"美文",杂文记忆中也只选了三四篇。整套书共十三种,包括《途经生命里的风景》《异乡,这么慢那么美》《故乡,是一抹淡淡的轻愁》《这世上的"目送"之爱》《历史深处有忧伤》《愿陪你在暮色里闲坐,一直到老》《你所有的时光中最温暖的一段》《那个心存梦想的纯真年代》《一生相思为此物》《掩于岁月深处的青葱记忆》《在文学里,我们都是孤独的孩子》《艺术,孤独的绝唱》《那个时代的痛与爱》,除《那个时代的痛与爱》主题相对分散,其他内容包括国内国外、故乡亲人、历史人物、童年校园、怀人状物、读书谈艺,可以说涵盖了人生的方方面面，可供阅读群体广泛。集中国十年美文创作于一书，这个书系的作者也涵盖了中国当代文学写作，尤其是散文写作的大量作家，杨绛、史铁生、袁鹰、余光中、梁衡、王巨才、王充闾、周涛、陈四益、肖复兴、李辉、王剑冰、祝勇、张晓枫、刘亮程、毛尖、李舫、宗璞、蒋子龙、陈建功、李国文、刘心武、李存葆、陈世旭、梁晓声、陈忠实、贾平凹、铁凝、张承志、张炜、余华、韩少功、王安忆、苏童、周大新、格非、迟子建、刘醒龙、刘庆邦、池莉、范小青、叶兆言、阿来、刘震云、赵玫、麦家、徐坤等。还有黄永玉、范曾、韩美林、谢冕、雷达、阎纲、孙绍振、温儒敏、南帆、陈平原、孙郁、李敬泽、闫晶明、彭程、刘琼等艺术家和评论家。他们的阵容，令人想起改革开放以来中国当代文学的版图。

　　为了"优中选优"，我重新翻阅了近十年的太阳鸟文学年选散文卷和随笔卷，并生出一些感慨。文学应该予人以美，包括语言之美、结构之美、韵律之美，更包括思想之美、情感之美、叙事之美，言之有思，言之有情，言之有恍若天成的启示与灵性。美好的东西总是让人念念不忘，文章也是如此。重读这些当年选过的文章，依然让人或心潮澎湃，或黯然神伤，或感同身受，或心向往之，一句话，也就是我最入迷的文学品性：令人感动。

　　大概十年前，为了继承和发扬赵家璧先生在良友图书公司主持"中国新文学大系"的传统，我曾为出版社主编过"中国新文学大系"第五辑，我在序言中曾说，文学是我们的最生动、最刻骨铭心的记忆，是我们的"心灵史"。我希望这套选本，也能不辜负读者与历史的期待。

2017年9月

目 录
CONTENTS

经典人生

——萧军百年祭

从维熙

在中华文化长河中，有经典著作；在芸芸众生的人世间，也有经典人生。作家萧军则可谓其中的一个。一百年前的农历五月二十三日，萧军落生于辽宁省的一个小小村落。按照阳历折算，今年（2007年）的7月7日，是萧军的百年诞辰。

笔者之所以把萧军的人生之路称之为经典人生，实因在中国的文学星空，萧军的生命曲线，是许多作家无法比拟的。在他八十一年的生命里程中（1988年6月22日辞世），太多了人生的酸甜苦辣，太少作为文人的清淡闲雅。据萧军自述中记载，他刚刚出生不久，母亲就逝去了，这似乎是为他艰难的人生拉开了序幕。之后，在军阀割据的年代，他从军习武，在讲武堂因打抱不平，而先蹲禁闭号，被开除出军队。至此，他从军救国之梦想完全破碎，生活迫使他改弦易辙，在哈尔滨开始了从文的步履。

20世纪80年代初，我和萧老同在北京作协，因为我与萧老命运曾有近似之处，自然而然交往较多。记得，老人曾经对我说过如是的一段话语，他说："我生性就是跃马横刀的军人坯子，可是九曲回肠的人生，让我扔下手中的枪，拿起笔涂鸦我认知的生活，竟然成了一个写作的文人，实在有违我的初衷。"这是萧军最为真挚的心愿表达，那洪亮中略带沙哑的声音，至今还在我耳边回响。

说来也巧，在一段时间里，我和萧老不仅同在北京作协，还同住在团结湖小区，有一次与萧军树荫下不期而遇，我们坐在一条临街的长椅上说话的时候，我无意间拿了拿他随身带着的拐杖，竟然把我吓了一跳。这根拐杖的扶手，镶嵌着一块圆而亮的铸铁，一位年过七旬的老人，挂着它出来散步，简直是个沉重负荷。因而我对萧老说，它重得就像是我在劳改矿山使用的挖煤铁锤。萧军回答我的话，再一次显示出老人在黄昏斜阳年纪，仍没有消失的他个性中的阳刚。他对我说："我挂着它出来，除了健身之外，还有另外一个用途。在街上碰到社会的蛀虫或流氓一类的东西，欺压善良时，可以拔刀相助，教训他们做守法公民。"

我忍不住笑出声来："萧老，您都一大把年纪了……"

"怎么办呢，人的性格难以重塑。"萧老为我解疑地说道，"为真理呐喊了大半辈子了，积习难改。"

这就是萧军的精神肖像。尽管生活没有成全他从武的梦想，但在他从文的轨迹中，依然可以看到这种血性的伸延。前两年，我走访过东北哈尔滨呼兰区的萧红纪念馆，在那里我看到拯救才女萧红于冰雪炭途的第一个人是萧军；我联想到1933年鲁迅逝世时，担任万人为鲁迅送葬的总指挥的人是萧军；在延安与毛泽东谈话时，敢于向毛泽东提出文艺真实性问题的又是萧军；日本投降后，在东北承办《文化报》期间，因为勇于面对社会真实而遭伤害的还是萧军。其中让我最最难忘的，是"文革"期间的萧军。当时，文化人对红卫兵的批斗，无不哑然失声；

而萧军则与之相反，可谓是那个年代的绝无仅有。谈起这段往事的地点，是萧老在我家吃红烧肉的餐桌上。老人说："你曾说过，你在京郊团河农场劳改。我也去过那儿，'文革'中期团河农场一度成了批斗北京文化人的场地。我在那儿也受过批斗，不同于一些文化人的是，我可不那么顺从；在批斗我之前，我对红卫兵头头说：'我活到这把年纪，已经是超期服役了；如果对我进行武斗，我年轻时在讲武堂当过武师，下面的话就用不着我说了，希望你们珍惜自己的青春。'红卫兵何尝听不出来我萧军的弦外之音，便在会前与我达成某种默契：不触动我的肌体，但我必须低头听从他们的批判。于是在批斗我的会上，我总是半闭着眼睛，听他们高喊声讨'反动文人萧军'的口号，耳朵虽然受到些刺激，但他们的皮带和鞭子，没有伤及过我的皮肉。"

在餐桌上，不仅我听愣了，连给萧军做红烧肉吃的我的老母亲，听了萧军这番自叙，脸色都变灰了。直到萧军饭罢离开我家之后，我母亲才悄声地问我："他咋敢与红卫兵对阵，这事是真的吗？"我说："在生与死的问题上，不能把萧军与其他文人等同看待。"我没有对母亲说得太多，因为她对这位当时的文坛长老缺乏深刻的了解。但是我早已认知，如果中国确有特殊荷尔蒙制造出来的、骨骼中又富有丰厚钙质的文人——这个人就是作家中的萧军。可以说，从年轻的时候起，就是一个阳刚的血性汉子，直到他的生命终结。

还有不能略去的一笔，是他对文化中的犬儒主义的憎恶。在上个世纪80年代，我曾两次与老人同行出访过大地震后的唐山和香港、澳门；后来我去东北时，又与老人在东北鞍山相遇。在这次交谈中，我第一次听到犬儒主义这个词汇。他说："人的才能有大有小，因而历史上有大儒和小儒之分；但大儒和小儒中间，最卑劣的就是犬儒。经过时间检验，一些儒者的犬儒，几乎都当了历史中的奸臣和奸相。如宋代卖国的秦桧和抗日战争中间当了头号汉奸的汪精卫……"特别让我记忆深邃如同刀刻的，是萧军对大诗人李白的评说。他说李白留下的诗章，可谓传颂千古，是个旷世绝才，当属中国的大儒；但他留下的人生败笔，不能略去不提。那就是他被贺知章引进宫廷时的得意和后来离开宫廷时的失意，乱了做人的方寸。到了唐朝内乱时期，他投靠叛军的人生轨迹，也就不奇怪了。他的结论是：爱什么，恨什么，是不能因为个人利害而移位的；而文化人中的犬儒主义者，爱和恨是随着处境和地位而变化的。

萧军这段人文自白，可谓是他的生命经典。回眸他曲线的人生，无论在得意和失意时，他都没有失去他做人的方圆。他热爱中国的每一寸土地，更热爱黄土地上生存的人们，他仇恨日本侵略者和国民党的祸国殃民。因而他从年轻时起，就把自己献给了中国革命。后来，他之所以路途坎坷艰辛，因为他不能容忍假面人生。他早期"写下的小说著作《八月的乡村》和后期遭遇出版难产的《五月的矿山》以及《过去的年代》，都是他人文行为的佐证。难怪鲁迅先生在为《八月的乡村》写下的序言中，留下了如是的话："……我见过几种说述东三省被占的事情的小说。这《八月的乡村》，即是很好的一部，虽然有些近乎短篇的连续，结构和描写人物的手段，也不能与法捷耶夫的《毁灭》相比，然而严肃，紧张，作者的心血和失去的天空，土地，受难的人民，以至失去的茂草，高粱，蝈蝈，蚊子，搅成一团，鲜红地在读者眼前展开，显示着中国的一部分和全部，现在与将来，死路与活路。凡有人心的读者，是看得完的，而且有所得的……"鲁迅先生这些凝聚着墨香的文字，今天读起来虽然有些绕口，但字里行间充满了对萧军人文精神以及爱国情怀的颂扬。

这样的作家，我们后来人不能忘怀。记得，在萧军第一次病危的时候，我和张洁曾从一个会议上逃会，风风火火地跑到同仁医院去探视老人。更让我不能忘怀的是，1988年6月22日，久旱无雨的北京，突然下了一场淋漓爽透的大雨。就在那个落雨的午夜,我突然被电话铃声惊醒,打来电话的是北京作协党组书记宋汛,他沉痛地告诉我,萧军于今天西归了。面对夜空中飞舞的雨线,我流下了思念的泪水。我想,天地间的滂沱大雨,也是在为这位文坛硬汉而悲泣吧!为祭悼老人的离世,我在《收获》上发表了《人生绝唱》的长篇祭文,副题为"萧军留下的绞水歌"。根据萧军的个性,此时他在天堂,也是不会贪图安逸,此时他或许仍在井口提水,我祝愿老人提上来的再也不是一桶桶的苦水,而是一桶桶的甜汁……

原载《文汇报》2007 年 7 月 16 日

艰难的生存

陈四益

————————

不知怎的，一想到潘旭澜先生，就想到一副苦难的面容。在复旦读书时就是这个印象。叶绍钧先生有一篇小说，内容已经毫无印象，只一个篇名牢牢记住，叫"潘先生在难中"，每当脑海中浮现潘旭澜先生受难的模样，便记起这个篇名，与小说的内容毫不相干。

我于1957年考入复旦大学中文系，潘先生是1956年毕业留校任教的。中文系济济多士，正教授就有十六人之多。我们这些新生，好奇的眼睛盯着教授们已经应接不暇，刚毕业的助教则对不起，还没来得及进入视野，虽然三十年后他们都声名卓著成了中文系的台柱。

大学一年级，除去政治、外语等公共课，专业课程就是四门：古代汉语、现代汉语、文学概论和语言学概论。两门概论，是蒋孔阳、濮之珍夫妇两位讲师包圆儿，古代汉语和现代汉语则分别由张世禄、胡裕树二位先生授课。潘旭澜先生属现代文学教研室，整整一学年，没同他有什么接触。直到第二学年，他给我们讲授现代文学史，才把潘旭澜这个名字同那黑瘦、高挑、微驼的形象联系起来。那时，刚毕业的助教一般都只上辅导课，以助教登台授课，就是相当器重了。当然，由于贾植芳先生在我们进校前已因胡风案捉进牢里，鲍正鹄先生到苏联讲学，方令孺教授调任浙江文联主席，余上沅先生改任上海戏剧学院教授，现代文学教研室只有刘国梁一位讲师，助教不上台也真的拉不开栓了。

潘先生给我们讲了些什么，到今天已通记不得了，只记得他那沉稳而抑扬有致的一口福建官话和讲课时两手撑在讲桌上不时溜一眼讲稿的姿态。潘先生讲夏衍，听起来像"夏也"，而夏衍的剧作《法西斯细菌》，听起来却是"花西西细炯（读阴平声）"。与他同时为我们讲授政治经济学的伍柏林先生，不记得是何方人氏了，他把"赤裸裸剥削"读作"切科科剥削"，于是同学中便以"切科科"对"花西西"，以为笑乐。但这只是因为好玩儿，并没有什么不敬的意思。

我们这一拨儿学生是不大容易对付的。刚刚经过了"反右"，老师们虽未必战战惶惶，却也相当拘谨。学生们则因到了1958年，开展"教育革命"，一会儿下乡办学，一会儿开门办学，一会儿把老师赶下台自己上台讲课，一会儿把老师当靶子批判资产阶级学术思想，一会儿又自己编教材写书，反显得踔厉嚣张。教学秩序既已打乱，师生伦理也不复旧时。说几件小事可见一斑。

蒋天枢先生，现在许多人因为读陈寅恪，知道他是陈门弟子，陈寅恪的文稿、诗稿是交由他保存、整理、辑集的。他的学风也承继了师门严谨细密笃学深思的风格。学生的浮躁实在令他看不下去，于是发为言论："独立思考，独立思考，先独立而后思考。你们尚未独立，如何思考?"这话作为长者的规劝，本无过错，但为了这一句话，蒋先生成了"群众运动"的"观潮派"，说他"楼观沧海日，门对浙江潮"。"群众运动"据说是天然合理的，说三道四就是不能正确对待"群众"。蒋先生因此受到批判。

蒋孔阳先生所著《文学的基本知识》，是作为"文学概论"课的讲义使用的。同类的书，詹安泰的、霍松林的、刘衍文的，一时出了不少，但大体都不出苏联专家毕达哥夫讲授的框子。毕达哥夫是国家聘来的苏联专家，在北大办讲习班，各大学都派人去学习。当然，毕达哥夫又是大体沿承苏联季莫菲也夫的《文学原理》。但无论如何，这些内容原本是上面"钦走"的文艺理论样板。不料到了这时，苏联文艺理论中的一些观点又因违背了中国官方的最新思想，成了"资产阶级学术思想"，蒋孔阳先生也就在劫难逃，成了所谓"典型"，连课堂上一些无关紧要的闲话，譬如说雨中游虹口公园别有一种情趣，读古诗词、同古人交朋友不会吵架之类，也成了批判的靶子。

最让人回想失笑的是，章培恒先生上课时，开言刚说"诸位"二字，即有同学站起来表示反对："不要诸位诸位咧，叫'同学'或者'同志'嘛！"弄得章先生一时不知所措，只好喃喃地说："那么，好吧，同学们……"

这些事情比之"文革"之际的"打倒""砸烂"，虽要温和许多，但在一阵疾风暴雨式的阶级斗争刚刚过去、教师人人心有余悸之时，上课并不是一桩轻松的事情。略有疏忽便可能惹出麻烦。但是，对潘先生的授课，记忆中好像并没有人提出过什么尖锐的批评。这是他谨慎小心，也说明思虑得周详细密。

不过，任你如履薄冰，有的人仍旧生来就被打上了不可信任的印记。潘先生能在1956年留校任教，可能是他的幸运，因为那时正是高喊"向科学进军"的年代。业务能力的强弱，在是否能够留校任教的权衡中举足轻重，而且教授的评价也至关重要。若是晚一两年，到了"反右"之后，情形就有了很大的改变，"政治标准"一举压倒了业务标准。而所谓"政治标准"，家庭出身之外，便是是否听党的话，是否与党同心同德。这个"党"，经过了"反右"的诠释，已经具体化为党委、总支、支部的各级负责干部——因为在"反右"前的"鸣放"中，凡是对党员领导干部（哪怕只是支部书记）提出过尖锐批评的，几乎都被戴上了"反党反社会主义的资产阶级右派分子"帽子。用这个政治标准衡量，"业务尖子"就大可怀疑了。加上潘先生的家庭出身似乎有点什么问题，又因为执拗的个性，对一些靠"政治正确"吃饭的人也不能曲意逢迎，因此一直被认为是"白专道路"的典型。从1956年到1966年，唯一的一次职称晋级，按规定，1956年以前毕业的助教都可晋升为讲师，唯独潘先生因为"白专"，未予晋升。今天，不少年轻学人对潘先生当了二十多年助教大惑不解，其实，比潘先生晚一两年毕业的，几乎都当了二十来年助教，因为错过了那一次晋级，没过多久就是十年暗无天日的"文革"，挨批挨斗尚无从躲避，哪里还敢奢望晋级！

钻研业务是"白专"，可是，像潘先生这样背着所谓家庭包袱的人，如果不靠业务，恐怕就更难立足。幸亏业务了得，才能因"有用"而始终留在讲坛上。

在那个年代，钻研业务也不是一件容易的事情。学问之道，已经有了新的标准。这标准就是要按照一层一层传达下来的"精神"，不停地更换言语，或愤怒，或欢乐，或谦卑，或感动，以配合当前的政治需要。然而政治是多变的。配合政治需要，弄不好也会碰得鼻青脸肿。譬如，吴晗写海瑞，原本因为毛泽东提倡海瑞精神，是为了响应号召，不料后来风头一变，提倡海瑞精神就变成为彭德怀翻案了。又譬如，毛泽东提倡"不怕鬼"，为了激励"反帝反修"的斗志，何其芳还奉命搜罗了不少说鬼的故事编成《不怕鬼的故事》刊印出版，毛泽东也赞赏过《聊斋志异》中的狐鬼，似乎谈狐说鬼并非不可，但时过境迁，到了"文革"前夕，适应新的需要，写鬼的新编昆曲《李慧娘》就成了"大毒草"，阐述鬼戏教育作用的文章，也成了反动的"有鬼无害论"了。再如，说《水浒传》"好就好在写了投降"可以，因为是"最高指示"，但若以为"同理可证"，谈论孙悟空是"投降派"，压在五行山下，受了招安，帮着唐僧去打过去自己的兄弟了，只怕又要"罪该万死"，因为毛诗有"今日欢呼孙大圣"之句。由此可见，配合不易，何况要配合，先得摸清"气候"，消息灵通，才能得风气之先。以潘先生的地位与处境，是绝无此种条件的。

潘先生既不肯也不能逢迎时尚，于是选择了一条在当时似乎还可以独善其身的道路，避开那些敏感的政治风云，把心力集中到研究文学的艺术特色或艺术辩证法上。这在大跃进高烧稍退之后，曾是不少头脑冷静者的共同选择。记得那时学生中曾有"走姚文元道路还是李希凡道路"的讨论。从指导者的意图来看，希望肯定紧跟政治需要"投入战斗"的所谓"姚文元道路"。"李希凡道路"则被当作书斋研究的例证。可是讨论的结果，似乎二者都不被认同。姚式的棍子固然让人生厌，李式的研究套路也令人觉得空泛而无创见，无益于文艺的探索。吸引人的倒是如苏联拉宾《论情节的典型化与提炼》或王朝闻先生《新艺术创作论》《一以当十》等著作中那些有见地、有材料、又不枯燥乏味的艺术分析。那时开始陆续出版的中国古典文学理论专著、外国文艺理论译丛，也使人们的视野不为一两篇《讲话》所拘。潘先生好像就是这样开始写作他一连串"艺术断想"的。几十年后，潘先生曾经讲到王朝闻的著作对他的影响。当然，他也讲到这些"断想"，不久也因"阶级斗争"的雷声"轰轰而来"，再也"想"不下去了。

生活在今天的年轻朋友，难于理解潘先生这一代的生存环境。这实在是一种艰难的生存。要你说的不想说，你想说的不能说，转弯抹角想寻觅一片安静的港湾，但遍觅国中，却无可以避秦的桃源。没有了自由的思想环境，也就没有了自由的学术。潘先生虽然竭力想保持一些独特的思考，但终于是戴着镣铐跳舞，怎么也迈不出轻快优美的舞步。待到梦魇般的十年过去，他已经人过中年。

我的师辈，粗略地分，有两代人。一代如郭绍虞、刘大杰、朱东润、张世禄、吴文祺等先生。他们的学术成就，大抵在上个世纪50年代之前。50年代之后，虽然刚到中年，但鲜有更高价值的学术著作问世。另一代，则如蒋孔阳、章培恒、潘旭澜、吴中杰等先生，50年代风华正茂，但成果寥落，他们的成就倒是在中年之后。也就是说从上个世纪50年代到80年代，差不多三十年间，无论老一代还是年轻一代，学术上都成果甚微。这情形在中国人文科学发展史上是很值得注意的现象。学术的发展，要有良好的环境，要保证自由的研究。今天，因为痛感"大师"的缺乏，主事者忙于制订培养大师的计划。然而我很怀疑"大师"可以按计划批量生产。如果把心力放到创造一种有利于自由研究的环境与氛围，或许比这种一厢情愿的计划有效得多。

潘旭澜先生心情稍见舒畅，是最近这二十余年。我们见面不多，但每回见到，总能看到先前少见的笑容。电话里也常常听到他愉快的笑声。他执教依然，著作甚丰，在现代文学研究之外，也涉足史学，还写了不少散文、随笔。我感到了他那种精神解放后的放松，也钦佩他摆脱精神拘系的勇气。2000年，他的《太平杂说》成书，寄了一册赠我。读后很为他高兴。如果说当年他开始写"艺术断想"还免不了东躲西闪，回避各种暗礁，这三十多篇历史随笔，却已经完全不避忌因袭的陈见了。《太平杂说》一时转载甚多，恐怕也就是看重他那不为成说所拘的理论勇气。过了没多久，忽然风闻对此书有了什么"说法"，出版社也遇到不小的压力，甚至有了不许再印的传闻。这一类传闻，并不令人惊奇。人们的思维有一种因袭的惯性。长期依照一种成说思考，听到了不同的见解，势必讶为异端，于是"鸣鼓而攻之"，以为是在捍卫什么东西的纯洁性。其实，思想发展的历史证明，没有所谓"异端"，就没有思想的进步。马克思主义一开始也是被当作"异端"的。可惜的是一些自称学得了马克思主义的人，早已数典忘祖，失去了历史的记忆。对于太平军的历史评论，应当可以有不同的见解，哪怕截然相反也无须惊愕。历史，是已经逝去的人类活动的痕迹。认识历史不能靠权势，也不能靠某个人一锤定音，只有凭借史料的发掘和潜心的研究，才能得到接近于真理性的认识。学术上的不同观点，只能靠学术争鸣来切磋，不能靠权势来压服。不同的意见何妨共存。"奇文共欣赏，疑义相与析"才是学问发展之道。谁都有权平等地开展学术争论，但是谁也不应该有权禁止他人思考或发表独立的见解。后来，我问潘先生传闻是否属实。他在电话中笑道："不去管它了，没有人同我谈过有什么错误。我写的都有根有据。我等待公开的批评和争论，不过不见得会有。"他好像料定了那是些只有播散流言的才干而无理论争辩勇气的家伙。果然，此后没有什么公开的争论，直到潘先生去世。究竟传闻中的"说法"有什么科学依据或独到之见，潘先生是永远无法领教的了。尽管生存仍不轻松，但毕竟可以直着腰杆做自己想做的事说自己想说的话了——只要你不畏惧。

今年清明，到上海福寿园踏访潘先生的墓地。他安静地躺在绿水环抱的树丛之中。墓碑的正面是他的姓名，墓碑的背面镌刻着他的著作，长长的，是他的人生。墓碑端庄、俭朴，一如其人。这是一位在艰难的生存中挣扎着从事研究的学人，这是一位一直想保留自己独立见解终于在生命的最后时期得以实现的学者。他著述颇丰，但都是后期的著作，而最好的青春年华却没有留下多少痕迹。如果他少年之时就有别样的生存环境，如果不是青壮年时经受那样多的磨难、使他得享高年，他当有更大的成就，留下更多的著作吧。艰难的生存，对于这一代学人，不是一个特例，而是一个时代。

原载《随笔》2007年第5期

追忆艾青二三事

袁　鹰

一

中学和大学时代在上海，如饥似渴地阅读大量新文学书籍，最多的就是 20 世纪 30 年代的小说、诗歌、散文和剧本，那时就喜欢艾青的诗，《芦笛》《大堰河——我的保姆》《北方》《煤的对话》《给太阳》《献给乡村的诗》《火把》那些诗，都曾经熟读而且成段地背诵。1948 年一个寒冷的春夜，在任教的中学文艺晚会上，我曾朗诵过《雪落在中国的土地上》全诗。当时心目中认定艾青大约是一位戴着深度眼镜、多愁善感的瘦弱诗人。50 年代初期到北京工作后，在 1953 年 10 月举行的中国作家代表大会上，有机会同这位私淑多年的前辈相识，才发现完全不是想象中的模样。后来由于工作关系，常去东总布胡同作协机关，艾青和几位老作家都住在 22 号大院内，接触的机会多了，更感觉他是一位坦率真诚、胸无城府而且不乏风趣的人。身材虽然高大，性格却很温柔。无论参加会议或者朋友间相晤，很少谈笑风生、滔滔不绝，大多是静静地坐着听别人说话，闪着睿智的眼睛，边听边想。他的话并不多，却必定是真心话，不讲套话，即使是玩笑话，也是从心里发出来的。

1956年《人民日报》改版，恢复副刊，我们广泛地向北京和外地的作家约稿。对报纸恢复副刊传统，作家都是欢迎的，尤其是经过抗战时期或更早年代在报纸副刊上发表过作品的作家，乐于为报纸副刊写稿。出乎我们意料，艾青寄来的并不是我们盼望的新诗作，而是两篇寓言式的小品。他对我说："我估计你们收到的诗稿一定不少，我何必来赶热闹呢？给你点冷门货吧。"

那两篇寓言是《画鸟的人》和《偶像的话》，都在隽永的文字中寓有深意，在改版不久的1956年8月分别发表，他并没有像其他几位老作家那样署个不常见的笔名，而是行不更名，坐不改姓。我们今天不妨再欣赏一下诗人艾青的别类作品，半个多世纪以前的《偶像的话》：

在那著名的古庙里，站立着一尊高大的塑像，人在他的旁边，伸直了手还摸不到他的膝盖。很多年以来，他都使看见的人肃然起敬，感到自己的渺小、卑微，因而渴望着能得到他的拯救。

这尊塑像站了几百年了，他觉得这是一种苦役，对于热望从他得到援助的芸芸众生，明知是无能为力的，因此他由于羞愧而厌烦，最后终于向那些膜拜者说话了：

"众生啊，你们做的是多么可笑的事！你们以自己为模型创造了我，把我加以扩大，想从我身上发生一种威力，借以镇压你们不安定的精神。而我却害怕你们。

我敢相信：你们之所以要创造我，完全是因为你们缺乏自信——请看吧，我比之你们能多些什么呢？而我却没有你们自己所具备的。

你们假如更大胆些，把我捣碎了，从我的胸廓里是流不出一滴血来的。

当然，我也知道，你们之创造我也是一种大胆的行为，因为你们尝试着要我成为一个同谋者，让我和你们一起，能欺骗更软弱的那些人。

我已受够惩罚了，我站在这儿已几百年，你们的祖先把我塑造起来，以后你们一代一代为我的周身贴上金叶，使我能通体发亮，但我却嫌恶我的地位，正如我嫌恶虚伪一样。

请把我捣碎吧，要么能将我缩小到和你们一样大小，并且在我的身上赋予生命所必需的血液，假如真能做到，我是多么感激你们——但是这是做不到的呀。

因此，我认为：真正能拯救你们的还是你们自己。而我的存在，只能说明你们的不幸。"说完了最后的话，那尊塑像忽然像一座大山一样崩塌了。

其时正是苏联共产党代表大会上揭露斯大林的个人迷信和专制的危害从而引起国际上一场轩然大波后不久，人们也许会从偶像想到斯大林，从这篇寓言中得到不少思想上的启迪，或者联想得更多，但是艾青文章里一个字也没有提到。

这两篇文章还引起一件不相干的逸事。大约下一个月，作协诗歌组聚会，我随同文艺部主任袁水拍一起去参加。散会后，艾青说今天他做东，到奇珍阁吃湖南菜，与会者自然都乐意，大家三三两两地从东总布胡同步行到东安市场奇珍阁楼上，八九个人围了一桌。艾青点了不少湖南名菜。奇珍阁历来都是大盘大碗，筷子也比别家饭馆长，有人说菜要得太多了，吃不完浪费。艾青挥手，说："其实今天不是我请客，是《人民日报》出的钱。"大家就问水拍和我是怎么回事，艾青淡然一笑："《人民日报》给我的稿费。"那时稿费标准好像每千字五至七元，有人不相信区区一二十块钱稿费能请如此丰盛的一桌饭。我们就解释：根据上级指示，《人民日报》副刊施行高稿费制，可以开到每篇五十元，今天这桌饭菜绝对用不了五十元的。于是满座欣然，认为是报社的"德政"。艾青却平静地说："恐怕你们行不长。"果然让他说着了，第二年来了自天而降的"反右"龙卷风，报社就有人给我们文艺部安上"用高价收买毒草"的罪名。再过一年，到了狂热的"大跃进"时期，冒出一个"资产阶级法权"怪论，将稿费扫入"资产阶级法权"之列，有人还高唱"要红旗不要稿费"。那时艾青也已遭逢厄运，名列黑籍，一分钱稿费都拿不到了。

二

1961年秋天，我和报社文艺部同事李希凡、吴培华二位去新疆出差，受到《新疆日报》同行的盛情接待，细心为我们安排去乌鲁木齐以外的行程。其中很有意义的一项，是去石河子生产建设兵团农八师采访建设边疆的农垦战士。到石河子那天，恰好师部要举行一个安排工作的会议，我们被邀请列席旁听，坐在第一排边上。会议开始前，八师鱼政委进入会场，出乎我们意外，跟在鱼政委后进来的，竟是艾青，他随着政委一起径直到主持人桌前就座。坐定下来，一眼看到我们，就走过来惊喜地打招呼，问什么时候来石河子的，接着说："现在不能畅谈，晚上到我家来吧。"那神情，哪像是戴着"右派"帽子来农场劳动的人，俨然是师部的一位首长。

晚饭后，我们如约到他在师部简单的住处，两间小屋，收拾得干干净净，桌上玻璃板下，平铺着北京带来的当年参加延安文艺座谈会的全体照。他的夫人高瑛高高兴兴地拿出葵花子和糖块，招呼我们快坐下。艾青开口便询问北京一些老朋友的近况，"听说水拍调中宣部了?"我点点头。他说："其实对他未必合适。"见我们不开口，便哈哈一笑："我是在野之身，随便瞎说。"其实他说的是真话。

同去的一位女同志环视一下他们的简单住屋，问了一句："艾青同志，你们在这里住得还可以吧？"艾青明白她话里有话，就爽朗地笑起来："比别人好得多了。"由于历来看重并且爱护文化人的王震将军的关注，将一批1957年被打入另册的人收入他麾下的农垦队伍。艾青先去北大荒，在一所农场担任副场长，一年多以后，又转到新疆，万里奔波，却也没有多少苦楚。农八师领导按照当年延安时代三五九旅老首长、现任农垦部长的旨意，并不把戴上"右派"帽子的艾青视为异类，相反，将这位名誉国内外的大诗人奉为上宾，至少看作顾问。师部召开会议，政委必定请他坐在主席台上；到团里检查工作，必定请他同坐一辆吉普车；师里布置政治思想工作，也常征求他意见。眼下，他正忙于收集资料，积累了几十万字的素材，着手写反映我军南泥湾传统屯垦戍边、建设边疆的建场史，已经完成几十篇初稿了。

看来诗人并未被噩运所击倒，也不像北京一些关心他的人所担心的萎靡困顿，见到我们几个人露出惊奇叹服的神色，艾青坦率地说："我觉得这里很好。我本来就是从农村出来的，我爱土地，也离不开土地，不论是哪儿的土地，包括新疆。"说得简单而透彻，使我立刻想起那两句名诗："为什么我的眼里常含泪水？因为我对这土地爱得深沉……"那是1937年写的，二十多年过去了，他和整个国家都经历了天翻地覆的巨变，艾青变了吗？我凝望灯下神情澹定的他，不禁又想到他几年前写的《礁石》：

一个浪，一个浪

无休止地扑过来

每一个浪都在它脚下

被打成碎沫，散开……

它的脸上和身上
像刀砍过的一样
但它依然站在那里
含着微笑，看着海洋……

　　这首诗曾经获得许多人的赞赏。曾经有评论家问他应该如何理解，有人说礁石象征着站起来的祖国和永远不屈的中华民族，也有人说它是诗人自身的写照，艾青当时回答"两种理解都可以"。我们的祖国正是像礁石一样历经沧桑、饱受劫难而依然屹立，他自己也经受过不少磨难。此诗写于1954年，更大的磨难尚未到来。今天到了石河子，回头再吟味《礁石》，可能体会得真切些，不过我以为后来写的那首《鱼化石》，也许能帮助读者更深刻地懂得经受了种种磨难和挫折以后艾青的心情：

动作多么活泼，
精力多么旺盛，
在浪花里跳跃，
在大海里浮沉；

不幸遇到火山爆发，
也可能是地震，
你失去了自由，
被埋进灰尘；

过了多少亿年，
地质勘察队员，

在岩层里发现你，
依然栩栩如生。

但你是沉默的，
连叹息也没有，
鳞和鳍都完整，
却不能动弹；

你绝对的静止，
对外界毫无反应，
看不见天和水，
听不见浪花的声音。

凝视着一片化石，
傻瓜也得到教训：
离开了运动，
就没有生命。

活着就要斗争，
在斗争中前进，
当死亡没有来临，
把能量发挥干净。

是的，艾青在任何劫难中都没有倒下，"当死亡没有来临，把能量发挥干净"。我们离开那两间小屋时，他忽然说过几天要回北京找邵荃麟一次。我问什么事，他用手在头顶上做个摘帽的动作，然后微笑着在门口握别。

邵荃麟当时任作协党组书记，"摘帽"的事很顺利。但是艾青仍然未能逃过"文革"大风暴带来新的灾难，被发配到离石河子一百多里的一四四团二营八连，在那里劳动五年，1972年才回农八师师部，第二年，曾经获准回北京治眼疾，半年后回新疆，1975年再次获准回北京继续治眼疾，全家五口蛰居西城一间小屋里，直到第二次解放。

三

作为副刊编辑和诗歌爱好者，我自然最希望能在报上多发表艾青的诗作，肯定也是千万读者的希望。1956年报纸改版时，他只寄来两篇寓言，并无一行诗。一年以后，运交华盖，接着是二十年噩梦，当然更没有诗。发配北大荒时写的长诗《踏破辽河千里雪》，在新疆时写过《从南泥湾到莫索湾》，当时我们没有看到。不过，即使看到了能不能发表，我们也做不了主，有不成文的禁令管着，就如那些年不少戴着"帽子"的作家在各自的流放地写的许多好诗当时都没有流传一样。直到雨过天晴以后的1981年，才陆续发表他的旅欧诗篇《翡冷翠》和别的一些新作。那年诗人已年逾古稀，早已不是从欧罗巴带回芦笛、在北方苍茫雪野上踽踽独行的年月，也不是举着火把、穿过硝烟为新中国催生和红旗如海、欢歌如潮的年月，想起来不免有点感伤，但是他那几年确实写了不少诗，抒发自己的喜悦，后来将二十年"复出"后几年的诗结集出版，书名《归来的歌》。他回到诗坛，回到想念他、关注他的读者中来了。社会活动和文学活动的增加，来访者、约稿者的增加，都占了他不少时间，他忙得高兴，忙得心情舒畅，笑口常开。我们终于迎来思想解放、改革开放的历史新时期。

1984年初夏，中国作家协会组织一个由周扬带队、阵容庞大的学习访问团去珠江三角洲，二十多位作家踊跃参加，到改革开放的先行城市去呼吸南海熏风，行程半个多月，从广州、顺德、佛山、新会、中山、南海、珠海再到深圳，一路大开眼界，大开脑筋，特别是广东省委书记任仲夷同志讲的一番高屋建瓴、眼观八方而又热情洋溢的话，使大家思路大开，心明眼亮，一扫对特区的许多疑云和种种奇谈怪论，大家都说是从未有过的一段难忘经历。

学习访问团中，诗人占相当数量：冯至、艾青、田间、辛笛、绿原、鲁藜、严阵、韦丘、邵燕祥……真是难得的一次同游。旅程中并没有多少时间一起谈诗，触景生情，意气风发，许多人只是自己写了不少感受。我倒是在参观空暇的闲谈中，听艾青断断续续、零零碎碎议论过当时的诗坛，例如，关于朦胧诗的议论热潮，前两年喧闹一时已渐渐冷淡；关于"看不懂"的诗的争执，也渐渐平静。艾青对"看不懂"的诗的批评，曾经引起不少青年人的激烈反应，我们偶尔谈到此事，他仍然坚持自己的看法。他认为如果诗人只是写自己的一个观念，一个感受，一种想法，而且只是属于个人的，只有他自己才能领会，别人却感觉不到，这样的诗别人怎么懂呢？于是他又一次举那个当时很出名的例子：题目叫"生活"，全诗只有一个字：网。艾青说：这样的诗怎么理解呢？网是什么呢？生活为什么是网呢？这里面总得有个使你产生"生活是网"而不是别的什么的东西，总得有个引起想到网的媒介，作者忽略了这些东西，没有交代清楚，读者怎么理解呢？这样的诗又有什么意思呢？有人说自己的诗现代人看不懂，是为将来的人看的，能让现代的人看懂不是更好吗？

有一次他指着我说："现在你们报纸发诗有点犯难了吧？看不懂的诗发多了，读者有意见，说你没有群众观点；不发吧，作者有意见，说你埋没人才。千里马常有而伯乐不常有。"我说："我们倒不怕别人说埋没人才，真的人才是埋没不了的。报纸总要为读者着想，给读者看些好诗。再说，我们不是作协，并不负担培养诗人的任务。我们并不想当伯乐。"他点头称是,又说了一句:"并不是所有的马都是千里马。"

一路上,艾青看得仔细,听得很认真,参观之余,也还比较清闲,能够同二三好友饮茶聊天。广东省委和广东作协安排得细致周到,日程虽紧却并不劳累,也让大家有比较安静休憩的时间,不像后来一些年,有这么多名作家到来,就会有不少慕名前来的热心读者要求访问、签名、合影,忙得不可开交。倒是有一件事叫人不便推却,每到一地必有一场宴会,这也罢了,有的饭店主人在餐厅一旁早就安排好一张长桌,备有笔砚,铺下宣纸,要求留下墨宝。访问团中自有书画高手,每一场都由他们出场应付,或书或画,满足主人的要求。有一次,一位主人早有准备,先恭恭敬敬地敬艾青一杯酒,然后请他一定题两句诗。盛情难却,艾青只好爽快地站起身,离开饭桌,在主人陪同下走到书画桌前,提起毛笔,俯下身来。大家都围上来,想看看一路上从未题诗作画的他写两句什么诗,只见他一口气刷刷刷写下七个字:

饭好吃诗不好写

签了名,笑着向主人拱拱手,连说"谢谢",在笑声中回到饭桌旁坐下。

一个极其细微的镜头,也能让你看到热诚似火、率真如镜的艾青!

原载《上海文学》2008年第9期

我的文坛诗友（节选）

牛　汉

————

艾青，我得回报你一个吻

第一次见艾青是在 1938 年春，那时我在西安民众教育馆漫画班学习。班上有三十几个人，我不足十五岁，艾青是我们的绘画老师，那时我只知道他是"蒋先生"，后来才知那高个子蒋先生就是艾青。

十年后，1948 年 9 月，我在河北正定华北大学再次见到艾青——他是华大文艺学院副院长，副院长还有张光年，院长是沙可夫。从此，我们开始了长达一生的友谊。

那时，艾青住一间平房，生活非常艰苦。我向他请教了有关写诗的许多问题。记得我写了几首赞美大自然的小诗，自己很得意，请艾青指教，他读了以后却对我说："不要再让别人看了。"我知道他是善意的。

1948 年冬，华大行军中我唱起了蒙古长调："三十三道荞麦九十九道棱，想起我的包头两眼儿瞪"……我用晋北土腔土调大声地唱，唱得很尽兴。艾青在场，说我唱得地道，有长调的味道。

1951年，我写信对他的诗提出批评意见。我在信里说他的诗没有早年写得好，他没有回音。后来，我回北京探亲，到艾青家去看望他时，一见面，他就说"我天天学习哩"！接着，他拉开了抽屉。我看到我写给他的信，放在一沓信的上面。显然，这封信对他有刺激，有震动，促他反思。

我对艾青说："你一生的诗，大头小尾空着肚子。""大头"，指去延安之前写的诗。"小尾"，指"四人帮"垮台之后写的诗。中间几十年没有真正的好诗。他点头承认，直叹气。不只我这样提醒他，还有别人也这样提醒过他，他反思后的诗作确有好的变化。

抗日战争爆发以后的两年间，艾青以高昂的情绪奋力地写了《北方》《向太阳》《吹号者》和《他死在第二次》等不朽的诗篇。在民族危亡的关头，艾青将自己诚挚的心真正地沉浸在亿万人的悲欢、憎爱和愿望当中，他的所有的诗都与祖国和人民的命运息息相关，艺术才能得到充分发挥。在初中、高中、大学期间，我都读他的诗。他早期的诗论对我很有帮助，我很赞赏。

1949年年初，我们一块儿进入北京。1955年春天，我在出版社工作，担任《艾青诗选》的责任编辑，多次去他家中找他，他住在东总布胡同。后来，我们的人生都经历了坎坷。

时隔21年，1976年冬日的一天，我到西单副食店想买点熟肉，排在买猪头肉的队伍里。偶然抬起头来，我看见排在前边的一位老人，穿着脏兮兮的旧黄棉军装，头上戴一顶战士的冬帽，从侧面看，那颧骨，那肤色，真像是艾青。我走到跟前，一看，果然是分别近二十年的艾青。"艾青，艾青。"我叫了几声。他说："你是谁?"等认出是我，他大叫一声："你还活着呵！"我们俩人当即拥抱在一起，他还在我脸颊上亲了一下。我们都顾不上买猪头肉，面对面仔仔细细地相互看了好一阵，两人终于笑了起来，我已经有多少年没有这么笑过了！他告诉我，他的右眼快瞎了，正在治疗。他还告诉我，他住在一个叫前英子的胡同。后来我去看过他，艾青一家人挤在一间十平方米大小的简陋的平房里，床的上边架着防地震的家什。我去的那天，骆宾基和秦兆阳正好也在。以后我又去过许多次。

大约是1978年年底的某一天，我接到艾青的电话。他兴奋地说："我今天早晨写了一首《光的赞歌》，你快点过来。"我立即从朝内人文社骑车赶过去。艾青当时住在史家胡同。见了面，我们一边握手，一边说"老了，老了"！他显得很疲惫，面色灰暗。当年《诗创作》的主编，新中国成立后在广西工作的画家阳太阳也在。艾青用浙江口音的普通话朗诵这首两百多行的诗，声音不高，但很有激情。他一边朗诵，一边习惯地打着手势。朗诵完后，我们三个人很自然地拥抱在一起，很自豪地说："我们都是光的赞颂者！"

和艾青交往，有着密友间的亲切和随便。有一次，我、高瑛和艾青一起照相，我的脑袋比艾青高出一点，他笑着说："长这么高干什么？脑袋该砍掉一截。"艾青跟我谈到失明的右眼，用感伤的口气说："人活在世上只靠左眼可不行！老摔跟头，把右胳臂都摔折了。"

我这辈子写了两本书：一本是《童年牧歌》，很完整，老伴帮我复写；另外一本是《艾青名作欣赏》，写得很认真，写得很虔诚。他的诗，我看了一辈子。我说，这是报答他一生的教导。《艾青名作欣赏》中有十四首是我写的评析，我还专门为这本书写了一篇序，原稿都请艾青看过。他说每篇都看了，他很赞赏，他很高兴。我自信我对艾青的诗的理解不错。

艾青去世前几年，年迈多病，多次住院治疗，一住几个月。近十年间，我至少有三次到医院探视艾青。

1986年3月27日，我到协和医院老楼专家病房去看他。那间病房很大，很黯淡。艾青在打点滴，那天，他的情绪很平静，很开朗，他用沉痛的声音对我说:"聂绀弩前两天逝世了。他的病房就在斜对面。他死得很平静,没有惊动任何人,没有听见一点声音就走了。绀弩死的那一天,对老伴说:'我很苦,想吃一个蜜橘。'他的老伴剥了一个蜜橘给他。绀弩一瓣一瓣地全吃了下去,连核儿都没吐。吃完以后,绀弩说:'很甜很甜。'就睡着了,睡得又香又沉,再也没醒过来。"艾青说聂绀弩进入了少有的仙逝的境界。

1993年年初,我又到医院探视艾青一回。由于编《艾青名作欣赏》,撰写评析文章,有几个问题要请他解答。我是与诗人郭宝臣一起去的。那天,艾青并不十分清醒。在谈话当中,因为药物反应,他几次昏睡过去。

值得记一笔的是,向艾青告别离开病房之前,艾青向我们两人潇洒地挥挥手。这时,我突然兴奋起来,情不自禁地走到艾青身边,对他说:"我得回报你一个吻。"他点点头,他显然没有忘记十几年前,我和他在西单副食店的那次重逢。我就在他脸颊上"叭"地亲了一嘴。郭宝臣感动地说:"你们到底是诗人哪!"

1996年3月27日是艾青的86岁诞辰。4月末,我接到朋友电话,说艾青人已处于昏迷状态,病情危重。5月初,我赶到协和医院,找到艾青的病房。门上贴着"谢绝探视"的字样。我毫不犹豫,推开门就进去了,一个中年护士想拦却没能拦住我。我走向艾青的病榻,连唤了几声他的名字,他却没有一点反应。艾青仰卧着,鼻孔插着胶管,正在打点滴。他的眼睛闭着,面孔赤红赤红。我看见他的头发有点乱,用手为他抚平了一下。待护士过来阻止我,我已整理好了。艾青的头发又直又硬,仿佛细细的头发里长了骨骼似的。这时,高瑛走进病房,显然是护士喊她来的。看见是我,高瑛对护士说:"是艾青的好朋友。"我坐在病榻旁的一把椅子上,目不转睛地望着艾青。高瑛为艾青和我拍了几张照片。她伤心地说:"留个纪念吧!"那一天,艾青的病房特别明亮,充满了奇异的光辉（七年前，我到海军总院看望弥留中的萧军，那间病房也极其明亮）。艾青一生追求光明，写了《向太阳》《火把》《光的赞歌》等诗篇，在燃烧中耗尽了生命和血液，直到这最后一刻。

为《新文学史料》组稿结识文学名家

1978年，我参与《新文学史料》的筹备工作。办这个刊物的目的是为了抢救老作家的相关历史资料。1979年，我任这个刊物的主编。因为要为《新文学史料》组稿，我和文坛的很多作家有了交往。

1978年夏天，我去找萧军组稿，黄沫同去。萧军住在后海那边，房子破旧。这位赫赫有名的文坛的强者，在人世间默默无闻已有几十年之久了。我相信他是经得住久久深埋、具有顽强生命力的人。他虎背熊腰、面孔红润、目光锐利，几乎看不出有因久久埋没而出现的苦相或麻木的神态。也许因我与他有着相近的命运，他热诚地接待了我们，答应写稿。"史料"要刊发萧军与萧红的信，萧军很高兴，很快就加了注释按期交给了我。萧军在颠沛流离的艰难环境中完好地保护了萧红的信件，我很佩服。

从《新文学史料》第二期起连载了萧军和萧红的信件以及萧军撰写的详细注释。

以后，我多次独自走访萧军，不全是向他组稿，有时完全是个人之间的访谈。每当踏上萧军家灰暗的严重磨损的木楼梯，脚下带出咯吱咯吱的声音，我总是小心翼翼，心里禁不住涌动着温泉般的情思，觉得那污渍斑斑相当陡的楼梯，似乎能通往一个永远读不完的幽深而悲壮的故事。

我对萧军说："萧红的文字比你的有感染力。""呵！"萧军大叫表示不服。

萧军将我视为好朋友。有一次见面，他对着我，拍着胸口，说心脏不好。他自己知道，不跟他的孩子说，却跟我说。有一阵，他住团结湖附近，住女儿的房子，常到团结湖公园练剑。我住东中街，离他那儿很近，下了班去看他，他带我去过两次公园。他穿得马虎，穿布鞋，背着剑，剑有套子。他会拳术。我不知道他练的什么剑，他会硬功，可能是少林剑。

他像普通的北京老人一样，没有什么社会活动，也很少参加社会活动。有一次，我给萧军送稿费，然后聊天。到吃饭的时候，萧军留我一起吃。全家人煮一锅面，没有肉，有打卤。他在北京市跟武术有关的一个小单位工作，工资很少。萧军去世时，存折上只有几千块钱。

找沈从文约稿时，我是和舒济一起去的。他住在崇文门外社科院大楼，我们坐电梯上去。他住三间房，房间里装修的油漆味还未散尽。我们在客厅见面，他夫人张兆和在座。沈从文不瘦，脸色红润，笑眯眯的。他曾在干校文博口待过，我们见过面。我说我是牛汉，也叫牛汀，他说他知道我。我把编刊宗旨说明，请他写回忆录。他考虑半天，说还没有心思写，中华人民共和国成立后没有任何创作，只有经他仔细修改补充后的《从文自传》。我说那就把《从文自传》拿来发吧，可以连载。他很宁静，没有说什么。

见到沈从文时，我说他写家乡的小说很特别，我喜欢他写家乡的小说。我曾经以自己的童年生活为题材，写过一首《童年牧歌》。郑敏看了我的这首诗，给我写信说："南有沈从文，北有牛汉。"我是要写出真正的士气。我喜欢沈从文的语言，他对我有影响。

我第二次去沈从文家，是为了取修改稿。沈从文说有个小序，序里说明这是中华人民共和国成立后写的第一篇文学作品。他的修改稿也没有复写，我就把稿子交给李启伦——他非常认真，踏实，可靠。沈从文也给我写过信，因为是谈编辑工作的事，都归档了。

我后来在"史料"刊发了《从文自传》。严文井、萧乾都叫好。

我编"史料"时，还请叶圣陶写过回忆录。

叶圣陶有一个很舒适的家，一处独家院子，在东四八条。他夫人曾是我们人文社校对科科长，穿绣花鞋，步行来上班，很特别。叶圣陶非常典雅。我向叶圣陶组稿，要照片。他拿出不少相册来找，我看见每张照片旁都有蝇头小楷写的说明文字。他跪在地上找，那么认真，我真感动。

叶圣陶请我喝茶，叫："满子，泡茶。"满子是夏尊之女，叶至善的妻子，他的儿媳。

80年代出版社要出谁的书，开始要作者的照片和手迹。我请他写字，他说情绪不好，前一阵写得好，给臧克家了，让我去找臧克家。我带着社里管拍照的到臧克家的家里去，说明只需给叶圣陶的手迹拍个照，好说歹说臧克家不让拍。说送给我一个人的，是唯一的，不让拍。叶圣陶听我说了这一情况，直叹气，摇头。因为编辑工作，我给他写过信，其中有一封信，我夸他老婆，他回信谢谢我对他老婆的夸奖。

我最后一次见叶圣陶，是在他去世前两三年。他做了胆切除手术。他出院后，我去看他。他说："牛汉哪，过去别人说我胆小，我本来胆小，现在胆都没有了。胆没有了，什么也不怕了，什么也不在乎了。"

性情诗人曾卓

曾卓，原名叫曾庆冠。1939年开始在重庆、桂林等地报刊上发表作品，1941年在重庆参与《诗垦地》丛刊的编辑工作。

我喜欢曾卓早年的诗。我最早是在《大公报》上看到他的诗的。曾卓成名早，在抗战前就发表诗。我读大学的时候，曾看见过一个流亡在西北高原的少年，在昏黄的油灯下朗读曾卓的诗：《来自草原的人们》。他那有着飘忽感的凄切的辞藻的美丽诗句，使一些在寒郁的生活里初学写诗的人觉得异常亲切，触动了他们稚弱而灵敏的神经。

我当年读到曾卓的《母亲》就有过这个感觉。记得我读过后不久，写过一首相当长的诗献给我还在敌占区的母亲。这首诗登在西北大学一个文艺社团的墙报上，当时流落在陕南的朱健看到时对我说："写得像曾卓的诗。"我感到有几分得意。我曾看见过不少初学写诗的人写得很像曾卓的诗，因为年轻人能在曾卓的诗里发现或感觉到自己熟悉的东西，而有一些诗人却无法模仿。这或许正是曾卓的弱点。但流落在他乡遇到苦闷与寂寞的时候，是宁愿读曾卓的诗的。他给人以兄弟般的慰藉，"用嘶哑的声音唱着自己的歌"，"用真实的眼泪沐浴自己的灵魂"。当然，我们当年也喜欢读田间的跳跃的诗，它们能激起我们另一种更为热烈的近乎复仇的情绪。

　　我和曾卓第一次见面，是1947年夏天在南京中央大学。当时，我想到南京、上海找适当的工作。有人介绍我去找曾卓。我到南京找到曾卓，他在南京中央大学快毕业了。我们在一起主要谈诗。他陪我到南京夫子庙，请我吃炸豆腐，还带我到秦淮河去玩。我们一起玩了两天。曾卓很重友情。

　　20世纪70年代末，曾卓在一个夏天来到北京。我们的容貌与举止都有了令人感叹的变化，这是可以料想到的。朋友中外貌变化最大的是曾卓，然而从精神上看，变化最小的却也是曾卓。见面几分钟后就可感觉出来，他还是大声地讲话，听你说话时很专注，谈话时也很专注，握手很有劲，走路的姿势还是年轻时那么洒脱。他走得沉稳，上身微微朝前倾，步子的跨度很大，似乎老在向前赶路。虽因多年奔波流浪，在外形与姿态上仍留下了那种难以消失的气度。

　　也就在这一次见面时，他随身带来了二十多年来默默地写出的厚厚的一叠诗稿。字迹不羁而流利，他连写字都是匆忙中一挥而就的，我没有见他写过工整的楷书。在已经翻看得卷了边的诗稿中，我第一次读到他的《悬崖边的树》《我期待，我寻求……》《有赠》《给少年们的诗》

等几十首诗。我当时也整理出几首在湖北五七干校时写的诗，请他也提些看法。我们仿佛又变成了初学写诗的人。我的诗，不但数量比他少，而且诗的形象与情绪远没有他写的那么昂奋与委婉，我写得相当的艰涩。然而不谋而合，都写了悬崖边的树，写了天空翱翔的鹰。诗里都充溢着期待与信念。他的《悬崖边的树》，朋友看了没有不受感动的。他用简洁的手法，塑造出深远的意境与真挚的形象，写出了让灵魂战栗的那种许多人都有过的沉重的时代感。那"弯曲的身体／留下了风的形状"，"它似乎即将倾跌进深谷里／却又像是要展翅飞翔……"。这首仅仅20行的小诗，其容量与重量是巨大的。我从曾卓的以及许多同龄朋友变老变形的身躯上，从他张开的双臂上，确实看到了悬崖边的树的感人风姿。那棵树，像是一代人的灵魂的形态（假如灵魂有形态的话）。因此，一年之后，选编二十人诗集《白色花》时，我和绿原最初曾想用《悬崖边的树》作为书名。我们觉得它能表现那一段共同的经历与奋飞的胸臆，是一个鼓舞人的意象。

1981年6月中旬，我与杜谷从长沙到达武汉。曾卓本来发着高烧，病卧在医院里，但他硬是挣扎起来到车站接我们。我们发的电报措辞欠明确，害得他与天风同志过江到武昌站，在月台上呼喊了好一阵，寻找了好一阵，不见我们的人影，又赶紧返回汉口站来接。在汉口车站狭窄的出站口，熙攘的人群中，我一眼就望见了曾卓（我个子高，望见他张开的双臂），他也认出了我们，大声喊着我们的名字。当我握着他的手，望着他那因疲惫而显得格外苍老的面容，我的心里有着深深的、准确地说是沉重的感激与不安。难怪绿原不止一回对我讲过"曾卓是个重情的人"。

曾卓很看重友情。80年代初，他第一个去看路翎。邹荻帆去世时，他马上从武汉赶到北京的协和医院。我们都想不到他会来。他不是写个信，或者打个电话，他要亲自来，说明他很重感情。当然，写诗的人就应该重感情，不重感情写什么诗？

80年代我到过他家，在汉口的老房子，书很多。后来，我又到过他在武昌的新家。他住的房子比我宽一点。曾卓在武汉很起作用，跟年轻人关系好。

我编诗歌期刊，给他写信，请他写诗，他给我写了。我为三联书店编诗丛，也有他一本。我给他写了几封很重感情的信，他可能留有底稿，我没有留底稿。

曾卓的诗写得美，人也这样。曾卓生活上很随便，精力充沛，身体很好。90年代，我们一起在海南海口开会，他还专门爬楼给我看，他一边爬一边不无得意地对我说："牛汉，你看我的身体!"他个头一米六八左右，跑得很快。

我们最后一次见面是在2001年北京的一个会上，我那时给他画了像，后来发表了。他的那张画像我一分钟就完成了，画出了他的神态。那个时候他很瘦，但他平时很像运动员。

曾卓2002年去世。他的遗言是"我爱你们，谢谢你们"。他的遗言写得好。他夫人将这句话印在卡片上寄来给我，卡片上还有曾卓的一首诗，以及曾卓的签名。曾卓是个非常重感情、非常真诚的人，对爱人、对诗都很钟情，到死还是诗人的风度。

1980年，曾卓曾写过一篇散文，结尾是两句诗："我张开了双臂／我永远张开着双臂。"假如为曾卓塑像，这个张开双臂的姿态，我以为是很能概括他的个性与精神风貌的：是寂寞中呼唤爱情的姿态，是在风暴与烈焰中飞翔的姿态，是袒露心胸企求真理的姿态。他的生命从里到外总是因期待与追求而震颤不已。而这些，一般雕塑家是难以表现在固体的形态中的。

原载《文汇报》2008年8月30日

记忆中的王元化先生

黄育海

———

予生也晚，在我结识王元化先生之前，他早已出版过《思辨发微》《文心雕龙讲疏》等重要著作，早已是名重海内外的大学者了。1992年初秋的一天，李子云老师带我和李庆西去了王先生家里，从此，在我记忆中有了一个与其他前辈学者迥然有别的人物形象。以前跟费孝通、钟敬文、金克木、贾植芳、徐中玉、钱谷融等老先生打过交道，那些老人在晚辈面前都显得那么和蔼、风趣，可是元化先生却完全不同，他给我的第一印象就很有几分威严，初次见面也几乎没有几句客套话。那天约好午后去拜晤，走进吴兴路那座静谧的院落，我心里突然有些紧张。更没想到，在家中待客的王先生竟穿戴得十分正式，脚上还穿着系带的皮鞋，一看就是那种气质严肃的学者。后来我知道，王先生与交往不深的人谈话一般不涉及社会杂闻和生活琐事，往往直截了当切入正题，几句话就谈到与学术有关的事情上。

王先生明白我们的来意后，显得很高兴，答允将近两年写的论文交给我们出版，这就是后来编成的《清园夜读》一书。他用"夜读"作为自己的书名，让我想起鲁迅在《夜颂》中所说"夜所给予的光明"，因为元化先生的文字总是带着"听夜的耳朵和看夜的眼睛"。实际上，当时对于王先生来说是一个比较特殊的时期。由于80年代初期参与起草人道主义与异化问题的文章，更由于后来主编《新启蒙》的社会影响，那时他被某些大人物视为异端，除了不时在《文汇读书周报》上发表一些文章，其他报刊上很少能听到他的声音。《清园夜读》是元化先生沉寂许久后的第一部著作，而我们第一次上门就能拿到这样有分量而有特殊意义的作品，感觉自然非比寻常。

不料这本书的出版竟经历了一番曲折，其实最后是以民间出版的方式得以问世。当时我是浙江文艺出版社的副总编辑，可是这个选题在本社却未能通过。正好浙江文艺出版社前任社长杨仁山调往深圳海天出版社，我们通过他的关系在海天社报上了选题，书稿编成后在该社经过三审，最后由我筹资印制。首版印了三千册，很快又加印了四千册。发行委托给一家民营书店，这在当时也显得比较"超前"。慑于王先生的威严，我自然不敢跟他直言我们只能通过这样的方式出版他的著作，也没有跟他解释个中原委——为何以浙江文艺社的名义约稿，却在海天社出书，而直接承担责编工作的庆西又为何在版权页上署以"来凤仪"的笔名。当我直接拎着现款上门去交付版税时，心里还相当忐忑不安（这种支付方式不合出版社常例），担心以王先生的经验与睿智，肯定觉察出事情有太多的蹊跷之处。但我们不主动说明，王先生也就不予挑破。事后想想，可以说这本书的出版方式得到了王先生的默许，我甚至觉出他还很有几分鼓励的意思。他是那种老派而严肃的性格，思想中却有不拘一格的路径。

以当时国内的工艺水准来说，《清园夜读》算是印得相当考究，封面采用二百五十克铜版卡，内文用八十克进口双胶纸。封面取用毛竹峻挺的艺术摄影，深黑底色上青翠与砖红相间，显得雅致而大气。由于书内用繁体字排版（横排），而当时电脑排版技术在国内尚属起步阶段，所以几遍校对过程拖了很长时间。书正式出版时已是第二年的11月间，适逢全国文艺理论学会在上海华师大召开第六届年会，我便去会上给王先生送样书。那天一进王先生的房间，见他正与陈荒煤、冯牧两位先生聊天。荒煤取书在手里摩挲良久又递予冯牧，赞叹说一辈子能出这么好的一本书就知足了。当然，这不只是称赞《清园夜读》的装帧与印刷质量，王先生收入这本书里的文章足以让学界同仁所仰慕。从内容来说，这确是王先生的一部重要著作。书里贯穿了一种考释与辩证并举的著述方式，重新梳理前人思辨的踪迹，在许多问题上对90年代以后国内学界产生了重大影响。王先生自己曾表示，他的学术思想是在90年代进入成熟期的。他在《九十年代日记》后记中说，"我在青年时期就开始写作了，但直到90年代，才可以说真正进入了思想境界。……到了90年代，我才摆脱了依傍，抛弃了长期形成的既定观念，用自己的头脑去认识世界，考虑问题。所以我把90年代视为自己思想开始成熟的时代……"王先生这些自我反省的话里不能说没有自谦成分，但《清园夜读》作为他在90年代写成的第一本书，对于他和读者来说确实都有着特殊意义。

1998年，我调浙江人民出版社任副总编辑。王先生得知我工作调动后，也希望我能打开新的局面，便果断地拿出他的《九十年代日记》交给我出版。其时先生已非90年代初陷于"无物之阵"的境况，那一年他与巴金共同获得上海市"文学艺术杰出贡献奖"，许多官方人士都来捧场。来自各个出版社的约稿已经让他应付不过来了，而他手里的《九十年代反思录》和《九十年代日记》两本书正是许多出版人竞逐的目标。可能是出于念旧的考虑，他依然把后者托付于我。感念不已的同时，我心里真有些战战兢兢，因为我深知编辑他的作品是一项难度不低的工作。王先生对文字非常讲究，不能容忍丝毫差错。每一遍校样都要亲自看，每一遍都不仅是校订错讹，往往是三校样上还在修改文字。这自然给编辑案头工作带来一些麻烦，但他那种严谨的治学态度对我们不啻是无言的教诲。王先生学问淹贯中西，这对编辑的学术功底也是巨大的挑战，记得当时编完《清园夜读》后我和庆西都有些发怵，说这辈子再也不敢碰王先生的书稿了。话虽这么说，能够拿到他的书稿，心里自然高兴，因为编辑他的书稿更是一个学习和自我提升的过程。王先生自己也做过编辑，他从年轻时投身革命开始就编过各种刊物，还担任过上海新文艺出版社的总编辑，是精通出版的学者。他不仅在文字上讲究，就连版式、字号等细节也很在意。用什么字体，版面的行距字距等，他都要亲自过问。《清园夜读》和《九十年代日记》两本书的封面都是他亲自找王震坤设计的，其实都贯注了他本人的审美意趣。

2004年秋天，我和几个志同道合的朋友在上海创办九久读书人文化公司。王先生为表示对我创业的支持，又慷慨地把他的《人物·书话·纪事》交给了我。这本书在2006年年初出版，后来又作了一次修订，抽掉一些他认为内容有些重复的文章，补充了若干新作（这应是先生的最后几篇文章），于2008年年初出了修订版。当时他身体已经很不好了，但还是一丝不苟地校理书稿，书里的图片也是他亲自挑选和审订的。作为一个出版人，我这些年里有幸负责过他三本书的编辑出版，也给自己留下了许多难忘的记忆。

王先生一向有刚正、严厉的名声，有时他会不留情面地批评自己的朋友和学生，有些是出于学术思想上的分歧，有些可能是别的什么问题，所以学术圈子里常有人说先生待人过于严苛。记得有一次我和庆西去见王先生，李子云也在座，听到我们称李子云为"李老师"，王先生竟怪怪地问李子云："他们怎么称你老师"？大概王先生知道我们并非出于李子云门下，而她又不在院校任教，他便觉得有些奇怪。其实李子云作为我们的前辈评论家和编辑家，尊其"老师"太正常不过了，而先生在场面上这般"较真"起来却把李子云搞得有些尴尬。可是王先生自己又有很不"较真"的一面,有一次他在送给庆西的书上题署"李庆西教授惠正"的字样,我一看就乐了。他明知庆西不是大学教授,而且由于其性格和所处环境的某些因素,连编辑这一行的副编审职称都不曾有过,可竟是别出心裁地派给了一个"教授"头衔。这是对后辈的加勉,还是对职称评定制度的某种嘲弄?看看《九十年代日记》中他对国务院学位委员会评定工作中"劣进优退"现象表示的深刻忧虑,我想他那种刚直的性情中自也包含着深深的无奈。

幸运的是,在跟王先生的交往中,我本人倒是更多地体会到老人家的关心和慈爱,也许因为我不是搞学术的人,他对我的要求跟别人不一样。另外,王先生大概认为我作为编辑和出版人还算够格,所以总是对我格外宽容。其中恐怕也有一份体恤的意思——他觉得我视力这么差却不得不从事编辑工作,想来有许多不易之处。他也知道我除了做编辑搞出版什么也干不成,因而常常提醒我要注意身体。说起《九十年代日记》和《人物·书话·纪事》两本书,王先生都是在众多出版社竞起争夺的情况下主动交给我出版的,在我两次转换工作时他都给予我极大的支持、鼓励。这其中的关切与信任,让我每每感念于心。

2001年我辞去浙江人民出版社的职务来上海工作后,为生活方便在新华路购置了一套公寓。王先生听说我在上海安顿下来,特意提出要来我家里坐坐。我知道先生不是那种喜欢串门的人,平常有人想邀他去家里做客都是一桩很难办的事情。但我考虑到自己在上海住所比较简单,怕怠慢了先生,就一再推脱。可是先生几次提出要来看看,那年国庆时我便在家里备了饭请他过来。上午才买齐杯盘碗盏,下午就请他来了家里,同时还请了跟王先生相熟的褚钰泉、陈子善作陪。果然,先生一进来就看出问题了。他说我的房子装修得太简陋,说地板的材料和门窗的颜色都不太惬意。让我诧异的是,那天先生居然给我讲了许多关于装修材料和装饰风格方面的知识，他自己特别欣赏英国古典风格的室内装饰。以前在跟先生的交往中，他很少谈及学术、文化和出版以外的话题。我也去过王先生的住所，他家里其实也很简单，晚年更是由于某些原因，一直住在衡山宾馆和庆余别墅的一间小客房里。像王先生这样一位德高望重的学者，同时对生活品质也是十分讲究的人，晚年的物质生活其实很简朴，甚至还有几分龌龊，真是不免令人唏嘘。

事前褚钰泉说起王先生平日晚餐只吃一碗粥或是一小碗面条，嘱我准备得简单一些。但我考虑到难得在家里宴请王先生，总也不能搞得太草率，还是准备了一些菜肴。那天王先生胃口竟很好，吃了不少菜。有一道菜是我特意从杭州拿来的金华火腿做的，他尤其赞不绝口，说还是40年代在金华吃过这样的火腿。那天我还准备了螃蟹，席间我问先生还要不要上，他兴致颇高地说自己还吃得下。他对我居所装饰的评价和他的好胃口一样让我感到心酸。其实他是热爱美食的人，平时之所以吃得简单，只是因为夫人常年患病没人给他做，他又得把有限的时间用于自己的学术著述，没办法讲究而已。

在与王先生的私人交往中，有两件事是我尚觉聊以自慰，也算是报答他对我的深切关怀，那就是曾给先生安排过两次八十寿诞活动。一次是做"九"（虚岁），一次是做"十"（足岁）。1999年，当他生日临近时，我问他是否愿意到杭州来过八十大寿。那时我们已经比较熟了，此前也曾安排过他来杭州西子国宾馆（汪庄）度假，他相信我能办好此事，便欣然答应。于是11月30日那天，我在西湖边上的湖畔居茶楼定了三楼一间可摆放两张圆桌的大厅。窗外右朝保俶山，左边整个西湖景色一览无余，视野很开阔。下午三点多，王先生带了十几个朋友和学生来了。我们先饮龙井，接着吃饭。席上馔肴很丰富，还有各式点心，饭后又品乌龙茶，直到晚上十点左右才散。那天先生兴致很高，从头到尾将近七个小时，始终侃侃而谈，大家都听得很过瘾。也许是这次寿诞给先生留下的印象不错，第二年日子临近时，先生主动跟我说："育海，我又要过生日了，这次还是过八十。"我一听高兴坏了，忙说还是我来安排。地点仍旧定在湖畔居，还是在同一个大厅。那天到场的有《新民晚报》的翁思再，他是有名的京戏票友，为给先生助兴，一上来便唱了几段，没想到这就吊起了先生的兴致，跟着就唱了一段余叔岩的戏。可惜我对京戏知之甚少，不知道唱的是哪一段。在我这个外行听来，只觉得那段唱腔挺复杂，节奏时急时缓，快板嘈嘈切切，吐字像蹦豆似的，以先生的高龄还能完成如此难度的唱段，可见其功底匪浅。这是我第一次也是最后一次听先生唱戏。

先生很喜欢杭州，1993年以后的十多年间，我每年都安排先生去汪庄住上半个月。最后一次安排先生去杭州度假是在2006年，那次他还邀来了美国著名学者林毓生先生。我安排他们住在西湖国宾馆（刘庄），两位长者就在湖边竟日讨论学问。听说那次他们相谈甚欢，不过后来先生好像由于身体原因提前回了上海。后来他再也没去过杭州。

安排先生往杭州小住其实很简单，我只消给他订好宾馆就行了，他总是自己在宾馆里就餐，只怕给我添麻烦，一切都简单从事。除了为先生祝寿的那两次，我在杭州正式宴请他只有过一次，印象也很深。那是1993年，当时我还没有提前订座的意识，我们先去了一家我比较喜欢的饭馆，结果那儿正在举办婚宴，没有餐桌了，无奈之下，我们只得转而打车去另一家饭馆。这个意外的插曲把陪同先生而来的傅杰搞得很紧张，怕先生责怪我们不会办事。先生倒是乐呵呵地说："那就让他们结婚结得高兴些，我们另找一个地方去高兴吧。"那天吃饭时有一道菜是杭州做法的蹄髈，特别酥嫩，王先生夫人张可女士挺爱吃。王先生担心她的胆固醇什么的不肯让她多吃，张可偏要吃，老两口僵持一阵后，先生只好夹给她一小块，还一边叮嘱说不准再吃了，可是过一会儿，张可又像小孩似的讨着吃……

许多人都知道先生与张可之间相濡以沫的关爱之情，我目睹那些场面可不止一次两次。有一天，记不得是2002年还是2003年，我去衡山宾馆看望王先生，刚好是午饭时间，我请先生到宾馆的西餐厅就餐，张可老师也来了，那时她的病情已加重，都很难将汤匙送入嘴里。虽说手脚不灵便，可她还是显出想要多吃的欲望，王先生就很耐心地一口一口地喂她，整个过程中，王先生就像是在呵护一个孩子，很注意这个该吃，那个不该吃。那两年我去衡山宾馆看望先生时经常会遇到张可老师，先生住的房间出了电梯还须走一段楼梯，我们总是在楼梯间遇上。她走得非常缓慢，两手紧紧拽着铸铁扶手，艰难地一步一步往上挪动，那是一幅令人感动又有些伤怀的画面。张可老师由于长期患病，许多熟人都不认得了，但她能认出我，每次都朝我露出笑容。当我告辞时，还总是显出不乐意的神情。我想，张可老师肯定是把我和美食联系起来了，因为她从80年代开始就已患病，根本不知道我是谁，是干吗的，我只是请她吃过几顿饭。张可早年是上海滩有名的美人，陈丹燕的《上海的风花雪月》中有一段专门写到她，那时候她翻译奥尼尔，参加戏剧运动，是非常出色的女性。后来王先生还跟她合作出版了《读莎士比亚》。提起张可他总是很自豪，比如有人说到余秋雨，他就会说"张可是他的老师啊"。我想起《九十年代日记》中，王先生有一天的日记就专门记述他怎样反复修改余秋雨拟于文中引述他对张可的一段评语，他郑重地写道："在不眠的夜间，这段话经我一再斟酌，修订了数次，现记录如下：……"（1997年11月2日）原文太长，这里不能引述，只要看过那段文字就知道他们夫妻间的恩爱之情已臻何等境界。难怪张可一走，王先生很快就病倒了。

先生今年该满八十八岁，俗称"米寿"，本来我们还在琢磨怎么给他做寿，不料他却遽然而去。记得去年11月30日那天，朋友都想给他祝贺一下，但那时先生的病情渐重，他的老姐姐建议他在生日前一天住进医院"避寿"，以免届时来客太多太嘈杂使他精力不支。事后听说那天只是医生和护士给他买了蛋糕，做了一碗面条，就这样简简单单地过了。当时我们由于担心前往探视会携带感冒病菌之类对他身体不利，也没有前去拜贺。想不到那竟是他的最后一个生日。

今年5月9日晚上，上海的天气异常燠热。十一点三十分左右，我接到一个电话，说先生刚刚走了。尽管知道先生住院已有很长时间，听到这个消息还是感到极度震惊，急忙打电话给褚钰泉先生。消息得到证实后，眼泪不禁夺眶而出。本该去瑞金医院给先生送行，但想到此时宣传部的官员已经在那里安排先生的后事，我这时候过去恐怕会有不便，于是只能默立在阳台上，遥望深邃的夜空。

我有二十多年未动笔写文章了，谨以此文纪念先生。

原载《书城》2008年第7期

黄宗英：此情悠悠谁知？

李　辉

————————

一

我的买书乃至藏书，始于 1978 年年初走进复旦大学校园之时。那时，买书不多，每买一本，都会郑重地在扉页上写下买书时间。如有兴致，间或还会在某本书上写一两句随感。当日曾想，若照此积攒多日，必有情趣。这一做法持续多年，最后却未能坚持下来，至今思之颇感遗憾。

在就读复旦期间购买的图书中，有一本赵丹的《地狱之门》，系根据他于"文革"结束后所作的系列演讲整理而成。赵丹回忆自己的演艺生涯，纵谈同辈表演艺术家的得失，阐述对艺术规律的理解，率性而谈，生动至极。他把从事电影艺术喻之为跨进"地狱之门"，不敢有半点懈怠，更有来自内心的敬畏。联系他的一生坎坷，读来令人感叹不已。

《地狱之门》购买的时间为 1980 年 12 月 4 日，距赵丹 10 月 10 日因病去世还不到两个月。《地狱之门》由上海人民出版社出版，第一版于1980年8月出版，赵丹在病榻上看到了他的这本书。我所买到的则是当年11月第二次印刷的版本，可见在他去世前后，他的著作颇受读者欢迎。

当年，赵丹在逝世前不久，口述过一篇振聋发聩的文章——《管得太具体，文艺没希望》，参加当时《人民日报》正开展的"改善党对文艺的领导，把文艺事业搞活"的讨论。人之将死，其心坦然。多年积郁，殷殷企盼，一下子倾诉出来。他有切身感受，有一个艺术家的直觉和激情，更有"文革"囹圄之灾的磨难。他不能不把心里话说出来，不能不把生命体验昭示于众，让活着的人能够走出历史怪圈，在教训中清醒，在痛定思痛中变得聪明起来。他从艺术规律出发，对外行领导内行、对领导在艺术创作过程中的横加干涉至为反感。他说："文艺创作是最有个性的，文艺创作不能搞举手通过！可以评论，可以批评，可以鼓励，可以叫好。从一个历史年代来说，文艺是不受限制、也限制不了的。"他为扮演鲁迅，从1960年开始试镜头，胡须留了又剃，剃了又留，历时20年，却仍然不能拍摄。其原因无非是意见不能"统一"。没有这样沉重的感受，他是不会有如此大胆的反思的。他这样说：

习惯，不是真理。陋习，更不能遵为铁板钉钉的制度。层层把关、审查审不出好作品，古往今来，没有一个有生命力的好作品是审查出来的！电影问题，每有争论，我都犯瘾要发言。有时也想管住自己不说。对我，已经没什么可怕的了。只觉得絮叨得够了，究竟有多少作用？……

这是文章的最后几句。一个省略号，到底省略了赵丹哪些思考、哪些声音，人们永远无法知道。然而，他已经留下了生命绝唱。无私而坦荡。赵丹的绝唱当年所产生的强烈反响，多年后仍然让人难忘。他用自己这种方式发出的声音，汇入了反思"文革"、反思历史的潮流之中。他用绝对的坦率和真实，呼应着巴金倡导的"说真话"。这就难怪，我们这些正在校园的学子，不由得对银幕外的赵丹，顿时肃然起敬，同时，更为失去这样一个天才的艺术家而深感遗憾。

我没有想到，一些年后，结识了黄宗英老师。从她那里，我知道了赵丹的"文革"遭际和晚年故事，翻阅到赵丹写于监狱的交代。后来，她委托我整理这些历史档案，帮助我编选了《赵丹自述》，交大象出版社出版。《赵丹自述》中，除了这些"文革"交代，还收录了《地狱之门》中的演讲。赵丹没有完成一部完整的回忆录，只有以这种形式来集中呈现他的一生。

我请黄宗英为我收藏至今的《地狱之门》题词，她这样写道：

李辉：你购此书时阿丹刚走。命运让我在十三年后认识了你。从此，在我生命的马拉松障碍跑中，你恰像我的随跑教练。

是你，使我的人生无愧于阿丹妻亦代伴，我将在你们的鼓励和厚爱中——生气勃勃地跑、跑、跑跑跑。

黄宗英2005年3月19日华东医院29病床，骨折后学步阶段

诚惶诚恐之外更有一种感动令我难忘。于是，最初购买于复旦校园的这本《地狱之门》，对于我就有了新一层的收藏意义。

二

在为《地狱之门》所写的题跋中，黄宗英用了"阿丹妻亦代伴"这样一个特别的表述。这恰是她的一生婚姻生活最为重要的概括。

第一次见到黄宗英，是在1993年她与冯亦代先生在北京结婚时。在此之前，与冯亦代熟悉的朋友们，都为他们两位的"黄昏恋"感到高

兴。在迎娶黄宗英之前，冯亦代一直沉浸在兴奋之中。每次去看他，他都情不自禁地要谈到黄宗英。待确定下婚期，他又多次与我商量婚礼宴请之事。后来，受黄宗英委托，整理他们之间的情书时，我才发现，细心而兴奋的冯亦代，早在信中就向黄宗英通报了他的京城朋友的情况，以及正在筹办的婚庆细节：

以后来了两个客。第一位是《人民日报》的李辉，他是《萧乾传》的作者，我的忘年交。他看见我书柜里放着你照片，便问你的近况，我骄傲地告诉他关于你我的姻缘，他大表赞同。这样在北京就有宗江夫妇和李辉夫妇及凤姐夫妇知道了，当然以后会有更多的人。奇怪，赞同，祝福。当然还有你二嫂和赵青一家，以及董乐山。（一九九三年六月二十一日）

十月你来时，事先告诉我，我来车站或飞机场接你（你要我去上海接你，那就更方便了）。我去接你，就此车到七重天，一夜无话，第二天就去登记，你必须带来你的身份证，阿丹的死亡证，以及你机关的证明，三张三寸照片，于是我们选定一天，在章含之家里吃Bullet，人是少数的。名单我另外告诉你。如果当时宗江在，就由他主持；如果他不在，我们自己出面或由小丁、祖光主持。以后就是选定日子请你家的众多舅老爷，然后请一次我的女儿全家，另一次儿子全家。在含之家的一次，由《人民日报》的李辉夫妇做总招待，请的人只是我必须通知以及你的朋友，亲戚不算在内，我请的人是他们有表示及我的狐群狗党。我们的结婚照是要由登记处拍的。现在的想法，就是这样，你以为何如？（一九九三年九月七日）

他们的婚礼最后安排在三味书屋举行，参加者达一百余人，一时成为京城文化界盛事。就是在那次聚会中，我们夫妇与他们二位合影留念，这也是我们最早的结识。

老人的再婚曾有失败的先例，如徐迟。但黄宗英与冯亦代建立于纯爱基础上的黄昏恋，却以《纯爱》一书，留下了佳话。现在看来，黄宗英与冯亦代的黄昏之恋的确是难得的和谐和圆满。难以想象，如果没有黄宗英的悉心照料和精神支撑，冯亦代能否从一次又一次的重病中挺过来？如果细细读《纯爱》，就不难发现，正是她的聪颖、好学，孕育了两位老人美丽的黄昏恋。这是特殊的通信，是两位老人晚年情感的真实记录。从个人情感的宣泄，到读书随感、英语知识、鸿雁传书，演绎出的是一场动人的、纯真而炽烈的爱情。

冯亦代1996年脑血栓中风，一度失语，记忆也严重衰减。一天，我去病房探望，正遇医生来检查。黄宗英问冯亦代哪年出生，他把"1915"错成"1951"，大家笑着说："你这么年轻呀！"再问你哪年打成右派，他却脱口而出"1957"，这颇让人感叹不已。从那时起，帮助冯亦代恢复说话和写字，就是黄宗英的主要任务。"我演员出身，还不会教二哥发声？"七十几岁了，她执意搬到病房，用毛笔把拼音字母抄在大纸上，让冯亦代每天从最基本的发音开始练。她让我买来写字板和粗笔，让冯亦代练习写字，从笔画开始。"难我不倒"——她用毛笔写得大大的四个字，挂在他面前。冯亦代坐在轮椅上，呆滞地看着大字，黄宗英扶着他的手，一笔一笔上下左右地写着。写累了，又小孩一样开始咿呀学语。她"啊"一声，他也"啊"一声；她"呀"一声，他也"呀"一声。这一幕，让人既感动又心酸。可惜我没带摄影机，不然该是多么珍贵的影像记录！

两个月后，冯亦代挺过了那一次大病，恢复了说话和写字。再过几个月，居然还写出了新的情书，写出了书评和散文。朋友们都说这是奇迹。但很少有人知道，这奇迹的身后，站着的是黄宗英。

2004年6月，黄宗英前往上海治病，我陪她到医院探望冯亦代。冯亦代已经住院一年多，多次报病危又多次挺过，但生命显然已慢慢走向终点。冯亦代躺在病床上，眼睛瞪得很大，但已认不出来者何人。她似乎预感到这将是最后的见面。她紧紧地握着他的手，默默地握着，好久，好久。半年多之后，冯亦代于2005年2月元宵节那天告别人世。十一天后，黄宗英在上海的病房里，给远去的冯亦代又写了一封信，向二哥报告他们的情书即将结集出版的消息，写得凄婉而动人：

亦代二哥亲爱的：你自二月二十三日永别了纷扰的尘世已经十一天，想来你已经完全清醒过来了。你是否依然眷顾着我是怎么生活着吗？今天是惊蛰，毫无意外地惊了我。我重新要求自己回到正常生活……亲爱的，我们将在印刷机、装订机、封包机里，在爱我们的读者群中、亲友面前紧紧地拥抱在一起了。你高兴吗？吻你。

愈加爱你的小妹
二〇〇五年三月五日

她说，这是最后一次给他写信。我为这封信起了个标题："写给天上的二哥"，将之作为《纯爱》的代序。

三

在许多同辈人眼里，黄宗英是一个聪颖过人的才女。在我眼里，她则更是一个对知识永远充满好奇的人。每次见到她，她总是在阅读。年过80后，她每日仍在读书，在写日记。她告诉我，每天早上，她要听半小时的英语教学广播。"我知道学不会了。我把它作为生活的一部分。"伤感中透出她的执着与坚毅。

黄宗英总是不断地把惊奇放在人们面前。她是影星，但把耀眼的明星吸引力看得很淡，反而更看重文学创作。从20世纪50年代初，她就以写作为主业了，从诗歌、剧本、报告文学到散文，她是成功地从演艺界转向文学界的代表人物。她的报告文学《小木屋》《大雁情》，她写赵丹、上官云珠等亲友的回忆文章，堪称力作，有他人无法替代的价值。

在我的藏书中，有两本黄宗英最早出版的作品集，一是诗文集《和平列车向前行》，二是电影剧本《在祖国需要的岗位上》。作品稚嫩而肤浅，但却是她的大胆尝试，留下了最初转行的足迹。

《和平列车向前行》1951年2月由上海的平明出版社出版，我买到的为1951年3月的再版本，一月之内即再版，可见黄宗英的第一本结集作品当时即颇受欢迎。该书是平明出版社推出的"新时代文丛"的第一辑。该书收录长诗一首及游记数篇，为黄宗英参加中国代表团前往华沙出席世界和平大会归来后所写见闻与感受。书中有"前记"一则：

我这次很荣幸能随着中国和平代表团远走苏联、波兰两个国家，我有责任把我所看到的传达给大家。我刚在学习写作，这些作品都是非常幼稚的，希望大家批评指正。正好让我在做一个演员之外还能用我的笔，多多少少的为人民做些事情。

黄宗英一九五一年一月二十七日

平明出版社系当年巴金离开文化生活出版社后另行创办的一个出版社，他的两位年轻朋友潘际坰与黄裳负责编辑"新时代文丛"。潘先生于几年前去世，黄裳和黄宗英均健在，我请他们二人分别在《和平列车向前行》上题词，也算难得的机缘。

黄宗英写道：

好友李辉从旧书摊上购得我的处女作文集《和平列车向前行》，嘱我题签，我看了实在脸红，也不胜感慨。欣欣然书此以为纪念。

黄宗英八十二岁时二○○六年六月

黄裳写道：

"文丛"前编辑黄裳敬观。丙戌五月

《在祖国需要的岗位上》则是黄宗英创作的第一部电影剧本，列入艺术出版社的"电影剧本丛书"，于1956年6月在北京出版。50年后，当她再次看到这本书时，感慨万千，特地为我写了很长的题跋，如同一篇回忆散文：

　　见李辉觅得我五十年前的头胎婴儿怎不感慨……

　　一九五三年冬，我生下爱女橘橘，有五十六天产假和红布二尺，我觉得发了横财，不必每天形式的去坐班啦，我找来一沓新稿纸，衬着大红布，拿起笔来。解放前夕和初期，我张罗忙活为剧影妇女办托儿所，我一开笔写的就是托儿所、教养员、保育员和孩子们，产假才起头，我的剧本就完稿了。开年，中央电影局举办"剧本讲习班"（三个月），我带着处女作参加了，并将拙作作为结业作品交卷。没想到上海电影局剧本创作所居然一稿通过，可组织拍摄。大家都说是从来没有的事。剧作通过之难有顺口溜为证："三稿四稿，不如初稿；七稿八稿，枪毙拉倒。"而我走鸿运，连导演都定了，只提只小修小改就可开机。如此小修小改，再修再改，改到影片放映时，爱女已五岁了。

　　影片放映时更名为《平凡的事业》。

　　片题改得好，可平凡标高了，说不上。如今回头看处女作，她来自生活，来自心头，来自身边；却怎的克扣克公式化概念化得如此彻底？

难怪"一稿通过"？

现今，痴长到八十岁，人生百味尝遍，头脑丰繁杂沓，来日比"产假"尚长，在文学上却害了不孕症了，哀哉！

黄宗英乙酉芒种前

读这些题跋，翻阅与她相关的各种书，一个经历无比丰富的黄宗英生动地站立在我眼前。

近几年，黄宗英一直住在医院里治疗。所爱过的人已先她而去，所钟爱的写作，也难以再如从前那样全身心地投入。

几个月前，去上海华东医院探望她。她说想念北京的老朋友们。拨通黄苗子先生的电话，问候、寒暄后，她说："你知道李清照是济南人吗？她的词用济南话念起来才好听。"她随之就用济南话朗诵起李清照的那首著名的《声声慢》。"寻寻觅觅，冷冷清清，凄凄惨惨戚戚……"抑扬顿挫，乡音袅袅，她一口气流畅地朗诵完整首词，居然一个字也没落下。她旁若无人，沉迷于朗诵之中。

如今，八十多岁的黄宗英每天还在背诗词——就像前些年学英语、学中药一样。她还坚持写日记，写长短不一的随笔，并把这些短文命名为"百衲衣"。对于她，阅读与写作是永远的爱，永远的伴侣。

从舞台、银幕走到文学领域的她，其实一直生活在为自己设计好的场景中。这是想象与现实交织在一起的世界。回忆与梦想，务实与浪漫，沉思与激情，无法严格而清晰地予以分别。它们早已构成她的生命的全部内容。悠悠一生就如同一幕又一幕的戏剧。她是编剧，是导演，也是演员。生活其中，陶醉其中，感悟其中。她的生命列车，沿着这样的轨迹牧歌一般向前行……

原载《书城》2008年第6期

能不忆金镜？

阎　纲

　　制造《红楼梦》事件，毛泽东主席"质问《文艺报》"，批胡适，抓胡风，几番风雨之后，张光年、侯金镜到《文艺报》赴任。

　　1956年年底，我走进《文艺报》——鼓楼东北角下的一座小院，听命于侯金镜，受业于侯金镜。作家协会召开肃反总结大会，刘白羽刚刚讲完，陈企霞跳上讲台："一定要说有成绩的话，那么，一座宫殿烧毁之后，还能收获一堆木炭吧！"有人驳斥，他又吼了一嗓子："还是一小堆木炭！"侯金镜对丁、陈一案迷惑不解。

　　次年，《文艺报》同作家协会一起迁入王府大街六十四号。文联大楼，峥嵘岁月稠，丁玲、陈企霞、冯雪峰、艾青一个个被拿下，丁玲高举右手，同意开除自己的党籍；在《国歌》里喊出"起来，不愿做奴隶的人们"的人，跪倒在地，一捆一掌血，鲜血渗透的白衫被抓破了领袖；1969年年底下干校，骂林彪"政治小丑"的侯金镜猝死，死后仍然背着"严重政治错误"的结论——中国作协的"革命"变成一场"噩梦"。

　　能不忆金镜！

1979年，在讨论我入党申请的支部大会上，我说了这样一句话："在从事文学编辑和学写文学评论方面，《文艺报》是我的摇篮，侯金镜是我的恩师。"

一踏进《文艺报》的门槛儿，侯金镜就嘱咐我说："你自己有了写作实践，方知评论的甘苦，约稿时就有了共同语言。""我要让你的专业相对地固定下来，长期不变，争取自己在这一领域有自己的发言权。"

侯金镜手把手教一个出身不好的人熟悉业务。他教我一丝不苟，更要我"有胆有识"。为了一篇评论刘澍德小说的文章，他连夜修改，仍不能起死回生，第二天一大早，满眼网着血丝，竟然向我表示歉意。他奖掖后进的不遗余力，凝重严谨的学风文风，时不时拿左手捏着眉心以减轻头痛的神态，以及那双高血压患者布满血丝的高度近视但异常明亮的眼睛，我终生难忘。

当代文学史上"三红一创"的流行，与《文艺报》——特别是侯金镜指导下的规模性的评介有着直接的联系。在他的筹划下，我们多次拜访梁斌，对《红旗谱》进行全方位的、包括它的人情人性描写的研究和评论。我们约请冯牧及时撰写《初读〈创业史〉》，并以《创业史》为例，多次举办关于革命现实主义和革命浪漫主义的大型学术讨论。深入部队座谈《红日》，由他编发闻山和我合写的评论《红日》的文章。《红岩》座谈，声势浩大，影响极其广泛。其实，《文艺报》推出的重头作品岂止"三红一创"，还有杨沫的《青春之歌》（《文艺报》上连篇累牍的讨论，知识男女几乎尽人皆知），曲波的《林海雪原》（侯金镜亲自执笔撰写富有艺术说服力的评论），孙犁的《风云初记》（黄秋耘散文诗般的评论充分发掘其阴柔之美），以及特约冯牧重点撰写的《一部具有革命风格的作品——读〈在和平的日子里〉》《坚实的道路，淳朴的诗篇——试谈李季的叙事诗新作》等。冯牧的《〈达吉和她的父亲〉——从小说到电影》和《略谈文学上的"反面教员"》具有反潮流的勇气。

《文艺报》对于《达吉和她的父亲》历时不短的讨论，欧阳文彬和侯金镜关于茹志鹃小说的争论，侯金镜评论王愿坚小说的文章《结结实实的人物形象》和评论赵树理作品的文章《实干家〈潘永福〉》，等等，对抗公式化、概念化的倾向十分明显。一时间，评论的身价提高，审美的意识增强，一种艺术多样性的、个性化的批评之风逐渐在《文艺报》上露头。

早在1956年，侯金镜就尖锐地指出：教条主义倾向在过去几年已经成为"有很大影响、发生了很大危害性的一种思想潮流"，其表现之一，"就是向简单化、庸俗化的极端上去发展，和武断、粗暴的批评方法相融合，形成一种专横的批评风气，在文坛上高视阔步，四处冲击"。他批评说，"有的文章干脆抛开对作品的分析，直截了当地对作者的立场宣布可怕的判决"。这种风气在全国泛滥成灾，致使作家"无所措手足""战战兢兢""如履薄冰"（《也谈〈腹地〉的主要缺点以及企霞对它的批评》）。在这文学史上不寻常的岁月里，他敢于顶风，为收有萧平的《三月雪》、王愿坚的《粮食的故事》、李准的《信》、杜鹏程的《年轻的朋友》、陆文夫的《小巷深处》、王蒙的《组织部来了个年青人》的《1956年短篇小说选集》撰写序言，序言的题目竟然是"激情和艺术特色"！大声疾呼："不能充分保证他们的个性和想象力宽阔而自由地发展，公式化、概念化的堡垒也不能最后地、彻底地被冲垮。"所以，到了三年困难时期，文坛依旧反右倾、一步步走进死胡同的时刻，侯金镜写成《创作个性和艺术特色——读茹志鹃小说有感》，作家看到了希望。文章写道："高亢激昂、豪迈奔放的革命英雄主义是我们这时代的主调"，但是"茹志鹃作品的优美柔和的抒情调子，唤起了读者对于时代的温暖、幸福、喜悦的感情，这种感情既是健康的，也反映了人们多样化的感情生活的一方面。"在当时那样狂热的政治气氛中敢于这样开明地衡文论道，实属空谷足音。

1961年年底，侯金镜带我到颐和园云松巢阅读全年的中篇、长篇小说。

走进云松巢，迎接我们的是《诗刊》的丁力和闻山。丁力整理《清诗稿》，案头一大堆资料，瓦片里一大摊烟头，我和侯金镜都吸烟，但是呛得不敢进他的屋。闻山，诗人兼书法家，他收集的古碑拓片十分珍贵，宝贝似的。是这些字帖拓片陪伴着闻山澡雪精神、将养身体，侯金镜和我捧之不忍释手，盛赞其富有。侯金镜对于丁力的《清诗稿》工程赞不绝口，对丁力发现的绝妙诗词把玩不肯放手。闻山偏头痛，加之困难时期缺蛋白、少脂肪，身体尤其虚弱，不意遇见知心的大烟鬼。闻山极力反对吸烟，但反对无效，天寒地冻，只好整天关在屋子里叫丁力熏着。丁力对此深表遗憾，但没有办法，对他来说，不腾云驾雾，就没有灵感。

侯金镜给我们带来部队的好作风，像指挥战斗沉着冷静，像找士兵拉呱儿掏心窝子；工作时专心致志，一头埋在书本稿纸里；聊天时笑语欢声，一点架子也没有；站如松，坐如钟，行如风，名副其实的"团结，紧张，严肃，活泼"。

在阅读全年长、中篇小说的过程中，侯金镜一有发现，便到我的房间向我推荐，要么上厕所路过，在我的窗外喊上一声，《红岩》就是他首先喊出来的。他给我分析作品的思想和艺术，而且引经据典。只要论及鲁迅和苏俄文学，他的话匣子就打开了，对托尔斯泰、果戈理、别林斯基如数家珍。我发现在他的文艺思想里，有一条十分明晰的红线，就是现实主义！是直面现实的现实主义和干预生活的批判现实主义！

侯金镜喜欢散步，白天阅读，饭后散步。散步途中，变成流动的文艺沙龙。侯金镜喜欢倚长堤而卧的各色桥涵，人迹罕至却别有风味。我们沿长堤跨桥梁，一直绕到十七孔桥。一时兴起，便鼓起勇气寻找寂然独立的玉带桥，那是宗璞在《红豆》里情人约会的地方，宗璞是我们

《文艺报》的同事。但侯金镜常带我们去的地方是颐和园的后山，说后山有味，常常被人忽略，而雪后的后山更有韵味。他走路比谁都快，小跑一样，哪像散步！我腿长，也爱快走，紧跟不舍，可是苦了闻山，他，多才多病身，遇事不慌，优哉游哉，一件军大衣紧紧裹住身子，迈方步，落在后头。距离拉大了，他就急，喊："金镜同志，你当是急行军吗！"我们停下步子，他补充地说："困难时期，保存热量！"众大笑。

散步的时候，往往是侯金镜说话最多的时候，他反复强调"有胆有识"四个字，再三提醒当前的创作和评论一定要避免"胶柱鼓瑟"。又强调说，"文似看山不喜平"，写文章和发言，要有曲直和张弛，不能"一道汤"（戏曲名词，意指平铺直叙单调乏味。1963年，他和《文艺报》的编辑观看豫剧《朝阳沟》，赞不绝口，转过身子对我们说：你看人家一波三折，"辫子上都有戏！"）他的针对性非常明显，就是指流行一时的舆论一律和风格单调。

我清楚地记得，当侯金镜发现罗广斌、杨益言合作的《红岩》以后连连称道、欢喜若狂的情景。他叮嘱我说："我们需要革命的浪漫主义，更需要革命的现实主义，要拿生活的真实作基础，绝不能拔高人物。"他极其肯定地说："当前环境下，宁肯牺牲浪漫主义，也不能牺牲现实主义！"在侯金镜的鼓励下，我写出了《1961年一年中、长篇小说印象记》，重点推出罗广斌、杨益言合作的《红岩》。一天，《人民日报》李希凡来，当他得知《红岩》如何激动人心之后，立即向我们约稿，侯金镜指派我执笔撰写。侯金镜再次叮嘱我说："现在是困难时期，人民群众的物质生活匮乏，我们要把好的精神食粮送给他们，继承传统，艰苦奋斗，渡过难关。"我当夜写出《共产党人的正气歌——〈红岩〉的思想力量和艺术特色》，认为作品将敌我冲突推向生死关头，烈士的牺牲精神，给人的心灵以相当剧烈的撼动。文章在《人民日报》发表后，引起极大反响，《红岩》大量出版。事隔一个月，在中宣部一次文艺理论家纪念《讲话》发表二十周年的筹备会上，侯金镜深入分析了《红岩》的思想和艺术。他观点鲜明，并不正言厉色，讲话微有口吃，反而加重了每一句话的分量。会议期间，他亲自组织了一次讨论会，共五人：王朝闻、罗荪、王子野、李希凡、侯金镜，由我记录整理，《文艺报》发表，题为"《红岩》五人谈"，一时间，全国掀起"《红岩》热"，当年全国的报纸副刊被称为"《红岩》年"。

侯金镜提醒我们在分析一部作品时，一定要抓住人物的个性特征，不能概念化，正如毛主席说的，要注意矛盾的普遍性，更重要的是注意矛盾的特殊性；也不能把个性绝对化，恩格斯曾批评过拙劣的个性描写。他说，你精细地分析一个鼻子，但要看准它长在什么人的脸上，而人，又是历史的，是社会关系的总和。侯金镜的"鼻子"说，让我久记不忘。

在侯金镜的指导下，我遍览全年的中、长篇小说，继《1961年中、长篇小说印象记》之后，连续三年，对当年的中、长篇小说进行综述。

《李自成》第一卷出版后颇受欢迎，侯金镜认为它在当年出版的长篇小说中无疑是鹤立鸡群，经过商议，同意在我起草的以本报记者名义发表的《1963年的中篇、长篇小说》一文中加以介绍和推荐，同时嘱我，现在大讲阶级斗争，眼睁睁地盯着右派翻案的活动，下笔要注意分寸，不可过分突出。这样，我便公开地肯定《李自成》第一卷的成功，并在文中提出："当代题材的创作还在摸索之中，《李自成》却流传开来。《李自成》的成功，原因又在哪里呢?"粉碎"四人帮"之后，姚雪垠几次见到我都要提及此事，说当时一片沉寂，唯有你们一家公开表了态，我个人非常感动。

侯金镜教我重视原作，适时对创作作出评述的那分认真，我一直继承下来。1977年年底，复刊《人民文学》，我写了《粉碎四人帮一年来的长篇小说》。1978年复刊《文艺报》，写了《谈长篇小说的创作》《长篇小说印象》《日趋繁荣短篇小说》和《中篇小说的兴起》。

不论是非功过，《文艺报》认真阅读作品和及时推荐新人新作的评论作风源远流长，我终生受用。上世纪80年代参加作品讨论会，亲见冯牧戴着老花镜一字一句地引用原著时，我联想起《文艺报》的日子，几乎掉下泪来；90年代以后参加研讨会，亲见一些发言离开文本分析，又想起《文艺报》，不觉悲从中来。

"大连会议"遭受批判，侯金镜不胜感叹，说："从年轻时起，邵荃麟就献身革命，一生执着地忠于党的事业，仅仅说了几句关于写作方面的话，受尽折磨和迫害。""像邵荃麟这样一个宽厚善良的人，他得罪了谁?"后来又说："我对家庭、孩子什么都不顾，忘我地工作、工作，可是你怎么去做都是错，我到底应该怎么做?《文艺报》我干不了了，喂喂鸡总该可以吧? 到农场喂鸡，自食其力!"

三年困难快要过去，阶级斗争又来了，他喟然长叹："吃饱了，又瞎折腾了!"

"文革"开始，黑白错乱，侯金镜和冯牧在文联大楼地下室打扫卫生，墙上挂着林彪的像，他指着林彪的像大骂"政治小丑!"后来被红卫兵告发，五雷轰顶，差点没被红卫兵打死，当晚回家，喝了敌敌畏，幸被抢救。

1969年9月，中国作协下放干校，侯金镜一家连窝端。侯金镜最爱是书，家有书橱十多架，被认作"封资修"，多次被搜查。要下干校，这些书只好送的送、卖的卖，唯有鲁迅的著作以及研究鲁迅的书籍一本没动、一页不丢，同他认为最经典的马列著作一起，全部打包装箱，运往干校。

在干校，侯金镜属罪大恶极的重犯，风里爬、雨里滚，白天当苦力，夜晚啃马列，苦不堪言。

他买了一只马灯和一个小马扎，出工之前或收工之后，坐在马扎上，深度的眼镜对着马灯，一根接一根地抽着烟。冬夜，屋外北风怒吼，床头的豆光闪动。大家疲劳不堪，已经休息，他照例把小马灯拨亮，坐在小马扎上，俯身床边细读《列宁全集》，直到深夜。

1971年夏天，侯金镜调到蔬菜班，当年天旱，一天不浇，菜就蔫了。湖区的气温高达四十几摄氏度，侯金镜的血压居高不下，连续二十天挑水，又黑又瘦的身子快被烤成焦炭。

侯金镜挑着两个大桶，一晃一晃地，临到大坝，放下担子，大口大口地直喘气，我们同情他，说："你怎么能干这活儿！粪在桶里晃动最难挑了。"他说："锻炼锻炼嘛！平路担着还凑合，只是过大坝比较困难，有时得一桶一桶提过去。"

傍晚收工了，他坐在宿舍门口的小凳上，地上放一碗粥，放了很久，他连喝粥的力气也没了。

出事的这天，烧烤一般，其热难当。他去大田干了一天活，晚上又派往菜地挑水挖地。收工后，累到了极点，不及洗漱，便放倒干柴般已经伛偻的身躯，全身僵直。大约夜里十一点多钟，他的头从枕上滑落下来，发出急促的鼾声……侯金镜的夫人胡海珠和岳母胡姥姥，坐在对面的床上，低头不语。连长李季叫醒食堂的老宋，老宋捅开火，煮好挂面，端给胡海珠，端给胡姥姥，端给医生，面凉了，谁也没动筷子。军宣队一直没有露面，大家静静地围守在小屋的周围。

"罪大恶极的现行反革命分子"侯金镜走了，在干校一个阴气浓重的夜里。

第二天天不亮起床出工，全连大小人等，才知道夜里发生了什么，宋师傅说："侯金镜去武汉火葬场了。"

艳阳高照，侯金镜的小屋静悄悄、阴森森，蚊帐撩起来了，洗过的背心和短裤整整齐齐地置放在枕边。草帽挂在墙上。

1971年8月8日，卒年五十。

侯金镜要是多活三十五天，就能看见他指认的"政治小丑"如何被历史所粉碎。奇怪的是，侯金镜去世两个多月后，1971年10月14日，全连大会这样宣布侯金镜的结论：在"文革"中犯了"严重政治错误"。

侯金镜的遗孀胡海珠说：永远不能忘怀1971年8月7日夜晚到8月8日凌晨所发生的一切，一张苇席卷起他的躯体，再用三根草绳分段捆着三道箍，像扔一根木头一样，往卡车上一扔，汽车就开走了。那是我的亲人啊！

侯金镜的骨灰到京，安放仪式办得匆忙，简陋得连一张遗像也没有。1979年，邓小平主持中央工作，在京为侯金镜补开了追悼会（与韩北屏一起），周扬、林默涵、夏衍、刘白羽、张光年、严文井、丁玲、谢冰心、阳翰生、冯牧、周巍峙、胡可、杜烽、方杰、贺敬之都来了，隆重，然而悲凉。

在极左成风的年代，在作为"文艺红旗"的《文艺报》出现像侯金镜这样有胆有识、刚直不阿的批评家，是艺术良心的胜利。在《文艺报》的报史上，他将永存，在中国当代文学评论史上，他将永存。

能不忆金镜！

三十七年过去。2008年元旦，胡海珠在病中打来电话："阎纲，你和永旺编的《中国作家协会在干校》我收到了，非常动人，勾起我对那段生活的回忆，阎纲啊，你给金镜编个集子吧！我不行了，八十多了，眼睛不能看东西，肿瘤要确诊，你给金镜编一本书留个纪念吧，不然我难以瞑目。你再写篇序言。不知道你有没有时间……"

我说："海珠同志，你放心，我再忙也得帮你做这件事。你再给谢永旺说一声，我们两个一块商量着编，整个包下来，你最后通读一遍就行。"她说："我的眼睛看不了了……"我说："我们二校，我们通读，后记我写，序言最好请胡可，他们是老战友了。"她很满意，说："我这就给永旺和胡可打电话。"侯金镜的死，文艺的损失，国家的耻辱。我们一定要纪念他。

当书稿递到我和永旺手里的那刻，我们的双眼一片模糊。

本书文章的作者，有侯金镜当年的老战友，有新中国成立后特别是《文艺报》时期的同事和朋友，有诗人、作家、评论家，有他患难与共的、亲爱的夫人胡海珠等。

老战友秦兆阳写道："可惜啊，已当盛年！如果他还活着，我们必定不再是'无言的醺醺然'，必定有很多过去应该说而未说的话、后来有很多应该说而可以说的话要说啊！历史，从来是无字之处的文字比有字之处的文字要多得多。多少事，多少话，被活着的人忽略了，被复杂的矛盾抵消了，被死去的人带走了。"

亲密的同事张光年说，当时文艺界一方面要同资产阶级的文艺思想作斗争，另一方面必须努力克服教条主义的、简单化的粗暴批评，二者严重地束缚着创作的发展，正是在这种艰难的情况下，侯金镜以"热情而细致的园丁"为己任，喜形于色地推荐新人，嫉恶如仇地迎击粗暴。

侯金镜是1954年年底调作协、1971年8月8日凌晨逝世的，书中有的文章时间有误。孙犁说听到林彪死后侯金镜如何如何，其实，侯金镜是林彪摔死的三十五天前去世的。有文章说，侯金镜指着林彪挂像说："你看他像不像个小丑？"有人说，是隔壁一个小孩听见后告密的，有的则说是红卫兵报告的，有的说是棍棒之下侯金镜一个人承担的。

专就此事，我向当时专案组的召明进行询问，召明说："这事我清楚。"她介绍了事件的来龙去脉：侯金镜在牛棚和冯牧一起打扫卫生，室内挂着林彪的挂像，冯牧一边扫地一边愤愤地说："排除异己，小人得志，斯文扫地！"正在一旁擦桌的侯金镜便直指林彪的挂像鄙夷地骂道："政治小丑！"我问："事情到底是怎么暴露出去的呢？"召明说，后来，对"黑帮"的管理有些松动，冯牧被王昆、周巍峙夫妇邀去聊天，他们的孩子用自行车把冯牧驮到南城中国歌舞团家里，冯牧不谨慎，把那天如何大骂林彪的事和盘托出，抒发郁结的怒气，孩子听见了，回到学校传播开来，被学校的红卫兵告发，然后兵临作协，提审冯牧，狠狠地打他和侯金镜，差点没被打死，当晚回家，侯金镜喝了敌敌畏，后被抢救。

对于这件事，胡海珠是这样说的："金镜咒骂林彪为'小丑'那件事，原发生在'文革'初期，是对着冯牧同志说的，冯牧不小心竟说出去了。被揭发出来时已经过了一年多，这时已到了1968年春天，为此，他在单位挨了斗挨了打，回来却对我说：'冯牧不是故意说出来的。''绝不是故意说出来的。'因为在他看来，这件事说出去与不说出去，反正反映的都是自己的真实思想，怨不得别人。而且，他那样嫉恶如仇的性格，迟早有一天也会爆发。""他和冯牧原是很好的朋友，后来并没有因为这件事两人之间有什么隔阂，他也没有因为这件事在我面前说过一句怨言。相反，他总是对我说：'人家不是故意说的。'两人关系一如既往。他这种博大胸怀，对朋友之间的友情看得如此深重，也深深地触动了我，我感到我的心灵也进一步净化了，升华了。"

血泪至情！人道精神！震撼着人们的心灵。

胡海珠委托我们编结侯金镜的纪念集时，还要我同时办理出版事宜。我说，现在出书难，不少老作家自费出书，你出不起。她说，出版社要价不低，我根本不考虑，我想托人找一家印刷厂，少花些钱，印百儿八十本赠送亲友就可以了。

我心里很不是个滋味。受"四人帮"的迫害，戴上现行反革命分子的帽子，国将不国、家徒四壁的艰难时刻，竟把扣发的一千二百元工资一个子儿不留地上交党费，胡海珠也上交了补发的克扣工资八百元，而《纪念侯金镜》一本小书，还得自己掏腰包！找谁去？中国作协的作家出版社吗？我很想打个报告上去，但一想到《中国作家协会在干校》出版前后的艰难困苦，最后还是忍了。

两个月后，《纪念侯金镜》自费出版，印二百本，胡可的《序》也很快在《文艺报》上发表，胡海珠电话里唏嘘着说："我已经知足了！我现在可以住院了！"

胡海珠，时为《人民文学》编辑部主任，革命老干部，"文革"中备受折磨，年老多病，双目无异于失明，拖着一条"文革"中致残的腿艰苦度日，至今。

原载《海燕》2009年第9期

别一种送行

任芙康

　　我时常请安的一位耆宿谢世了，可我毫无知晓。老人追悼会的是日上午，我正流连于浙中一座古镇。同样不知道的是，这里竟是生养逝者的故乡。

　　整个5月中旬，我出门在外，拖着一口旅行箱，南去北来，见了不少业内的人，说了不少圈外的话。看上去信息环绕，其实极其闭塞。

　　20日回到办公室，从一堆信里，翻拣出一份寄自上海的讣告。惨白的纸，印着黝黑的字，告诉我，十二天前，何满子先生的灵魂，从瑞金医院走了；三天前，何满子先生的身体，从龙华殡仪馆走了。对何老远行，本有预感，但九十一岁的老人一旦真的上路，我还是神思恍惚，心里特别难过。尤其不能原谅自己的是，与噩耗隔耳，竟未能灵前默哀。

　　我拿起电话，又放下，不晓得要打给谁，不晓得如何讲话。

　　大约是1992年冬天，编辑部高素凤几经曲折，终于拿到了何老的文章。那日高大姐眉开眼笑，扬着信封走进办公室的样子，仍历历在目。何老的稿子难约，因凡与编辑生疏的报刊，他从不投稿。然而，当这篇"投石问路"（何老自述）的文稿被退还后，他不以为忤，倒有了好印象，觉得我们选稿有己见，又尊重作者，可信可交。不久，经他穿针引线，好几位与胡风案有牵连的文坛旧人，都成了《文学自由谈》的写家。难友的稿子用得顺，作为引荐者，何老的喜悦写进信里。他欣赏刊物思路，很快将我们引为莫逆。

自那以后，何老赐稿，基本上以每期一文的节奏，少有间断。直到2007年秋天，寄来他一生的封笔之篇《杂说〈论语〉》后，渐渐淡出写作。

每次收到何老的文章，会同时读到一纸短札，先是嘱托我们"斟酌把关"，尾声多为"悉听裁决""静候发落"云云。他写了这些，都是真话，绝非随口客套。十多年来，亦有几回退稿，更有多稿改动。都无须废话，直言便是。有时我这边刚谈几句，电话那头已完全意会。"没得来头，没得来头。"浙籍何老，常用川语，安慰我一颗不安的心。

其实，随和的何老，自有原则不肯将就。他钢笔书写的稿子（孤本也），你可以不用，但不可以不退；他字斟句酌的文章（心血也），你可以删改，但不可以擅改。凡不投脾气的媒体，对不起，道不同，就再无交道可打。有一回他寄来一文，并附言诉冤。说这命苦的稿子，已先在一家报纸用过，却遇人不淑，被改得前言不搭后语，好像我何某人满嘴昏话，发高烧39℃以上，令人沮丧之至。我们很快重登此稿，以去老人一块心病。何老撰文，知人论世，纵横古今，多有仗义行侠的风骨，多有微言大义的血肉，多有人情练达的慈悲，多有卓尔不群的尊严。作为编辑，拿到何老的文章，如果大而化之，又不愿用心体会，再自作聪明，盲动朱笔，肯定变金为石，弄巧成拙，那还不叫老爷子来气吗?!

何老从旧社会一路走来，三四十年代的文坛，五六十年代的文坛，七八十年代的文坛，世纪交替的文坛，若讲体验和洞察，表面看无异一般过来人，其实另有真货在。因他的正义感，他的表现力，他的战斗性，在舞文弄墨的队伍中，尊为魅力四射的骁将，是毫不过誉的。我个人更钦敬、偏爱何老的，恰是他滚烫的文字中，随处可见的冷幽默。其机锋所向，多为大大小小、真真假假的文坛闻人。试读这样的句子：掩盖愚蠢，欲盖弥彰；脸皮不薄，得天独厚；利欲攻心，别有一功；三角四角，要死要活……不动声色的何老，总会引发你的会心之笑。七八年前，何老还出版过一部《K长官轶事》漫画集。何老写脚本，方成推荐的画家张静构图。何老编派官场风月、妖精打架，配上画家流利机灵、内涵深曲的线条，机趣扑面，令人捧腹。读惯了何老谈道理的文章，以为他只是逻辑思维的高手。孰料弄起形象思维来，他丝毫不输叙事的行家。其实，着急谁不会，愤怒谁不会，义正辞严谁不会；而举重若轻地摇笔杆，则一定不是谁都会。何老会，且深谙其径。所以何老可爱。

随着时光推移，何老的可爱令人应接不暇。他说他与我们刊物情投意合，是因为他喜欢文字抬杠。我们数次刊文质疑何老的见解，他不以为侮，反而兴奋，并多有回敬。其好整以暇、腾挪有致的拳路，很对刊物的胃口。有来有往的交锋，也让何老快慰无比。曾有陕西、上海、北京等多地作者，借助我刊版面，挑逗他人在前，一俟"反弹"刊出，便即刻掉脸儿，来电来函厉言抗议，就好像我们早有"放蛇出洞"的预谋。更有甚者，联手讼棍，将我们拖上法庭。相形之下，何老的胸襟，比他们强过百倍。

而今文学艺术繁荣昌盛，几乎每县每市每省皆成风水宝地，春笋般长出装神弄鬼的泰斗、大师。稍繁华些的码头，甚至"百科全书"式的人物也已挂果。一次电话聊天，世事洞明的何老笑言："老实跟你讲，文化大师不论型号，都是'大师'本人谋划、利益团伙吹打出来的。古往今来，概莫能外。"他还故作忧虑："大师满天飞，我只担心未来文艺史，装不下这么多大块头。"

亦有人尊何老为大师，何老哑然失笑，说这些人是拜把子，看错了脑壳。年迈的何老，既不刻意将自己做旧，更不聊发少年之狂，总而言之，他德高望重，又不屑德高望重。与我们晚辈来往，随和坦诚，让我们很自在，想必何老也是很舒心的吧。每期新刊寄上，十之八九何老都有点评，心直口快，当赞则赞，该讥则讥。我们的一位男作者，被他喻为无靶放弹的骑士；我们的一位女作者，被他比作一锅乱烩的炊女；他引用一位贾姓教授的抱怨，批评我刊的发行"实在差劲"。当然，还是鼓励居多。何老曾用分量不轻的话表扬过编者的《答友人》，激赏过作者陈冲、杨牧、李梦、田晓菲、李建军……

这些年来，由何老引起的话题，编辑部津津乐道的，总有几则风雅往事。有一天，得到消息，同我们交往不久的何老，将"偕同主妇，登门拜访"。我骑车跑了几条街，把接风宴选在重庆道一家菜馆。就为那里前后左右的地面上，铺满了1949年前建成的各式各样的小洋楼。挑这样的环境，款待沪上洋场客，应算是配套之举吧。

那年何老八十高龄，敏捷多言，似与先前想象有些距离；何夫人吴仲华七十七岁，端庄典雅，完全可见年轻时的风采。同事同二老均为初识，包括闻讯而来的民俗专家张仲。于是一时拘束，彼此握手而无言欢。等按序坐定，我便问客杀鸡："何老，喝什么酒？"未待何老答我，张仲递上一个纸盒："我已带来。""什么酒？"何老问。"本埠特产……"那边尚未说完，何老已断然摆手："我不喝。""何老，你戒啦？"张仲大感诧异，他早已风闻老人的饮酒之好。这时，吴老师一旁低声嗔怪："客随主便嘛。"何老根本置若罔闻，朗声说道："我不喝杂牌子，只认五粮液。"见八旬翁要酒吃，且要得如此坦然、洒脱、不见外，满座大惊大喜，一个个欢叫出声，打心眼儿里喜欢上老头子了。何老却并不放过夫人："拦什么拦！到了'自由谈'，还不讲实话？我喝五粮液，也是为了你，帮你老家酒厂搞促销嘛！"原来吴老师蜀国人，实出意外。她与我川音相认，饭桌上遂从她的蓉城到我的达州，平添不少乡亲新话题。

又两年后，何老、吴老师携女儿何列音，北游到津，受邀与我们再次欢聚。朋友华年，曾在东瀛做过餐饮，放洋归来，于津门西餐重地小白楼重操旧业。这老弟机敏过人，擅长中日融汇，故菜品经典，天天雅士盈门。此番华年受我托付，亲自推敲菜单，又备出五粮液两瓶，以免却上回的弯路。编辑部诸位与二老已属故友重逢，有"旧"可叙，一握手一拥抱，便亲近得无以复加。席上有人频频拿出相机，将众人导演出各种组合。那晚，何老谈锋依旧，加上交流又有内容，大家尽兴而散时，才发现周围酒家全打烊了。

这次见面，似乎是个转折。我对何老，更觉可亲可近；也分明看出，何老对我，亦有喜爱之心。尤其老人视我为"热爱吃饭"的同好，让我十分欣然。我去上海看他，见他同吴老师读书写字，谈天说地，日子俭朴，却毫不潦草，讲究美食，又从不贪杯，令人钦羡不已。他们带我吃饭，川菜为主，浙菜为辅。瞧我食欲健旺，二老呵呵直乐。

何老家住人口密集的徐家汇天钥桥，我建议换换环境，搬个老来宜居的地方。何老摇头，说出一条常人不会在乎的理由："别看这里缺草缺树，我会终老于此，因全家都已习惯与邮局为邻。"何老不用电脑，不会上网，又自己不肯上镜，媒体不肯上门，超然物外，贫居闹市，自会领略独特的况味。所以他感念邮局，成全他书来信往的人生乐趣。他也寄望邮局，软件硬件的进步，都还大有余地。何老身体力行，俨然邮政代言人，告诉电子化时代，龟路兔路，各有出路，相轻不得也，偏废不得也。

有几年我常去上海，但无法做到常去看望何老。有时只打个电话问候，却像咫尺天涯，何老很不满意。其实，我有心理障碍，只要见面，二老必定带我上街吃饭。看他们步履蹒跚，我实在于心不安。有一回，我先去他家，他于是晓得我还有数日逗留，就以为我会再去。最后知我已回天津，电话中揶揄我，怕吃饭而溜号，巴人豪气哪里去了？那年陈逸飞过世，我头天到上海，时间花在去浦东棕榈泉陈宅吊唁。转天上午参加追悼会，下午赶回天津。因来去匆匆，便未告诉何老。不料悼念时相遇的熟人，与他通了信息。之后何老信中提及此事，虽无责怪，并封我"忙人"，将台阶给我。但我知道，何老对我过门不入，是有意见的。

何老待我，情同挚友，爱屋及乌，对我朋友也一直关怀备至。曾有条幅赠她，有文章评她。何老与她，亦有缘分，全国鲁迅文学奖，他们都于首届斩获，所以同为"奖友"。又一年朋友创作获奖，何老看过报道，立刻来信勉励。何老并不一味叫好，只说他相信一个规律，才情结合辛苦，才能通向成功。写到最后，文字殷殷，"我多希望她是我的女儿"——何老肺腑言，涌我心头浪，忘年情义重，何老是亲人。

2004年10月，何老和吴老师结婚六十周年。二老情趣盎然地张罗纪念，并邀我同乐。何老生活中对"精气神"的张扬，人生中于"仪式感"的重视，由此可见一斑。我欣然应允。未料喜期临近，却因一件不大不小的俗务，难以脱身。只好请书法家王全聚赶书贺联，用"快件"寄上。事后何老来信，宽容我的爽约，介绍贺联送达及时，由司仪诵读，为聚会添色不少。阅信方知，外地远客，仅邀我一人，故安排在宴席首桌，并附座单为证。我获此抬举，受宠若惊。细读名单，又不免称奇，那日宾客竟有六桌之多。贾植芳、王元化、黄裳、耿庸、冯英子、赵昌平……我生生错过名流满座、欢笑满室的盛况，非常无奈，又深感自责。我理应克服困难，完成这趟志喜之旅。满堂浪漫的欢宴中，添我一张笑脸，多我几句祝辞，当然不足为道，但哪怕只是锦上添花，也算尽我一分孝敬。

大约两三年前，何老来信，开始调侃自己，为求活命，已遵医嘱改饮红酒，但此物入口，与糖水无异，只得红白全戒，过上了清教徒的日子。又说他断酒之后，常有无名苦恼，记忆和思维愈来愈糟，尽管仍有文章寄上，无非余勇可贾，四川话"提虚劲"也；终有一天，不为你们动笔，也就不再写了。似乎是最后一信，他说自己精神委顿，诸事乏善可陈，并有"不亦哀哉"之叹。

眼前讣文，给何老列出好几个名号，都对，都准，又都欠着圆满。积我多年体会，了解一位作家，就是读他的文字，如果有缘相识，就是听他的谈话。何老与我，已有"千言万语"的交往。所以我眼中的何老，活得之清醒，之真实，之从容，之讲究，在高龄文人中，实为凤毛麟角。

我重新拿起电话。此刻，我知道我该打给谁了。话筒里传来吴仲华老师的声音。

"哦……你去了富阳，那里是满子的故乡……什么？你说你到了龙门？哎呀，龙门是满子的老家呀……17号？上午？对呀对呀，那时正开追悼会。怎么这么巧，你刚好在龙门……"

服丧期间的吴老师，八十八岁年纪的吴老师，除了有些疲惫，清晰如昨，温婉不减，这使我放心和欣慰。

富阳龙门，富春江南岸气势恢宏的一座明清建筑群。我对吴老师说到龙门，是因为我在那里读到了何老的题词。"读懂中国"四个大字的石碑，就立在古镇入口处。

远远看到熟悉的字体，感觉就像何老迎面走来。何老一生念兹在兹的，就是读懂中国。他的观点非常明确，"五四"以来，就文化领域而言，整个中国"读懂中国"的，唯鲁迅一人。何老心口如一，执着地求教鲁迅，最近二十多年，每年通读一遍《鲁迅全集》。鲁迅身后，信徒辈出，但像何老这般毫无功利之心的追随者，又能数出几人？我以指为笔，在空中描摹何老古朴清雅的题词，以至于一时脱离了参观的团队。

在山乡古镇读到何老，想到何老，当时以为只是巧合，也绝想不到探究何老与龙门的关系。现在想来，我与何老真是心心相印，缘分非凡。同一个时辰里，上海为他开着追悼会，阴差阳错，我却行走在他童年的街巷中。两地车程三小时，千古一别擦肩行。但吾心稍安，毕竟，在我并不预知的何老的故乡，异乎寻常地感触到了何老的气息。这，又何尝不是别一种送行呢？

原载《文学自由谈》2009年第4期

一个人和三个时代

迟子建

————————

"我是一棵树,根在大陆,干在台湾,枝叶在爱荷华。"这是聂华苓先生为她自传体新书《三生影像》撰写的序言。如果说 20 世纪是一座已无人入住的老屋的话,那么这十九个字,就是一阵清凉的雨滴,滑过衰草萋萋的屋檐,引我们回到老屋前,再听一听上个世纪的风雨,再看一看那些久违了的脸庞。

我认识聂华苓先生的时候,她已经八十岁了。也就是说,我是先逢着她的枝叶,再追寻她的根的。2005 年,国际写作计划邀请刘恒和我去美国,进行为期三个月的交流和访问。8 月下旬,我们从北京飞抵芝加哥,从芝加哥转机到德国拉皮兹时,已是晚上十点了。从机场到爱荷华,还有一小时左右的车程。接我们的亚太研究中心的刘东望说,聂华苓老师嘱咐他,不管多晚,到了爱荷华后,一定带我们先到她家,去吃点东西。我和刘恒说:"太晚了,就不去打扰了。"刘东望说:"她准备了,别推辞了。"晚十一时许,汽车驶入爱荷华。聂华苓就住在进出城公路山坡的一座红楼里,所以几乎是一进城,就到了她家。车子停在安寓（取自聂华苓先生的丈夫安格尔先生的名字）前，下车后，我嗅到了大森林特有的气息，弥漫着植物清香，又夹杂着湿润夜露，是那么的清新宜人。

门开后，聂华苓先生迎上来，她轻盈秀丽，有一双顾盼生辉的眼睛，全不像八十岁的人了，她见了我们热情地拥抱，叫着："你们能平安到，太好了！"她爽朗的性格，一下子拉近了我们之间的距离。红楼的一层是聂华苓先生的书房和客房，会客室、卧房和餐厅则在二楼。一上楼，我就闻到了浓浓的香味，她说煲了鸡汤，要为我们下接风面。她在厨房忙碌的时候，我站在对面看着，她忽然抬起头来，望了我一眼，笑着说："你跟我想象的一模一样！"我笑了。其实，她跟我想象的也一模一样！有一种丽人，在经过岁月的沧桑洗礼和美好爱情的滋润后，会呈现出一种从容淡定而又熠熠生辉的气质，她正是啊。应该说，我在爱荷华看到的聂华苓先生的"枝叶"，是经霜后粲然的红叶，风采灼灼。

安寓的饭桌，长条形的，紫檀色，宽大，能同时容纳十几人就餐。我和刘恒常常在黄昏时，沿着爱荷华河，步行到那里吃饭。这个时刻喜欢来安寓的，还有野鹿。坐在桌前，可见窗外的鹿一闪一闪地从丛林走出，出现在山坡的橡树下，来吃撒给它们的玉米。鹿一来，通常是两三只。有时候是一只母鹿带着两只怯生生的小鹿，有时候则是竖着闪电形状犄角的漂亮公鹿，偕着几只母鹿。这处红楼寓所又称为"鹿苑"，真是恰如其分。鹿精灵似的出现，又精灵似的离去了。华苓老师在苍茫暮色中，向我们讲述她经历过的那些不平凡的往事。夜色总是伴着这些给我们带来阵阵涛声的故事，一波一波深起来的。如今，这些故事，连同二百八十多幅珍贵的图片，完整地呈现在《三生影像》中，让我们循着聂华苓先生的生命轨迹，看到了一个为了艺术为了爱的女人，曲折而绚丽的一生。

聂华苓出生于1925年的汉口，母亲是个"半开放的女性"，气质典雅，知书达理。她嫁到聂家后，直到生下三个孩子，才发现丈夫已有妻儿。英国哲学家罗素，在他关于中国问题的专著中，曾有这样的论断："中国人的性格中，最让欧洲人惊讶的，莫过于他们的忍耐了。"我以为，"忍耐"的天性，在旧时代妇女身上体现得尤为明显。聂华苓的母亲虽说是羞愤难当，闹了一阵子，但最终她还是听天由命，留在了聂家。聂华苓的父亲聂怒夫，在吴佩孚控制武汉的时候，是湖北第一师的参谋长，在军中担任要职。桂系失势之后，聂家人躲避到了汉口的日本租界。旧中国军阀混战的情形，聂华苓的母亲描述得惟妙惟肖："当时有直系、皖系、奉系，还有很多系。你打来，我打去。和和打打，一笔乱账，算也算不清。"聂华苓的童年，就是在租界中度过的。英租界红头洋人的滑稽，德租界买办的傲慢，以及日本巡捕的凶恶，小华苓都看在眼里。有的时候，她会溜进门房，看听差们热热闹闹地玩牌九、掷骰子，听他们讲她听不懂的孙传芳、张作霖、曹锟、段祺瑞，也听他们讲她感兴趣的民间神话故事：八仙过海、牛郎织女、嫦娥奔月。聂华苓的爷爷是个可爱的老头，性情中人，他高兴了大笑，不高兴就大骂。他教孙女写字，背诵唐诗。有的时候，他还会邀上三两好友，谈诗，烧鸦片烟。小华苓常常躲在门外，偷听他们吟诗。"什么诗？我不懂，但我喜欢听，他们唱得有腔有调。原来书上的字还可以变成歌唱，你爱怎么唱，就怎么唱，好听就行了。他们不就是各唱各的调调儿吗？"这段充满童趣的回忆，天然地道出了诗文的本质。从聂华苓先生对故园的描述中，我们可以看到她是如何捉弄爷爷的使唤丫头真君的，看到她因为得不到一把俄国小洋伞而哭得天昏地暗的，看到她如何养蚕，用抽出的蚕丝做扣花、发簪和书签。虽然是在租界中，她的童年生活仍然不乏快乐。然而，聂华苓十一岁的时候，她的父亲，在贵州平越任专员兼保安司令的聂怒夫殉难，聂家从此失去了顶梁柱，少了往日的欢声笑语。对于父亲的死，聂华苓在书中是这样记叙的："那是1936年，农历正月初三。长征的红军已在 1935 年 10 月抵达陕北。另一股红军还在贵州，经过平越。"

父亲去世了，母亲艰难地撑起这个家。这个大度而不屈的女性，无疑对聂华苓的性格成因，有着深刻的影响。1937 年，抗日战争开始，在湖北省立一中读书的聂华苓，跟同学们一道，慰问从抗日前线归来的伤兵，给他们唱歌，代写家书，表演街头剧《放下你的鞭子》。上海、南京相继沦陷后，日机日夜轰炸武汉，每当空袭来临时，母亲就要把几个孩子护在身下，反复念诵《般若波罗蜜多心经》。为了躲避战火，1938 年，母亲带着孩子，在长江上乘船闯过鬼门关，逃难到了老家三斗坪。在那里，他们一家，度过了一段平和恬静的日子。由于三斗坪没有学上，指望着儿女为她扬眉吐气的母亲，不管女儿多么贪恋那儿的山水，还是毅然决然把她送到了恩施湖北省立女子中学读书。伴着飘忽的桐油灯，一群读书的女孩子，苦中作乐。食物匮乏，她们可以从狗嘴下抢下一块腌猪肝，来到农家，将它爆炒，痛快地吃一顿。她们还偷厨房的米饭和猪油解馋。然而，就在那里，也有看不见的斗争。比如生有水红嘴唇的音乐老师是共产党，她有一天突然失踪了，据说是被国民党捕去了；而有着一双美丽大眼睛的同学闻立武参与了学生运动，也是地下党。聂华苓从来都不是一个对政治敏感的人，这样的事，都是半个世纪之后，她才知晓的。

1940 年，聂华苓初中毕业后，与两位女生，搭上一辆木炭车，踏上了去重庆的旅途。由于盘缠不足，加之战乱，旅途受阻，每天只能吃两个被她们称为"炸弹"的硬馒头。辗转到了重庆后，聂华苓通过考试，在国立中央大学外文系读书。楼光来、柳无忌、俞大都是外文系的名教。聂华苓坚实的外语基础，就是在那里打下的。在那里，她与六个性情相投的女孩子结为"竹林七贤"，她们在苦读的时候，也不忘到野外玩耍，"去橘林偷橘子，吃了还兜着走，再摘一朵野花插在头上"。《三生影像》第一部分的插图，我最喜欢的，就是一群女学生站在稻田的照片。每个人的头上都插着一朵花，烂漫地笑着。她们的花样年华既有着淑女气和书卷气，又透着股豪气和野气，真是迷人。在重庆，聂华苓与同学王正路谈起了恋爱，虽然十五年后，他们最终还是分手了，但他留给了聂华苓一双可爱的女儿——薇薇和蓝蓝。

抗战胜利后，中央大学在1946年从重庆回到了南京，聂华苓在南京又读了两年，终于毕业了。1948年年底，她和王正路一起到了北平，结为夫妻。那时人民解放军已经占领机场，北平围城开始了。他们的蜜月，是在枪炮声中度过的。北平解放了，聂华苓和王正路离开故土，飞往台湾。

聂华苓出生在中国，她离开时，已经二十四岁了。她最早的文学熏陶、所受的教育以及世界观和艺术观的形成，与这片土地休戚相关。她用二十四年光阴扎下的这个根，牢牢的，深深的，这是天力都不能撼动的。没有它，就不会有日后挺拔的躯干和繁茂的枝叶。

读《三生影像》的第二部时，我的心是压抑的。那座宝岛，带给我们的，不是风和日丽的人文景象，而是阴云笼罩的肃杀之气。出现在那里的人，雷震、殷海光、郭衣洞（柏杨），一个个雕塑似的，巍然屹立。他们不是泥塑的，也不是石膏镌刻的，他们都是青铜质地的，刚毅，孤傲，散发着凛凛的金属光泽。

聂华苓到台湾后，赶上《自由中国》创刊，杂志社正缺一位负责文稿的编辑，爱好写作的她就应聘去了那里，赚钱贴补家用。《自由中国》是由雷震先生主持的，他1917年就加入了国民党，曾担任过国民党政府的许多要职，1949年到台湾后，被蒋介石聘为国策顾问。而《自由中国》的发行人，是当时身在美国的胡适先生。对于这个刊物，聂华苓是这样说的："是介乎国民党的开明人士和自由主义知识分子之间的一个刊物。这样一个组合所代表的意义，就是支持并督促国民党政府走向进步，逐步改革，建立自由民主的社会。"显然，这是一份政治色彩浓厚的刊物。对政治并不感兴趣的聂华苓，像这个阵地墙角一朵烂漫的小花，安静地释放着自己的光芒。经她之手，林海音的《城南旧事》、梁实秋的《雅舍小品》，以及柏杨的小说和余光中的诗，这些已成经典的作品，一篇篇地登场了。如果说《自由中国》是一匹藏青色的布的话，这些作品，无疑就是镶嵌在布边的流苏，使它多了分飘逸和俏丽。然而，政治的台风，很快席卷了《自由中国》，因为夏道平执写的《政府不可诱民入罪》，《自由中国》和台湾统治者发生了最初的冲突，胡适在此时发表声明，辞去了发行人的角色。其后，又因为一篇《抢救教育危机》，雷震被开除了国民党党籍。1955年，国民党发动"党员白清运动"，《自由中国》又发出了批评的声音。到了蒋介石七十大寿，《自由中国》在祝寿专号中，批评违宪的国防组织和特务机构时，这本刊物可以说已成为风中之烛。《自由中国》除了发表针砭时弊的社论，也登载反映老百姓民生疾苦的短评，雷震成了台湾岛的"雷青天"。胡适回到台湾后，1958年就任台湾"中央研究院"院长。这期间，雷震与志同道合的朋友一起，雄心勃勃地筹组新党。雷震邀请胡适做新党领袖，胡适没有答应。但胡适是支持雷震的，说是他可做党员，待新党成立大会召开时，他也会去捧场。我以为，以胡适的政治眼光和看待历史的深度，他是看到了雷震的未来的——不可逃避的铁窗生涯。他没有阻止，反而推波助澜，我想他绝对没有加害雷震的恶意，在他生命深处，真正渴望的，还是做一个自由而有良知的知识分子。徐复观有一篇回忆胡适的文章，他这样写道："我深切了解在真正的自由民主未实现以前，所有的书生，都是悲剧的命运，除非一个人良心丧尽，把悲剧当喜剧来演奏。"这话可谓一语中的。雷震其实就是一面树立在胡适心中的正义和博爱的旗帜，有他，他会受到默默的激励；而当他倒伏时，尽管胡适也是痛楚的，但因为这面旗帜是倒在了心中，他便想悄悄把它掩埋了。胡适自称是个怀疑论者，徐讦在比较新文学运动的领袖胡适和陈独秀时，有过这样精辟的论述："胡适之性格冲和，宽大，平正，陈独秀性格凌厉，独断与偏激"。他指出胡适的性格中有"矛盾性与妥协性"。所以当1960年9月雷震等人以"涉嫌叛乱"的罪名被捕入狱，殷海光等人挺身而出，为雷震喊冤时，胡适隐于幕后，只以"光荣的下场"这句"漂亮话"，打发了世人期盼的眼神。胡适以为他可以苟活，但是他错了。雷震入狱仅仅一年半以后，他在一个酒会致辞时，猝然倒地，带着解不脱的苦闷，去了那个也许是"万籁俱寂"，也许仍然是"众声喧哗"的世界。那一刻，他才真的自由了。

我喜欢《自由中国》的殷海光，这个毕业于西南联大的金岳霖先生的弟子，正气、勇敢、浪漫，充满诗情。受雷震案的牵涉，他虽未入狱，但一直受到特务的监视和骚扰。这个声称"书和花，是作为一个人应该有的起码享受"的知识分子，最初是反对传统的，主张中国未来的道路是全盘西化；可当他苍凉离世前，他顿悟："中国文化不是进化而是演化，是在患难中的积累，积累得异样深厚。我现在才发现，我对中国文化的热爱。"

铁骨铮铮的雷震和傲然不屈的殷海光，最终长眠在"自由墓园"中。以他们的人格光辉，是担得起"自由"这个词的。

我想，聂华苓身上的正直和无私，她男人般的侠肝义胆，古道热肠，无疑受了雷震和殷海光的深刻影响。也就是说，她的躯干，之所以没有在非常岁月中，被狂风暴雨摧折，与他们有形无形的扶助，是分不开的。

1951年，聂华苓的弟弟汉仲在空军的一次例行飞行中失事身亡。1960年，她所供职的《自由中国》蒙难，家门外一直有特务徘徊，接着是母亲去世，而她和王正路的婚姻也陷入"无救"状态。此时的聂华苓，可说是陷入了生命的低谷。但是命运仿佛格外眷顾这位聪明伶俐的女子，就在这个阴气沉沉的时刻，她生命的曙光出现了。这道光，照亮了她的后半生。

保罗·安格尔先生，在美国是一位与惠特曼齐名的著名诗人，曾被约翰逊总统聘任为美国第一届国家文学艺术委员会委员，并任华盛顿肯尼迪中心顾问。这个马夫的儿子，出身贫寒，热爱艺术，中学时就发表了诗作。大学毕业后，他来到爱荷华大学，以一本《旧土》诗集，成为美国有史以来第一个用文学作品获得硕士学位的人。安格尔经历非凡，当他还在牛津大学读书时，便游历欧洲，结识了很多声名卓著的作家。1934年，安格尔创办"爱荷华作家工作坊"，一步步地把它发展为美国文学的重镇。他曾开玩笑地说过："猎狗闻得出肉骨头，我闻得出才华。"他"闻"出的最出色的才华，就包括美国著名女作家奥康纳。这个修女打扮的怯生生的女孩子，写出的小说诡异神秘，如梦似幻，已成经典。二战时临时搭建的简易的营房，就是作家们的教室。安格尔给学生上课时，有的学生带着狗来，还有的甚至用布袋提着一条"咝咝"叫的蛇来。为着作家工作坊，安格尔先生的足迹遍及世界，寻觅着好作家和好作品。他怎么也不会想到，1963年的台湾之行，会给他带来永生永世相守的人。我们从安格尔的照片中，可以领略到他迷人的风采。聂华苓是这样描述他的："第一次看到他，就喜欢他的眼睛。不停地变幻：温暖，深情，幽默，犀利，渴望，讽刺，调皮，咄咄逼人。非常好看的灰蓝眼睛。他的侧影也好看，线条分明，细致而生动。"而安格尔在晚年的回忆录中，写到他初遇聂华苓时的感受，有这样的句子："台北并不是个美丽的城市，没有什么可看的。但是因为身边有华苓，散发着奇妙的魅力和狡黠的幽默，看她就够了。从那一刻起，每一天，华苓就在我心中，或是在我面前。"他们一见钟情。在此之前，他们是一幅被撕裂了的山水画，各持半卷，虽然也风光旖旎，却没有气韵。直到他们连接在一起，这幅画才活了，变得生动。

他们结婚后在半山坡上筑起爱巢——红楼，他们一起划船，一起喂鹿，一起谈诗，一起举杯，看日落月升。他们在一起，永远有谈不完的话题。

爱荷华这地方，地处美国中西部，人口不多，安详宁静，仿佛世外桃源。按照南非女作家海德的说法，"鸡粪那一类田上的事，可能是报纸的头条新闻"，非常适宜写作。1967年的一天，划船的时候，聂华苓望着波光粼粼的爱荷华河，忽发奇想，为何不在爱荷华大学原有的写作工作坊之外，再创办一个国际写作计划呢？一个为世界文学的交流和发展作出过不可磨灭的贡献的计划，就这样诞生了。地球上不同肤色，不同种族，不同语言，不同文化背景，不同政治遭遇和生活际遇的作家，在其后的四十年间，以同一个目的，在爱荷华相遇了。我觉得从某种意义来说，这个写作计划，就是文学的"奥林匹克"。这个以文会友的盛会，为消除种族之间的敌视，消除不同社会制度下的人的隔阂，起了积极的作用。难怪1976年，安格尔和聂华苓因为这个写作计划，而被提名为诺贝尔和平奖的候选人。

在爱荷华这个文学大家庭里，我们看到了丁玲紧握苏珊·桑塔格的手；看到了以色列作家从最初坚决不肯与德国作家交往，到临别时主动与他们推心置腹地交谈；看到了伊朗女诗人台海瑞与罗马尼亚小说家易法素克之间临别之际爆发的深沉的爱恋。曾获得过诺贝尔文学奖的波兰诗人米沃什，爱尔兰诗人希尼，都曾是这里的座上宾。而上届诺贝尔文学奖得主，土耳其的帕慕克，也是国际写作计划邀请过的作家。

但对于身居海外仍然坚持用母语写作的聂华苓来说，那些用汉语写作的作家，才是她魂牵梦系的。国际写作计划在四十年间，共邀请世界各地作家一千二百多位，其中用汉语写作的作家，就占了一百多位。1979年中美建交后，萧乾成为第一位被邀请到爱荷华的中国作家。从他开始，中国作家的身影就不断地出现在那里。我们常常听聂华苓满怀深情地讲起到过这里的华文作家的一些逸事。那座红楼，留下这样一些杰出作家的足迹：丁玲、王蒙、汪曾祺、艾青、萧乾、吴祖光、茹志鹃、陈白尘、徐迟、冯骥才、张贤亮、邵燕祥、柏杨、白先勇、郑愁予、余光中、杨逵、痖弦、谌容、王安忆、陈映真、阿城等。是她，最早为新时期中国文学中最为活跃的作家，打开了看世界的窗口。

聂华苓和安格尔于1988年退休，但聂华苓的目光，始终没有脱离她的"根"和"干"，她仍然积极地向国际写作计划推荐华文作家。1991年3月，聂华苓和安格尔先生离开爱荷华的家，满怀喜悦地去欧洲，准备领取波兰政府授予的国际文化贡献奖。他们在芝加哥机场转机的时候，安格尔先生猝然倒地，离别了他最不忍诀别的人。他在最后时刻，还是倒在了自己的祖国，倒在了他深爱的人的身边，倒在了他不倦的旅途中，他无疑是幸福的。

安格尔的离去，让聂华苓觉得"天翻地覆"，她也倒下了。但这个豁达开朗的红楼女主人，最终还是倚赖着安格尔对她刻骨铭心的爱，慢慢站了起来。一个在情感上富足的女人，是不会倒在任何命运的关隘的。2001年，一度与中国中断了的国际写作计划，在聂华苓的努力下，又恢复了。相隔多年，她想一定要请一位在国内外都有影响的，将来能立得住的青年作家来爱荷华，她选择了苏童。时隔几年，她骄傲地对我说："我没有选错！"苏童之后，又先后有李锐、西川、孟京辉、余华、莫言、刘恒、毕飞宇等中国作家来到爱荷华。也许有人不会知道，中国作家去爱荷华的费用，有很大一部分，是由民间募集而来的。当地一些热爱文学的华人，包括聂华苓自己，为了让国际写作计划中能有中国作家参与，每年都要捐款。而现在，由于经费不足，对中国作家的邀请，又陷入困境之中，这也让她感到深深的无奈。

聂华苓说："我这辈子恍如三生三世——大陆、台湾、爱荷华。"这"三生"，其实也是她经历的三个不同时代。她在大陆度过了战乱中的童年和青年，在台湾经历了国民党的白色恐怖时代。在国际写作计划如火如荼之时，美国也正陷入越战的泥沼，美国国内的反战浪潮一浪高过一浪。虽然说与安格尔结合后，她过上了平静无忧的生活，但是对"根"和"干"的眷恋，对母语的不舍，还是使她这个定居美国的"外国人"有着难言之痛。这种内心的矛盾，使她才情爆发，酣畅淋漓地写出了获得美国书卷奖的长篇小说《桑青与桃红》。

像聂华苓这样经历过三个时代风雨洗礼，依然能够笑声朗朗的作家，实在不多见。2006年，我在香港遇见台湾著名诗人郑愁予先生，与他在兰桂坊饮酒谈天说起聂华苓时，他用了四个字来评价她："风华绝代"。聂华苓自称是一个有着小布尔乔亚情调的人，她爱憎分明，爱会爱得热烈而纯真，恨也恨得鲜明而彻底。她是一个艺术至上的人，这也就不难理解为什么她父亲死于红军枪下，而她却仍然能够与安格尔合译毛泽东的诗词。

国际写作计划的前两个半月以各种话题讨论、文学交流、参观及写作为主，后半个月则是旅行，每个作家都可以按个人兴趣自行设计旅程。2005年11月，刘恒去了纽约，我去了芝加哥。归国前，我们又回到爱荷华。冬天来了，虽说还没下雪，但天儿已冷了。归国的前一天，我们来到安寓，在山林中拾捡烧柴，抱到红楼的壁炉旁，以备华苓老师生壁炉用。天渐渐黑了，我们生起火，围炉喝酒谈天。谈着谈着，她忽然放下酒杯，引我们来到卧室。她拉开衣橱，取出一套做工考究的中式缎子衣服，斜襟，带扣襻的，银粉色，质地极佳。她举着披挂在衣架上的那身衣服，笑盈盈地说："我已经嘱咐两个女儿了，我走的那天，就穿这套衣服！怎么样？"那套衣服出水芙蓉般的鲜润明媚，我说："穿上后像个新娘！"她大笑着，我也笑着，但我的眼睛湿了。没有哪个女人，会像她一样，活得这么无畏、透明和光华！

安格尔先生安葬在爱荷华的一座清幽的墓园里，离红楼并不遥远。

我记得10月12日安格尔生日的那天，华苓老师驾车，我们带着他生前喜爱的鲜花和威士忌，一同去看望他。清洗完墓碑，华苓老师将酒洒在墓前，向安格尔介绍着刘恒和我的情况。介绍完，她莞尔一笑，轻扶着墓碑，无限感慨地对我说："你看，这里很好，很宽，将来把我再放进去就是了。"聂华苓已经把自己的名字，提前刻在了碑上。我多么希望上帝紧紧捏住她的那个日子，永不撒手，虽然我知道对于任何人来说，那一天总会来临的。那座墓碑是黑色大理石的，圆形。不过它不是彻头彻尾的圆，而是大半个圆，看上去就像一轮西沉的太阳，在温柔的暮色中，闪闪发光。

原载《读书》2009年第1期

万事翻覆如浮云

叶兆言

————————

一

父亲在北方有许多朋友，每次去北京，最想看望的是林斤澜伯伯。我们父子一起去京的机会不多，在南京聊天，父亲总说下次去北京，带你一起去看你林伯伯。忘不了有一次，父亲真带我去了，我们站在一片高楼前发怔，北京的变化实在太大，转眼之间，新楼房像竹笋似的到处冒出来。一向糊涂的父亲，一下子犹豫起来，就跟猜谜似的，他完全是凭着感觉，武断地说应该是那一栋，结果真的就是那一栋。

我忘不了父亲找到林伯伯家大门时的那种激动心情。他孩子气地叫着"老林"，一声接着一声，害得整个楼道里的人，都把头伸了出来。我也忘不了林伯伯的喜出望外，得意忘形，乐呵呵地迎了过来。两个有童心的老人，突然之间都成了小孩。友谊是个很珍贵的东西，杜甫在《奉简高三十五使君》里曾写道："行色秋将晚，交情老更亲。"父亲那一辈的人，并不是都把朋友看得很重，这年头，名利之心实在太重，只有淡泊的老人，才会真正享受到友谊的乐趣。

父亲过世后，林伯伯在很短的时间里，写了两篇纪念文章。仅仅是这一件事，就足以说明他和父亲的私交有多深。在贵州，一次和当地文学爱好者的对话会上，我紧挨着林伯伯坐在主席台上，林伯伯突然小声地对我说，他想起了我父亲，想起了他们当年坐在一起的情景。此情此景，物是人非，我的心猛地抽紧了一下，一时真不知说什么好。相逢方一笑，相送还成泣，我想父亲地下若有知，他也会和林伯伯一样，是绝对忘不了老朋友的。

林伯伯比我父亲大两岁，他长得相貌堂堂，当作家真有些可惜。女作家赵玫女士的评价，说他的五官有一半像赵丹，有一半像孙道临。准确地说，应该是赵丹和孙道临这些大明星，长得像林伯伯。林伯伯已经70多岁了，可年轻人也没有他现在的眼睛亮。年轻一代的作家叫林伯伯自然称林老师，他们知道林伯伯和我们家的关系，跟我谈起来，总喜欢说你林伯伯怎么样。年轻人谈起老年人，未必各个都说好，但是我从没有听谁说过林伯伯的不是。年轻人眼里的林伯伯，永远是一个年轻的老作家。

还是在贵州，接待人员尽地主之谊，请我们吃当地的小吃。一人一大碗牛杂碎，林伯伯热乎乎地吃完了，兴犹未尽，又换了一家再吃羊杂碎，还跟柜台上的老板娘要了一碗劣酒，酒足饭饱，红着脸，从店铺里摇晃着出来，笑我们这么年轻，就不能吃，就不爱吃。马齿虽长，童心犹在，老作家中的汪曾祺和陆文夫，都是有名的食客，食不厌精，脍不厌细，然而他们的缺点，都是没有林伯伯那样的好胃口。没有好胃口，便当不了真正的饕餮之徒。只有像林伯伯这样的童心，这样的好胃口，才能吃出天下万物的滋味。

父亲在世时，常说林伯伯的小说有些怪。怪，是对流行的反动。他不是写时文的高手，和众多制造时髦文章的写手混杂在一起，在林伯伯看来也许很无趣。道不同不相为谋。林伯伯写毛笔字，写的是篆书。他似乎从来就没有真正的大红大紫过。我刚开始写小说的时候，就听林伯伯说过，他和汪曾祺先生的小说，都不适宜发头条。现在已有所改变，他和汪的小说屡屡上了头条，说明时文已经不太吃香，也说明只要耐着性子写，小水长流，则能穿石。出水再看两脚泥，文章小道，能由着自己的性情写下去，总能在历史上找到自己的位置。

20多年前，高中毕业无事可干，我在北京待了将近一年，那段时间里，常常陪祖父去看他的老朋友，都是硕果仅存名震一时的人物。后来又有幸认识了父亲一辈的作家，经过1957年反右和"文化大革命"的双重洗礼，这些人像出土文物一样驰骋文坛，笑傲江湖，成为当代文学的中坚。前辈的言传身教，让我受益匪浅。林伯伯曾戏言，说我父亲生长在"谈笑皆鸿儒"的环境里，我作为他的儿子，自然也跟着沾光。对于自己亲眼见过的前辈作家，有许多话可以侃，有许多掌故可以卖，然而林伯伯却是我开始写的第一位。

二

以上文字写于1996年的12月，当时何镇邦先生在山东《时代文艺》上主持一个专栏，点名要我写一点关于林斤澜的文字。我一挥而就，并扬言这样的文章可以继续写下去，结果以后除了一篇《郴江幸自绕郴山》写了汪曾祺和高晓声，从此就没有下文。陆文夫过世的时候，很多报刊约写文章，我在追思会上也表示要写一篇，转眼又是好几年过去，文字却一个也没有，真有些说不过去。

大约是上世纪70年代末，我正在大学读书，动不动逃学在家。有一天，父亲领了一大帮人来，其中早已熟悉的有高晓声和陆文夫，不熟悉的是北京的几位，有刘绍棠，有邓友梅，有刘真，印象中还有林斤澜。所以要说印象中，是事情过了30年，重写这段往事，我变得信心不足，记忆开始出现问题。或许只是印象中觉得应该有，本来还有一个人要一起过来，这就是刘宾雁，他临时被拉去作讲座了。

多少年来，一直都觉得那天林斤澜在场，当我认认真真地要开始写这一段回忆文字时，突然变得谨慎起来。本来这事很简单，只要问问身边的人就行，可是过眼烟云，父亲离世已十七年，高晓声和陆文夫不在了，刘绍棠不在了，当事人林斤澜也走了，刘宾雁也走了，刘真去了澳大利亚，国内知道这事的只剩下邓友梅。当然，林斤澜在不在场并不重要，物以类聚，人以群分，那年头的右派常有这样那样的聚会，而林却是混迹其中唯一不是右派的人。

林斤澜没当上右派几乎是件笑话，能够漏网实属幸运，他和右派根本就是一丘之貉，也没少犯过错误，也没少受过迫害。一为文人，便无足观，想想1949年以后，改革开放之前，作家哪有什么好日子可过。林斤澜从来不是一个胆小怕事的人，把他和右派放在一起说，没有一点问题，有时候他甚至比右派还右。上世纪90年代初，我去北京开会，好像是青创会之类，反正很多人去了，一时间很热闹很喧嚣，我打电话问候林斤澜，他很难得地用长辈的口吻关照，说多事之秋，做人必须要有节操，要爱惜自己的羽毛，做人不一定要狂，但是应该狷的时候，还是得狷，不该说的话千万不要乱说。狂者进取，狷者有所不为也。我明白他说的那个意思，让他尽管放心，我本来就不喜欢在公众场合表态，更何况是说违心的话。

还是回到那天在我家的聚会上，之所以要想到这个十分热闹的场面，因为这样的聚会属于父辈这一代人，只有劫后余生的他们才能分享。右派平反后，行情看涨，开始扬眉吐气，一个个都神气活现，文坛上春风得意，官场上不断进取。记得那天话最多的是刘绍棠，然后就是邓友梅，说什么内容已记不清楚，不过是高谈而阔论，口无遮拦指天画地。北方人总是比南方人嗓门儿高一些，我念念不忘这事，是想不到在我们家客厅，竟然会一下子聚集了这么多文坛上的著名右派。说老实话，作为一个晚辈，我当时也没什么别的想法，也轮不到我插嘴，只是觉得很热闹，觉得他们一个个返老还童了，都太亢奋。

2006年开作代会，在北京饭店大堂，林斤澜抓住了我的手，很难过地说："走了，都走了！"反反复复地念叨，就这一句话。眼泪从他眼角流出来，我知道他是指父辈那些老朋友，一看见我这个晚辈，就又想起了他们。终于平静下来，我不知道说什么好，他沉默了一会儿，又说："你爸爸走了，曾祺也走了，老高也走了，老陆也走了，唉，怎么都走了呢？"

我能感受到他深深的悲哀和无奈，林斤澜是最幸运的，与过世的老朋友相比，他最健康，心态最好，创作生命也维持得最持久，直到80多岁，还能写。这时候，他83岁了，精神还不错，两眼仍然有神，可是走路已经缓慢，反应显不如从前。这也是我最后一次跟他见面。今年4月，程绍国兄发信给我，告诉不好消息：

兆言兄，林斤澜先生病危（全身浮肿，神志时清时不清），离大去之期不远矣。这是他五妹今早通知我的。悲恸。

第二天晚上，又来了一信，像电报一样，只有几个字：

林老下午去世。绍国。

我打开信箱，见到这封信，无限感慨，心里十分难过，傻坐了一会儿。回了一封短信：

刚从外面回来，刚看到，黯然销魂。无言。兆言。

真不知道说什么才好，1979年四次文代会召开，据说有一个很感人的场面，就是大家起立，为过去年代遭迫害而过世的作家默哀。从此，文坛旧的一页翻了过去，新的一页打开。当时有一个流行词叫"新时期"，还有一个词叫"重放的鲜花"，这鲜花就是指父亲那辈人，那些在50年代开始写作的作家又重新活了过来。时过境迁，新的那一页也基本上翻了过去，重放的鲜花大都凋零，父辈的老人中虽然还有些幸存者，譬如邵燕祥，譬如李国文，譬如王蒙和邓友梅，还有张贤亮，还有江苏的梅汝恺和陈椿年，但是那个曾经让他们无限风光的时代，却已无可奈何地结束了。

三

右派平反以后，中文系的支部书记约我这个学生谈话，说是在我的档案中，有一些父亲的材料，要当面销毁。我觉得很奇怪，说为什么要销毁呢，这玩意儿已存在了很多年。书记说销毁了，对你以后的前途就不再会有什么影响，这可是黑材料。我拒绝了书记的好意，认为它们既然未能阻止我上大学，那么也就阻止不了别的什么。

右派是从十八层地狱里爬出来的人，我实际上是直到右派平反，才知道父亲和他的那些朋友是右派。这些并不光彩的往事，一直都是瞒着我，在此之前，我只见过韩叔叔陆叔叔。韩是方之，他姓韩，方之是笔名，陆就是陆文夫，他来过几次南京，是我应该称之为叔叔的父亲众多好朋友之一。在我的记忆中，"探求者"成员被打成右派后，互相往来很少。除了父亲和方之，他们都在南京，是标准的难兄难弟，根本顾不上避嫌疑，其他的人几乎断绝音讯，譬如高晓声，父亲就怀疑他是否还在人间。

和知道方之一样，我最早知道的陆文夫，既不是作家，也不是美食家。方之与陆文夫在"文革"中都下放苏北农村，粉碎"四人帮"后，分别回到南京和苏州，然后就蠢蠢欲动，开始大写小说，加上一直蛰伏在常州乡间的高晓声，很快名震文坛，享誉全国。陆文夫是江苏第一个得全国短篇小说奖的人，也是获得各种奖项最多的一位。加上方之和高晓声，紧随其后跟着获得大奖，在80年代文学热的大背景下，一时间，只要一提起江苏的"探求者"，人们立刻刮目相看。

陆文夫在"文革"后期有没有写过小说我不知道，反正方之和高晓声是努力地写了，在那个特定时期，他们的小说不可能写好，也不可能产生任何影响。"文革"后期开始文学创作，思想虽然不可能解放，最大的好处是可以提前预热，先活动活动手脚，俗话说一招鲜吃遍天。当然右派作家还有一个优势，早在50年代已开始写作，有着很不错的基础，本来就是不错的写手，赶上新时期这个好日子，水到而渠成，大显身手、独领风骚便在情理之中。显然，江苏作家中的陆文夫运气要好一些，一出手就拿了个奖，方之没那福分，他的《在阁楼上》与陆文夫的《献身》发表在同一年的《人民文学》上，同样是重头稿，而且还要早一期，也有影响，却只能看着《献身》得奖。

说到文学风格，方之自称为辛辣现实主义，称高晓声是苦涩现实主义，称陆文夫是糖醋现实主义。方之小说的辛辣味道，一度并不见容于文坛，其代表作《内奸》被退了两次稿，这让他觉得很没有面子，不止一次当着我的面骂娘。好在《内奸》还是发表了，而且很快得了全国奖，这个奖被评上不能说与方之的逝世有关，然而在评奖之前，方之的英年早逝引起文坛震惶，连巴金都赶写了文章悼念，也是不争的事实，毕竟是影响太大，说红就红了。

平心而论，在80年代初期，高晓声要比陆文夫更红火一些。这时候方之已经过世，如果他还健在，也可能会在陆文夫之上。无疑是与个人的文学风格有关，不管怎么说，当时是伤痕文学的天下，整个社会都在借助文学清算过去，都在利用小说出气，辛辣和苦涩未必见容于官方，却更容易引起读者的共鸣。真正奠定陆文夫文坛地位的是后来的《美食家》，不仅因为又得了全国奖，而是它产生的影响连绵不断，一浪盖过一浪。相比高晓声和方之的一炮而红，陆文夫略有些慢热，一开始可以说是不温不火，在《美食家》之前，既能够被别人不断说起，有点小名气，还不至于充当当时文坛的领军人物。

《美食家》改变了一切，陆文夫名声大震，小说到处转载，又是电影又是电视。不只是文坛，而且深入到民心，影响到国外，上到政府官员，下到平头百姓，只要提到一个吃字，只要说到会吃的主，就无人不知陆文夫。

四

我一直觉得美食家三个字，是陆文夫的生造，在没有《美食家》这篇小说前，工具书上找不到这个词。有一次，一个朋友让我写信，催陆文夫许诺要写的一篇序，我冒冒失失就写了信，结果陆很生气，立刻给我回信，说自己从来没答应过谁，说别人骗你来蒙我，你竟然就跟着瞎起哄。反正我是小辈，被他说两句无所谓，只是朋友向我诅咒发誓，认定陆文夫是当面答应过的，他现在又赖账不肯写了，也没有办法。后来我跟陆文夫讨论此事，他笑着说，要答应也肯定是在酒桌上，或许是有的，不过喝了酒说的话，自然是不能作数。

陆文夫与父亲还有高晓声喝酒都是一个路数，喜欢慢慢地品，一边喝一边聊，酒逢知己千杯少，从上顿喝到下顿并不罕见。我不善饮，只能陪他们聊天。父亲生前常常要说笑话，当面背后都说，说陆叔叔现在已成了"吃客"，嘴越来越刁了，越来越不好侍候。"吃客"是苏州土话，也就是美食家的意思。父亲是苏州人，陆文夫长年客居苏州，他们在一起总是说苏州话，而这两个字非得用方言来念才有味道。如果陆文夫的小说当初以"吃客"命名，说不定现在流行的就是这两个字。

父亲的话有几层意思：首先，作为老朋友，他过去并不觉得陆文夫特别会吃。士别三日当刮目相看，父亲见过很多能吃的前辈，说起掌故来头头是道，以吃的水平论，陆只能算是晚辈。其次，陆文夫不好辣，缺此一味，很难成为真正的美食大家，父亲少年时曾在四川待过，总觉得川菜博大精深，不能吃辣将少了很多乐趣。再次，好吃乃是一件很堕落的事，是败家子和富家子弟的恶习，是男人没出息的表现，陆文夫并非出自豪门，主要人生经历都在新中国成立以后，生活在红旗下，不是搞运动，就是三年自然灾害，就是"文化大革命"，哪来吃的基础。

右派平反以后，老朋友经常相聚，有一次在我家喝酒，方之怀旧，说到了他的自杀经历，说自己曾经吞过两瓶安眠药，然后就什么知觉也没有了，醒来时不知身处何处，只听见妻子十分痛苦地问他觉得怎么样。往事不堪回首，说着说着，方之忽然伏在桌上哭了起来，父亲和陆文夫也立刻跟着流起了眼泪。

哭了一会儿，方之说："你们都没有过死的体会，我算是有过了！"

这句话又勾起了大家的伤心，在过去的岁月里，同是天涯沦落人，生不如死，谁没有过想死的心呢。"文革"中，父亲确确实实想到了要结束自己的生命，但是没有勇气一个人走，便相约同是被打倒的母亲一起死，母亲断然拒绝，说我们这么不明不白地一死，那就真成了阶级敌人。陆文夫最难熬的却是在"文革"前夕，当时他戴罪写了几个短篇小说，因为茅盾的叫好，正踌躇满志，没想到有关方面正好要挑刺儿，便说茅公是"与党争夺文学青年"。陆文夫经过了反右的风风雨雨，刚有些起死回生，又突然成了"妄想反攻倒算的右派"。这件事对他的打击很大，一时间万念俱灰，不想再活了。有一天傍晚，他走到一个小池塘边，对着静静的湖水发呆，想就此给自己的人生一个交代。

这几乎就是一个小说中的情节，然而千真万确，所幸被一位熟人撞见，拉着他喝了一夜老酒，才打消了轻生的念头。方之过世，陆文夫从苏州赶到南京，先到我家，站在门外，叫了一声"老叶"，便情不自禁地哭了。然后缓缓进屋，坐在方之生前喜欢坐的红沙发上，又掩面痛哭，像个伤心的小孩子。又过了十多年，轮到父亲要走了，我忘不了陆文夫悲哀伤心的样子，在医院里，他看着已经头脑不清醒的父亲，眼睛红了，叹气不止。这以后，他一次次在电话里关切地询问，然后又匆匆从苏州赶过来奔丧。

进入了新时期，文人陡然变得风光起来，陆文夫更多的是向人展现自己靓丽的一面，人们很难想到他并不光鲜的另一面。很显然，陆文夫并不喜欢"糖醋现实主义"这种说法，事实上，他文章中有着太多的辛辣和苦涩，人们只是没有那个耐心去读。要知道，他本是个愤世嫉俗的人，说到脾气大，说到不随和，"探求者"成员中，他丝毫也不比别人差，当然吃的苦头也就不比别人少。陆文夫的两个女儿身体都不好，大女儿开过刀，做过很大的手术，小女儿更是很年轻就撒手人寰，都说这与她们从小被动吸烟有关。

在陆文夫写作的艰难岁月，大部分时间居住环境十分恶劣，都是关在一间烟雾缭绕的小房间苦熬，而且经济条件限制，吸的是最差劲的香烟。这种蹩脚烟老百姓也抽，很少是躲在完全封闭的环境里，百无一用是书生，那年头的文化人哪有什么今天的健康意识。

陆文夫打成右派后，当过工人，"文革"中又下放了很多年，这本是文化人的宿命，没必要过分抱怨，更没必要心存感谢。一个人并不能因为吃过苦，就一定应该享受甜，落过难，就应该获得荣华富贵。写作并不比别的什么工作更伟大，人生最大的愉快，是想干什么，就能干什么。陆文夫的手很巧，他当工人，曾是一名非常出色的技工，但是更擅长的还是写作，只有写作才能让他真正的如鱼得水。如果说起陆文夫的不幸，也就是在说整个50年代作家的不幸，整整20年，给作家一些磨难也没什么，吃点苦也行，然而真不应该无情地剥夺他们的写作权利，不应该扼杀他们的创作生命。

五

我对林斤澜的了解并不多，只知道他和父亲关系很铁，除了"探求者"这批老哥们儿外，北京的同辈作家中，与父亲私交最好的就是他。为了这个缘故，在刚开始写作的那段日子，父亲曾把我的一个中篇小说习作交给他，让他提提意见，其实是投石问路，看看是否能在《北京文学》上发表，这话自然没好意思明说，老派的人都很讲究面子，有些不该说的话还是藏着为好。林斤澜认认真真地回了一封很长的信，首先是说想不明白，为什么要让他来提意见，说你老叶身边高手如云，往来无白丁，干吗非要绕道北京，让他这么一个并不被文坛看好的人出来说话。

这是我唯一没有拿出去发表的小说，至今也想不明白当年为什么会这样做。或许是穷疯了，居然把压箱底最糟糕的一篇小说拿了出去，毕竟林斤澜和父亲最熟悉，说不定就能在他主编的刊物上发表了。来信中有大量的鼓励，说文字还很不错，也蛮会说故事，就凭这样的小说去做一个现成作家，自然是当仁不让。很多表扬其实就是批评，我始终记得最后的几句话，说写作可以有很多种，然而驾轻车走熟路，未必就有什么太大意思。

多少年来，我一直把这句话牢记在心上，当作座右铭。熟路就是俗路，就是死路，一个写作者必须坚决避免，不能这样不知死活地走下去。很感谢林斤澜没有把那篇小说发出来，他把这篇小说退给了我，没让我感到沮丧，只让我感到羞愧，感到醒悟，让我一下子明白了不少写作的道理。一个人在刚开始写作的起步阶段，肯定会有些蒙头转向，肯定会不知轻重，这时候，有一个人恰到好处地对你棒喝一声，真是太幸运了。

不能说50年代开始写作的那一辈作家，没有文字上的追求，但是要说林斤澜在这方面最用心，最走火入魔，并不为过。据说汪曾祺对林斤澜的文字有过批评，在50年代说其"纤巧"，后来又说其"佻"，所谓纤巧和佻，说白了，都是用力有点过的意思。这个也就是父亲说的那个"怪"了，玩文学，矫枉不妨过正，语言这东西，说平淡，说自然，其实都是一种功力，都得修炼。事实上，汪曾祺自己的文章也有同样问题，也是同样的优点缺点。明白了这些，就能明白为什么林斤澜和汪曾祺会走得很近，会惺惺惜惺惺，奇文共赏，毕竟他们在艺术趣味上有很多共同追求的东西。

汪曾祺早在40年代末就开始写作出名，千万别小看了只早了这么几年，有时候几年就是整整一代人。汪的文字功力一下子远远地高于50年代的作家群，后面的这茬作家，先是没有意识到，后来明白了，要想追赶上汪曾祺，必须得花很大的气力才行，而这里面最肯玩命，玩得最好的，基本上就是林斤澜了。

林斤澜的小说在80年代并不是太被看好，他是名家，谈不上大红大紫，如果说因为汪曾祺的走红，带火了林的小说，听上去很不入耳，然而也不能说不是事实。汪曾祺让大家见识了什么叫艺术，推动了一代人小说趣味的行情上涨，也顺带提高了林斤澜的地位。林斤澜的短篇小说写得很棒，是一个始终都有追求的作家，小圈子里不时有人叫好，朋友们提到他都乐意竖大拇指，但是真正获得全国奖，却是迟了又迟晚了又晚。他那一辈的作家都得过了，都得过好几轮了，才最后轮到他。然而获奖并不能完全说明问题，除了汪曾祺，林斤澜是50年代开始写作的老作家中当然的老大哥，这一方面是由于他的年龄，既是岁数大，又活得长，另一方面也是由于小说成就，他压得住这个阵。出水再看两脚泥，他的作品毕竟比那些当红一时的作品更耐看，很多人都愿意佩服，也就不是没有道理。

六

陆文夫当了中国作协的副主席，他自己不当回事，我们这些做晚辈的却喜欢议论，聚在一起常要切磋，研究这相当于什么职务。在一个讲究级别的社会，一说起让人捉摸不透的"相当于"，就难免书呆子气，就难免不着调和离谱。说着玩玩可以，一是一，二是二，千万别拿村长不当干部，千万不要把作协主席和副主席真当领导。

毕竟作家是靠作品说话，作品写好了，这就是真的好，就是真正的功德圆满。陆文夫其实是个很有架子的人，内心十分骄傲，一点儿都不愿意低调，我看到有些文章说他待人接物非常随和，很乐意与普通老百姓打成一片，心里就觉得好笑，夸人不是这么夸的。我们总是习惯于这样来表扬人，父亲生前就是一个最典型的例子，人家总是这么说他，其实文人没有一些脾气，没有自己特立独行的品格，只是充当一个和事佬并不可爱，而且也不真实。"探求者"中的这些作家，眼光一个个都很高，都牛，背后说起话来都挺狠挺损，我可没听他们少攻击过别人，说谁谁谁不会写东西，谁的小说惨不忍睹，这些话是经常挂在嘴边的。

很显然，陆文夫根本不会把中国作协副主席的头衔放在眼里，但在别人看来就不一样，有的人专门看人脸色，喜欢观察别人对自己的态度。陆文夫并没有什么改变，他天生就有些狂，可是偏偏有人觉得是当了副主席才变了。由于美食家的称号，晚年的陆文夫给人感觉更像是一位不折不扣的名士，出入有高级的轿车，交往多达官贵人，早已不是当年的吴下阿蒙，却不知道他即使是最落拓时，也仍然不失为一翩翩公子。高晓声和方之，还有我父亲都属于那种不修边幅的人，就算是成功了，也仍然一副潦倒模样。陆文夫不是这样，用今天时髦的话说，他一直是位帅哥，一直相貌堂堂，很有风度。

陆文夫还是江苏的作协主席，他不止一次跟我谈过，不想兼这个可有可无的差事。当初还没有高速公路，铁轨上也没有飞驰的动车，他远在苏州，有时候为了一点儿屁大的事，得火烧火燎地赶到南京。人情世故匪夷所思，很多时候就是这样，不想干反而会让你干，想干又未必干得了。好在当不当都是做做样子，为了请他出山，当时负责分管文化的省委副书记孙家正赶到苏州，亲自做他的思想工作。这样隆重的礼遇让陆文夫觉得很有面子，同时也让他找到了自己还是应该出来当这个主席的借口。后来孙去北京当了文化部长，陆文夫年纪也渐渐大了，不打算让他再干下去，新的分管领导约他到南京谈话，短短的几分钟，便从本来就是挂名的主席，变成了更加是挂名的名誉主席。

这个变动让陆文夫感到不太痛快，他不在乎那个主席，更不在乎名誉主席，在乎的只是一个礼数。不同的官员会有不同领导风格，对文人的态度从来就不一样，赵匡胤杯酒释兵权，陆文夫没什么实权，只有一些虚名，他觉得有些话如果在酒席上提出来，或许会更合适一些。

七

我与林斤澜有过三次同游的经历，每一次都很有意思。第一次是在江苏境内，先在南京，然后去扬州，镇江，常州，再返回南京。这一次因为还有汪曾祺，汪是才子型的文人，到什么地方都会有热情的粉丝求题字，因此林虽然是陪同，却常常是躲在后面看热闹，一边与我说悄悄话，一边呵呵地笑，我们都很羡慕汪能写一手好字。

第二次是长途旅行，仿佛红军二万五千里长征，在地图上南来北往东奔西窜。从江苏的无锡出发，转南京，去山东，去安徽，去江西，去福建，去浙江，去上海。华东六省一市偌大的一个区域，该玩的地方都点了卯，是名胜都去报到，拜访了曲阜，登梁山黄山武夷山和当时尚未完全开放的龙虎山，游徽州皖南民居，逛景德镇看瓷器瓷窑，还有太湖千岛湖富春江西湖，总之一句话，玩的地方太多了，根本就数不过来。老夫聊发少年狂，我这个年龄的作家都时常喊吃不消，他却无大妨碍，兴致勃勃地率领老妻，一路喜气洋洋。

第三次就是在贵州，这一次，我干脆是与林斤澜同一个房间住，当时还很少让作家住单间，即使老同志也不能例外。我们朝夕相处，老少相知有素，天南海北说了很多。难得的是林斤澜始终有一份年轻人的好心情，能吃能睡更能玩，还能说笑话。与他在一起，你永远也不会觉得无聊。他喜欢谈论过去，褒贬身边的朋友，尤其喜欢对我倚老卖老，说他当年跟在那些老作家后面，像对待老舍什么的，那就是老老实实，小心翼翼地在一旁看着听着，就像我现在对待父辈作家一样。

又说有一次陪沙汀去看李劼人，李提出来要弄几个好菜招待，沙汀一口拒绝了，坚决不答应。这事让林斤澜一想到就连声大喊可惜，李劼人是老一辈作家中赫赫有名的饕餮之徒，他一出招，亮两手绝活，后来的美食家汪曾祺和陆文夫，都得乖乖地服输靠边站。林斤澜说自己当时那个动心，那个懊恼，这不只是一个解馋的小问题，关键是可以大开眼界，领略大师的美食风范。这么好一个机会，活生生失之交臂，焉能不着急，岂能不跺脚。

林斤澜也喜欢玩点收藏，不收藏珍版书，不收藏名人字画，藏书也不算太多，可是他收罗了大量的酒瓶。跟他在外面一起周游，看到有点奇怪的酒瓶，他的眼睛便会像顽童一样放光。我已经记不清是在什么地方，反正是去参观一家工厂，专门为各种名酒做酒瓶，五花八门琳琅满目，林斤澜看了，从头到尾都是感慨，我们就不停地问他想要哪一个，他东看西望，一个劲儿地喊："好确实是好，可太多了，不好带呀！"

还是在贵州，我们天天吃火锅，看着汤里翻滚的罂粟壳，终于明白为什么会好吃，为什么会一筷又一筷不肯停嘴。离开贵州前，我们异想天开地想带点回去，结果东道主就弄了一大包过来，明知这是违禁之物，飞机上不可以携带，可是我们光想着回家也能吃火锅，还是每人悄悄地分了一包。看到林斤澜很孩子气地跟大家一起冒险，我们感到很高兴，都觉得有他老人家陪着，闯点小祸也没关系了。所幸安检都没事，当年还不像现在，有胆子试试也就蒙混过去了。

八

鲁彦周先生安排一批老友去安徽游玩，给我这个晚辈打了个电话，让我陪陆文夫去，说是一路可以有个照顾，可是陆突然感到身体不适，临时变卦不能去了，我又不愿意独自成行，结果便把储福金拉了去。这其实又是一次小规模的右派分子聚会，自然还是热闹，动静很大，有王蒙，有邓友梅，有张贤亮和邵燕祥，还有东道主鲁彦周，都是老右派。在一个风景如画的景点，鲁彦周很遗憾地对我说，考虑到兄弟们年龄都大了，此次出行专门请了医生护驾，可是没想到就算如此高规格的安排，老陆还是不能来，真是太可惜。又说老陆真要是来的话，能玩则玩，随时又可以走，这多好，老朋友能聚一聚不容易。言辞很悲切，他提及当年曾想约我父亲到安徽看看，总以为时间很多很容易，没想到说耽误就耽误了。

陆文夫与鲁彦周同岁，比他早走了一年。在陆文夫追思会上，江苏一位老作家用"备极哀荣"四个字来形容，这个说法很值得让人玩味。从世俗的角度来看，20世纪50年代开始写作的这批老作家，很多人虽然被打成右派，历经了种种运动之苦，只要能写出一些货真价实的东西，后来都能名利双收，晚年总体上还是比较幸福。国家给的待遇也不算太低，方之走得最早，沾光最少，仍然分到了一套在当时还说得过去的房子，高晓声是三套，陆文夫只有一套，但是就其面积和规格，已足以让人羡慕。

父辈作家最大幸运是熬到了"四人帮"被粉碎，有一个新时期的大舞台供他们大展身手。否极而泰来，重塑文学辉煌的重任，既幸运又当仁不让地落在了他们身上。没有他们，就谈不上什么新时期的文学繁荣，而我们后来的这些作家，其实都是踩在父辈肩膀上，才冒冒失失开始文学创作。必须以一种感恩的心态对待他们，然而要重新评价前辈，却不可回避地会遭遇到两个问题。首先，如果最初的青春岁月不被耽误，不被摧残，不是鲜花重放，而是一直尽兴地怒放，他们的文学成就会达到一个什么样高度。其次，当耽误和摧残这些词汇不复存在，待遇被普遍提高，地位得到明显上升，作家的镣铐被打开以后，前辈的实际成就又究竟如何。认真地研究这些，对当代文坛的创作无疑会有好处。

晚年的陆文夫时常会跟我通电话，基本上都在谈他的身体状况，或是由身体引起一些话题，服用了什么药，效果如何。试用了某种进口药后，他非常热心地推荐给我伯父服用，因为伯父也是肺气肿。这时候，对文坛他已没多少兴趣，更多的是反过来关心小辈的健康，提醒我不要不顾一切，犯不着为写作玩命。烟早就不抽了，酒也不能喝了，他成了一个不折不扣的长者，一位非常慈祥的老人。

江南的冬天非常难熬，因为没有暖气，数九严寒北风怒吼，在室内待着很难忍受。陆文夫的肺不太好，呼吸困难，有一次他向我抱怨，说空调里散发出来的热风，让他觉得很不舒服。我不知道如何安慰，只能埋怨气候不好，我们正好处在不南不北的位置上，纯粹北方就好了，房间里有热水汀，地道的南方也行，干脆气温高一些。江苏的气候要么把人热死，要么就让人冻得吃不消。此后不久去上海参加新概念作文大赛评奖，快经过苏州的时候，我想到了卧病在床的陆文夫，想到了空调散发的让他不爽的暖风，突然决定中途下车，直奔苏州的电器店，买了一个取暖油汀，然后送到陆文夫家。他感到很吃惊，没想到我会出现，更没想到我会给他送这玩意儿。我也觉得很有意思，怎么就会灵机一动，为什么不能早点想到呢，取暖油汀使用起来，显然要比空调舒服。

这是我与陆文夫的最后一次见面，早就知道他身体不好，早知道不可能恢复，早知道会有那么一天，就跟自己的父亲当年过世时一样，明知道事已不可避免，明知道那消息就要到来，可是从感情上来说，还是不太愿意接受。

原载《收获》2010年第1期

被春雪融尽了的足迹

刘心武

————————

大约是 1985 年的夏天，我从琉璃厂海王村书店出来，顺人行道朝南走，忽然迎面的慢车道上，一个清瘦的中年男子骑自行车过来，他先认出我，到我跟前，便刹住了车，招呼我："心武！"

这一声招呼，事隔二十六年了，却似乎还在耳畔。是一种特别具有北京味儿的招呼，"武"字儿化得极其圆润。其实招呼我的人并非地道的北京人，他祖籍本是浙江萧山，大概因为全家迁京定居年头多了，因此说起话来全无江浙人的平舌音，倒满像旗人的后代，往往将一种亲切感，以豌豆黄似的滑腻甜美的卷舌音自然而然地表达出来。豌豆黄是一种北京美食，据说当年慈禧太后最爱，就如她将京剧调理得美轮美奂一样，豌豆黄也在满足她的嗜好中越来越悦目可口。

那天不过是一次偶然的邂逅。我去琉璃厂买书，他那时住在琉璃厂南边不远的虎坊桥，也许只是骑车遛遛。完全不记得他招呼完我以后，我们俩说了些什么话了。但是那一声"心武"，却在岁月的磨砺中仍不失其动听。

我是一个敏感的人。往往从别人并不明确的表情和简短的话音里，便能感受到所施与我的是虚伪敷衍还是真诚看重。我从那一声"心武"，感受到的是对我的友好善意。

　　那天招呼我的，是兄长辈的诗人邵燕祥。

　　早在1955年，也就是一声"心武"的招呼的再三十年前，邵燕祥于我就是一个熟悉的名字，我背诵过他的篇幅颇长的诗《到远方去》，那时候不仅他那一代的许多青年人，充满了建设自己祖国的激昂热情，就是还处在少年时代的我，以及我的许多同代人，也都向往着到远离北京的地方，去建设新的工厂和农庄。还记得那前后邵燕祥写了一首题目完全属于新闻报道的诗，抒发的是架设了高压输电线的喜悦豪情，现在的青少年倘若再读多半会怪讶吧——这也是诗？但那时的我，一个爱好文学的少年，读来却心旌摇曳，那就是我这个具体的生命所置身的地域与时代，其实每一个时空里的每一个具体生命，都无法逭逃于笼罩他或她的外部因素，其命运的不同，只不过是他或她的主观意识与外部因素相互作用所产生的效应不同罢了。

　　那时候看电影，苏联电影多半是莫斯科电影制片厂出品，开头总是其厂标，一个举铁锤的健硕工人和一个举镰刀的集体农庄女庄员，以马步将铁锤镰刀交叉在一起，形成一个极具冲击力的图腾。中国国产电影仿照其模式，片头在持铁锤镰刀的男工女农外，增添一个持冲锋枪的士兵，随着庄严的音乐徐徐从侧面转成正面。因为看电影多了，因此我和许多同时代人都能随时将那片头厂标曲哼唱出来。后来就知道，那首曲子叫作《新民主主义进行曲》，是由老革命音乐家贺绿汀谱成的。新民主主义，至少在1955年以前是一个非常响亮的主义，毛泽东曾撰《新民主主义论》，记得那时我父亲——他是一个被新海关留下并予以重用的旧海关人员——每当捧读《新民主主义论》的时候都会一唱三叹，服膺不已，我那时候还小，不大懂得，却印象深刻。还记得那时候老师是这样给我们解释五星红旗的：大的那颗星星代表共产党，团结在其周围的四颗星，则分别代表着工人阶级、农民阶级、小资产阶级和民族资产阶级。

想到这些，不是无端的。与那时所有的人皆相关，包括邵燕祥。

邵燕祥少年时代就"左"倾，那时的"左"倾，就是倾向共产党，多半还不是领袖崇拜，而是服膺于新民主主义的纲领，在"新民主主义进行曲"的旋律下，建设一个光明的新中国。

但是没过多久，新民主主义的提法就式微了，要掀起社会主义革命的高潮，还要跑步进入共产主义。国产片片头的工农兵塑像还保留着，却取消了《新民主主义进行曲》的伴奏。到后来，老师跟学生解释国旗上五颗星的象征意义，也就不再是我儿时听到的那种版本。《社会主义好》的歌曲大流行，《新民主主义进行曲》被抛弃淘汰。

一首歌，抛弃淘汰也就罢了。但是人呢？活泼泼的生命呢？

建设当然也还在建设，与天斗，与地斗，却都还不是第一位的，提升到第一位的是人斗人。到我十五岁那一年，就有不少我原来熟悉的作家、诗人、艺术家，被从人民的队伍里抛弃淘汰掉了。在被批判的诗人名单里，赫然出现了艾青。紧跟着我被告知，还有一些诗人也成了社会主义革命的对象，其中就有邵燕祥。多年以后，我读了邵燕祥回忆那一段生命历程的《沉船》，有两个细节给我的印象最深，一个细节是当他刚参加中国新闻代表团访问苏联回来不久，本来似乎更要"直挂云帆济沧海"，却冷不丁地就遭遇"飓风"而"沉船"，他在自己的宿舍里闷坐，对面恰好是大立柜上的穿衣镜，他望着自己的镜像，头脑里不禁浮出"好头颅谁取之"的意识；还有就是他写到有一场对他的批判会是在乒乓球室召开的。我曾当面问他："怎么会在乒乓球室里召开批判会？"他没想到我会有如此一问，说他那样记录不过是白描罢了。我的心却在阵痛，敢问人世间，自有乒乓球这项运动，设置了供人锻炼游嬉的专用乒乓室后，在何处，有几多，将其用来人斗人？

生命是脆弱的。生存是艰难的。穿越劫难活下来是不容易的。

1975年，我从任教的中学借调到当时的北京人民出版社文学室当编辑，当时在文学室的一位女士叫邵焱，她负责编诗歌稿件。我们相处半年以后，才有人跟我透露，她原名邵燕祯，是邵燕祥的妹妹。这让我想起《到远方去》，想起新民主主义时期的高压输电线，觉得自己有了接触邵燕祥的机会，暗中兴奋。但是我几次试图跟邵焱提起邵燕祥，她虽满脸微笑，却总是一两句话便岔开。1976年10月以后，政治情势发生了变化。1978年，出版社同仁一起创办《十月》丛刊，我那时忝列《十月》"领导小组"，就跟邵焱交代，跟邵燕祥约稿，无论诗歌散文都欢迎。邵焱仍是满脸微笑，过几天我问起约稿的事，她的回答很含蓄，好像是"现在行吗"一类的疑问句。我隐隐觉得，是邵燕祥还要再观察观察，包括观察《十月》究竟是怎样的面貌。后来与他接触，证实他的确不是个急脾气，而是凡事深思熟虑，一贯气定神闲的性格。

后来进入改革开放时期。邵和我先后被调入中国作家协会，他在《诗刊》，我在《人民文学》，他忙他的，我忙我的，见面不多，谈得很少，但我总还感觉到他对我的善意。我记得他曾将邵荃麟女儿邵小琴一篇回忆亡父的文章刊发到《诗刊》上，我问他："邵荃麟是文学理论家、翻译家，并非诗人，而邵小琴写的也不是悼亡诗，你怎么不介绍到《人民文学》发而偏在《诗刊》发呢？"他也不解释，只是告诉我："邵荃麟在1957年保护了人啊，要不那时中国作协的运动会更惨烈！"后来他又几次跟我说起邵荃麟"保人"的事。这说明邵燕祥对爱护人、保护人的行为深深崇敬。我心中不免暗想，倘若那一年邵燕祥是在邵荃麟够得着的范围里，是不是也有幸被保护下来，只"补船"而不至于"沉船"呢？人世间基于正直、仗义而冒风险保护别人不致沉沦的仁者，确实金贵啊！

　　到了上世纪90年代，邵燕祥和我都赋闲了。后来通知他，还把他的名字保留在中国作协的主席团里，他坚决辞掉了。再后来又一届会议，我收到一份表格，是保留全国委员需填写的，我退了回去，注明应将此名额给予合适的人选，结果中国作协当时一把手通过从维熙兄打电话转达我：名单已上报，无法更改，但我可以不填表不去开会。这样我们都自在了。就有几次结伴去外地旅游。2001年我们同去了奉化、宁波、普陀、杭州。回京后，燕祥兄将几张照片寄我并附一信：

心武：
　　鄂力已将他的照片寄来。我们拍的也冲出加印四张奉上，效果尚可。
　　此行甚快，值得纪念。唯发现你平时欠体力活动，似宜注意。不必刻意"锻炼"，散步（接地气，活血脉）足矣。
　　绣春囊为宝钗藏物，亦"事出有因"之想，可启人思路，经兄之文，始知世间有人如此细读红书。顺祝
双好

　　　　　　　　　　　　　　　　　　　　燕祥
　　　　　　　　　　　　　　　　九，一九，二〇〇一

　　信中所提到的鄂力，是京城许多老一辈文化人都熟悉的民间篆刻家，我是从吴祖光、新凤霞那里认识他的，后来也成了忘年交，他以我私人助手的名义帮助我十几年，那次南游，他也是燕祥、文秀伉俪的好游伴（现在的网络语言称"驴友"）。燕祥自己坚持长距离散步已经很多年了，他很早就习惯在腰上挂一个计步器，严格要求自己完成预定的步数，这和他写杂文一样，在时间、地点、人物、事件的引述上一丝不苟，尤其是原来某人某文件是怎么说的，后来如何改口的，总凿凿有

据，虽点到为止，必正中穴位，读来十分痛快。我老伴去世前，不怎么能欣赏燕祥的诗，却总对他发表在《新民晚报》《夜光杯》上的杂文赞叹，有时还念出几句或一段给我听，然后对我说："看看人家！"意思是让我"学着点"，但我却总自愧弗如，学不到手，其中最关键的一点，是燕祥兄有积攒、查阅历史资料的超强意识与意志，所以能做到言必有据，他的反诘句，也就格外具有尖锐性与精确性。

这封信里提到的关于《红楼梦》研究的一个新奇怪的观点，并不是我提出的，我只不过是在一篇文章里引用，并表达一番感慨罢了。在曹雪芹笔下，王夫人抄检大观园的起因，是傻大姐在大观园里的山石上捡到了一个绣春囊，所谓绣春囊，就是绣有色情图画的香袋儿，富贵家庭的小姐按礼是绝不应拥有的，就是个别丫头行为不轨得到了，也该藏在身上不令旁人看到。在曹雪芹笔下，后来有个情节，就是从二小姐迎春丫头司棋的箱子里，搜出了她表哥给她的一封情书，里面提到了香袋，这应该是司棋拥有绣春囊的一个证据，但毕竟曹雪芹并没有很明确地交代出绣春囊究竟是何人不慎遗落到山石上的，因此后来就有研究者提出多种猜测，清末有位徐仅叟，他就发表了一番惊世骇俗的见解，认为那绣春囊是薛宝钗收藏的。燕祥兄写这封信前大概正看完我发表在报纸副刊上的相关文章，因此即兴提起，他并不认为绣春囊为薛宝钗所藏的说法荒唐，反而觉得"事出有因""启人思路"，我觉得他并非是在参与红学研讨，而是多年来阅世察人有所悟，深知人性的深奥莫测，世上就有那么一种表面上温良恭俭而内里藏奸的人，也许就在你的身边，不可不知，不可不防。

燕祥兄几年前动了手术，心脏搭了四个桥。预后良好。现在他仍坚持每天按预定步数散步。我曾为《文汇报》撰写过《宗璞大姐嗷饭图》《维熙老哥乒乓图》《李黎小妹饮酒图》，都是随文附图，一直想再写一篇《燕祥仁兄计步图》，成文不难，难的是如何画出他腰别计步器散步的那悠闲淡定的神态？前些时跟他通电话，他告诉我耳朵开始有些失聪了。在流逝的岁月里，有多少值得记忆的声音积淀在他的心底里？相信还会化作诗句，以有形无形的乐音，浸润到读者的心灵。

燕祥兄从1990年4月到1991年6月，写成了组诗《五十弦》，前面题记里用了曹雪芹的话："忽忆及当年／所有之女子……"可知是一组情诗，或者其中许多首都是献给过去、现在、未来岁月里，他始终深爱谢文秀的。不过我读来却往往产生出超越男女爱情的思绪。其中第二首：

曾经　少年时
全部不知珍惜
一次回眸　一次凝睇
一阵沉默　一次笑语
一回欢聚　一回别离
当时说成是插曲

人生如歌
随早潮晚潮退去
最值得追忆的
是再也听不到的插曲
被风声吹散的断句
被星光点亮的秘密
还有渐行渐远的
被春雪融尽了的足迹

我已过了童年、少年、青年、中年，进入老年。我懂得珍惜生命中小小的插曲，即如那年在琉璃厂，燕祥兄迎面骑车而来，见到我亲热地唤我一声"心武"。他可能早忘怀了，我却仍回味着这小小的插曲。他现在在电话里仍然用同样的语气唤我"心武"。在共同旅游中他应该是看到我许多的缺点，他仍不拒弃我，总是尽量给我好的建议，对我释放善意，包容我。就有那么一位他的同代人，也跟他一样有过"沉船"的遭遇，后来我在《十月》也是积极地去约稿，后来也在一口锅里吃饭，二婚的时候我还为他画了一幅水彩画，他见了我故意叫我"大作家"，我那时也没听出其中的意味，后来，他竟指控我"不爱国"，甚至诬我要"叛逃"，若不是大形势未向他预期的那样发展，他怕是要将我送进班房，或戴帽子下放了吧，人生中此种插曲，虽也"随早潮晚潮退去"，许是我这人气性大吧，到如今，到底意难平。插曲比插曲，唯愿善曲多些恶曲少些。

　　人生的足迹，印在春雪上，融尽是必然的。但有一些路程，有些足迹，印在心灵里，却是永难泯灭的。于是想起来，我和燕祥兄，曾一起走过，长长的路，走到那头，又回到这头，那一次，他腰里没别计步器。

原载《上海文学》2011 年第 7 期

甲子年冬日

李　辉

——————

引　子

这一个甲子年，闰十月，冬日很长。自1984年11月至1985年1月之间，诸多人与事，可记，可忆。

11月28日，丁玲在京召开《中国》杂志创刊招待会。文坛老明星赫然亮相，场面风光无限，可是，从一开始，这个刊物却潜伏着夭折危机。她雄心勃勃，试图走一条类似于"同人办刊"的新路，结果在体制、人际、倾向、个性等错综复杂的诸多因素制约下，纵然使尽浑身解数，她也只落得身心憔悴，荒原寂寞。创刊仅一年，她便病重不起，于1986年3月去世，而随着她的远逝，《中国》于1986年年底停刊，仅出刊两年，可谓来去匆匆。不妨说，丁玲晚年全身心投入的最后拼搏，既是她的生命绝唱，也是送她远逝的一曲挽歌。

12月29日，第四次中国作协会员代表大会在京召开。九天里，热点此起彼伏："创作自由"口号响亮一时；曾受诟病的"伤痕文学"终获肯定；作协理事会实行无记名投票选举，一些著名人士落选，《人民日报》则破天荒地公开选举票数……前所未有的轰动、热闹，甚至惊世骇俗。一时间，把新年之际的冬日烧得滚烫，滚烫。

也在同一时间、同一场合，我所熟悉的贾植芳、曾卓等前辈，与出席作代会的一批"胡风分子"友人私下相约，开幕式那天列队走进会场。1979年召开第三次作代会时，"胡风反革命集团"尚未平反，吴奚如、聂绀弩二人曾准备在大会上提出胡风问题，被周扬约谈后而取消。五年过去，时代天翻地覆，此次前来参加第四次作代会的"胡风分子"达十余人。如今，他们把头高昂，以亮相的方式高调表明一个群体的归来。实际上，其他代表未必能够注意到这一特别的入场方式，也不会琢磨其良苦用心，但对这些重新绽放的"白色花"（牛汉将编选的"七月"诗派作品集起名为《白色花》），这一举动却有着特殊的历史况味。

周扬因病未能与会，但他依然成为主角之一。一年前，1983年，周扬因提出"人道主义与异化问题"而受到猛烈批判，随之重病不起。如今，风波暂息，他的缺席引发代表热议。几位年轻作家起草一封致周扬的致敬信，张贴在驻所京西宾馆的走廊上。代表们阅后纷纷在上面自发签名，不同年龄，不同群体，在这一个冬日，拿起了同一支笔。

被烧得滚烫的甲子年冬日往事，大大小小，都已成为记忆中的一块块砖石。可是，一旦拾起，猛然发现，竟还是那么烫手。

一　穿红毛衣的身影

甲子年九月（1984年10月），丁玲迎来八十大寿。半年之前，她决定创办一个文学刊物。她哪里知道，距1986年3月去世，她的生命行程只剩下最后两年。

八十丁玲，一点儿不服老，倔强，仿佛有使不完的劲儿，而劲儿的背后，又让人感到她的心底，总在与什么人、什么事憋着气，暗暗地与之较劲。其性情，其冲动，其忙碌，哪里像一位年届八十的老太太，倒更像早年创作《莎菲女士的日记》、1931年左联时期主编《北斗》的那个年轻丁玲！

甲子年冬日，丁玲总爱穿红毛衣外套。《中国》创刊招待会上，第四次作代会期间，她穿的都是红毛衣。红得醒目，远看，近看，都是一团火。

萌发创办《中国》的念头，是在一次座谈会上。时任丁玲秘书的王增如女士在《丁玲办〈中国〉》一书中回忆，作为中国作协创作委员会主任的丁玲，提议召开一个小说创作座谈会，座谈荣获1983年全国优秀短篇小说奖的作品。讨论会在4月27、28日举行，邀请二十多位老中青作家，但受邀的几位中青年作家无人前来，结果，讨论会成了名副其实的老作家聚会，其中大多与丁玲关系良好，如草明、舒群、魏巍、雷加、骆宾基、姚雪垠、李纳、曾克等。第一天会议上，有老作家开玩笑地说，索性创办一个刊物，就叫《老作家文学》。次日，魏巍将这一戏言变为具体建议，提出由丁玲出面主编这一刊物，但决不能叫《老作家文学》。谁都没有想到，一群老作家的一次偶然热议，真的将丁玲推到了前台。而丁玲，也居然兴致勃勃地用自己的手，拿起了即便是年轻人也不敢轻易触摸的一个烫手山芋。

这个烫手山芋，最初起名为《中国文学》，后在刊物登记时，因与外文局的英文刊物《中国文学》重名而临时更名为《中国》。

按照王增如的说法，丁玲之所以下决心创办一个刊物，除了全国经济改革的大形势，让她深受感染放开胆量这一原因之外，最重要的原因是丁玲萦绕心中几十年的"历史污点"被澄清。1984年8月1日，中共中央书记处批复同意中央组织部拟定的《为丁玲同志恢复名誉的通知》，其中这样谈到丁玲30年代被捕后在南京遭软禁一事："丁玲同志在被捕期间，敌人曾对她进行威胁、利诱、欺骗，企图利用她的名望为其做事，但她拒绝给敌人做事、写文章和抛头露面，没有做危害党组织和同志安全的事。而且后来辗转京沪，想方设法终于找到党组织，并在组织的帮助下逃离南京，到达陕北。"这一表述，丁玲期盼已久。她早已融入政治风雨之中，她早把政治身份与政治名誉看得高于文学，高于一切，对她而言，在与周扬等人多年的冲突、博弈过程中，最令她心痛的这一"伤口"终获愈合，怎能不让她欣喜若狂？王增如颇为详细地描述了丁玲在这一时刻的反应：

中组部这个文件拟定时，丁玲正住在医院里。7月6日，陈明把文件的征求意见稿带到医院。那天下午，我刚走进病房，丁玲便迫不及待地对我说："小王，这下我可以死了！"我心里一惊，以为她的病情严重了，却又见她面露喜色，扬了扬手中的两张纸："你看看这个，就明白了。"那就是中组部《为丁玲同志恢复名誉的通知》的征求意见稿，和林默涵、刘白羽等当事人的意见。丁玲写下自己的意见后，长出一口气，说："40年沉冤，终于大白了。"她把这份材料小心翼翼地放进写字台抽屉里，把身上穿的蓝白条病员服抻平，又理理花白的双鬓，动作敏捷，好像一下子年轻了许多，然后坐到沙发上说："……我觉得现在再没有我担心的事情了，我轻松了。我死了之后，不再会有什么东西留在那里，压在我的身上，压在我的儿女身上，压在我的亲人身上，压在我的熟人我的朋友身上，所以，我可以死了。"

（《丁玲办〈中国〉》，19页，人民文学出版社，2011年）

不妨这样理解，觉得自己"可以死了"的丁玲，当她决定创办一个文学刊物时，可能真的将之作为一生中的最后一件大事。于是，一个与不久之前形象迥异的丁玲，闪亮出场。

中国新闻社记者甄庆如，率先报道了丁玲将以"民办公助"方式创办一个刊物的消息：

　　丁玲说："目前，中国各行各业出现了许多个体户，文艺界也有人倡议自费办杂志，我想朝这方面试一试。打破铁饭碗，把工作搞得更加活跃，创作更加繁荣。现在我已经向有关部门打了报告提出申请。"

　　问起具体计划，丁玲说："开办费大约需要二十万元，我自己拿不出这么多钱，但我想争取民办公助，同时还要靠各界人士资助或国家贷款。将来可以采取入股分红的办法，争取能有盈余按股分红给大家。"

　　　　　　　　　（《丁玲的壮心》《中国新闻》，1984年8月28日）

　　这番谈话，即便在今天，仍不失为振聋发聩之声。民办公助、国家贷款、入股分红，这些都与旧有出版体制大相径庭，很难相信它们出自一个曾被认为是文坛"左王"的丁玲之口。

　　其实，丁玲的刊物从酝酿到筹办，一开始就颇具民间性。兴趣相同者，自己确定刊名，自己推荐主编、副主编人选，自己选择编辑成员，名义上虽由中国作家协会主办，但同人办刊的色彩颇为强烈应是不争的事实。许多年里，"同人办刊"从来就是禁区，胡风1954年在其著名的"三十万言书"中提出作家应该同人办刊，1957年也曾有人尝试创办"同人刊物"，都被视为异端而受到批判。如今，谁能料到，年届八十的丁玲却剑走偏锋，与历史找到一种衔接。不仅同人办刊，经费也主要从民间募集。丁玲被打成"右派分子"后曾流放北大荒劳动，这一次，她所熟悉的农垦局领导伸出援助之手，一次性借给她一百万元经费，在80年代中期的中国，这一数目可谓巨大。在这一自我转型之际，她将自己与一些政界高层人物的良好个人关系、她的社会影响与感召力，均用到了极致——为争取《中国》获准问世，为甲子年冬日一次耀眼的亮相。

　　身穿红毛衣的丁玲，携《中国》之梦与大家见面了。

11月28日下午，《中国》招待会在北京新侨饭店举行。此时，刊物的名称还叫《中国文学》，会场醒目地悬挂着刊物徽标，一页白色稿纸飘动在一个鲜红的大圆圈之上。有意思的是，当丁玲举办这一招待会时，刊物并未拿到刊号。大约一个月之后，文化部才向中国作协发来《同意创办中国文学双月刊》的批文，获准办理期刊登记。这的确是一特例。《中国》正式出版时，主编为丁玲、舒群；副主编为魏巍、雷加、牛汉、刘绍棠。另有十五名编委，最年轻者是贾平凹，其余均为老作家。

王增如女士回忆当天情景时说道："两点半钟，丁玲和刘绍棠同乘一辆汽车，来到新侨饭店。她穿了一件大红毛衣，戴了一副茶色眼镜，一走进大厅，就被一群性急的记者围住了。"我即在"一群性急的记者"之列。我的《北京晚报》同事张棣兄，参与《中国》的编务，并负责组织此次招待会，是他邀请我前来采访。

在岁末第四次作代会召开之前，《中国》创刊招待会堪称甲子年间文坛的一次盛会。老中青几代作家三百多人，不同关联、不同倾向、不同心境，出现在同一场合，热闹，轻松，自由组合入座，真正成了一次作家的大派对。我的印象中，自"清污运动"以来，这一盛况在北京还是第一次。

这一聚会，对丁玲有着特殊历史意味。1994年，我曾在一篇文章中描述过现场印象，至今再读，仍觉新鲜：

胡风在夫人梅志和女儿搀扶下来到大厅。不到一年，他就将离开人间，离去时，孤傲的灵魂仍然担负着无法卸掉的历史重负。爽朗的萧军，依然爽朗地大笑着，几年后他也将离去……萧乾弯着腰与曹禺热烈握手。曹禺当然还记得当年自己的《雷雨》在萧乾主办的《大公报》评奖中获奖的往事。那一片刻，他们谈得十分开心。站在他们一旁的是吴祖光——一个似乎是永远在不断惹来麻烦也始终引人注目的人物。……

丁玲自然是十年前那个聚会的中心。

几代文人，除了官场必要的应酬之外，许多人可以说是为她而来。已是八十高龄，但她依然拥有别的老人所缺少的雄心与抱负，或者说，年轻人一般的活力。她不愿意被人遗忘，更不愿意让人永远打入冷宫。一旦机会降临，她会用各种方式证明自己的存在。不管人们如何看待她的举动，有一点是不能否定的，那就是一如半个世纪之前，她还是洋溢着一种创造精神。其中，也带着几分执拗、自负。

她来得很早，在记者的簇拥下微笑着侃侃而谈。我想，环顾四周，她一定感到满足。不知她是否意识到自己已经成为一面旗帜（或许这正是她所向往的），在她的周围，在《中国文学》的周围，汇集了鲁迅的儿子、冯雪峰的儿子、"胡风集团"的受害者、"右派分子"……特殊的历史演进，给予她这样的机会。特殊的环境与需要，使她把可能变为了现实。

（《往事已然苍老》，原载《收获》1994年第5期）

不管有意还是无意，随后出版的《中国》杂志上，不同时期受到过批判或批评的作家，在其作者队伍中占有相当大的比例。我略作统计如下——"胡风分子"：如绿原、冀汸、路翎、曾卓、罗洛、彭燕郊、林希，及受牵连者骆宾基、黄树则、邹荻帆等；"右派分子"：萧乾、陈涌、王蒙、严秀（曾彦修）、秦兆阳、流沙河、汪曾祺、李又然、姚雪垠等；"新时期文学"初期受到批判或批评者：遇罗锦、白桦，朦胧诗的代表人物顾城、北岛等，积极支持朦胧诗的蔡其矫……

如果将这份名单，特别是最后一部分作者，与近几年丁玲所做的一次次政治表态相对照，其强烈反差，显而易见。

风起云飞，峰回路转，丁玲仿佛又回到了30年代初独自主编《北斗》的时代。出现在人们视野里的，不再是"清污运动"时高度政治化的丁玲，而是早年个性鲜明、富有闯劲的丁玲。为何会有如此大的、脱胎换骨般的转变？或许可以这样解读——在甲子年，压在心底四十年的政治重负一旦解除，丁玲无须再刻意地以强烈的政治行为来证明自己的革命性，兴奋之中，文学细胞重新活跃起来。"五四"时代那个"莎菲女士"的叛逆个性、自由精神，压抑多年之后，随之迸发。当她说出"我可以死了"这句话时，想必有一种潜意识：作为一个作家，她到了可以拥抱自我，以文学活动的方式来告别世界的时候了。

　　创刊招待会结束后的第三天，丁玲很快给巴金写去一信，谈自己的苦衷：

　　但《中国文学》的产生，还是经过一些困难，像一些人形容的，有一段时间处在风雨飘摇中。我不愿使你分心担忧，一直克制着不写信，等有较好的消息再说。……多少年了，我们吃了多么大的苦。我们都不愿看见子孙后代还要遭到我们那样的不幸。可惜我们受客观生活条件的限制，不能更多接近谈心。我们是作家，我们喜欢大家在一起谈生活，谈文学，谈创作，谈心里话。我们不能再忍受那些"左"的或"右"的棍子、鞭子、框框、枷锁，我们也不甘忍受那些庸俗的流言蜚语。唉！可惜，现在我们都老了。

　　（丁玲致巴金，1984年12月1日，载《丁玲全集》十二卷，256页，河北人民出版社）

　　由信而看，丁玲是想摆脱"左"或"右"的困扰，减少自己身上的政治色彩，她向巴金强调的是"我们是作家"。如果这些话真实可信，那么，甲子年冬日的丁玲，或许真的回到了作家身份的原点。几天后，她又给1980年"《苦恋》风波"中受到批判的主角白桦致信，明确谈到自己的办刊理念：

> 来稿收到。只因晚了几天（我二十五日收到，二十号就已发稿了）排不上第一期，将发在第二期。谢谢你。
>
> ……我还希望你源源不断地寄文章来，并且替我留心有没有别人的，你的朋友的，或辗转来的好稿子。我这里是不以人画线的。请大家放心。也会展开讨论或批评，但决不准抢棍子，也不准瞎捧。要搞大团结，不搞小圈子，广交朋友，不搞关系。我已经八十岁了，没有什么争头，名利于我如浮云，好恶也不在乎，我只一条心，要为党做点事，尽管知道困难，甚至困难重重，但只要真真无私心，坦率诚恳，我相信愿意帮助我的人还是会多的。我们之间虽然过去没有十分接近，中间甚至有些流言蜚语，但我总觉得我们还是会很容易了解的。
>
> （《丁玲致白桦》，1984年12月5日，《丁玲全集》十二卷，257页）

如丁玲所言，白桦的小说《秋天回旋曲》随后在《中国》第二期上发表。颇值得关注和耐人寻味的是，同期杂志上还发表了黄钢的散文《延河的流水是清亮的》。"《苦恋》风波"时，黄钢撰长文批判白桦，并以专号形式发表在自己主编的《时代的报告》杂志上。四年过去，丁玲显然特意安排两人在同一个平台上一起亮相。不偏不倚，沟通双方，她欲以此证明致白桦信中所说的"大团结"。

然而，丁玲最后的文学身份回归实在来得太迟，留给她的时间已然不多。她所面临的最大困惑最大难题，恐怕还不是时间，而是她近几年来自己塑造出的"向左走"的形象，在不少人、特别是中青年作家心中难以轻易消去。哪怕可以出席她的招待会，哪怕可以当面对她表现出客气的尊敬，但对她的疏远甚至排斥，始终存在。当时我曾听到过一个说法，认为她在第四次作代会开幕之前，率先举办招待会，是想改变"清污运动"时的形象，为自己"拉选票"。后来，在四次作代会选举理事会时，有代表私下议论如何不给丁玲投票。选举结果，出人意料，在当选的理事中，丁玲只名列第三十九，而在五年前召开的第三次作代会上，她的票数仅次于巴金，与茅盾并列第二。短短五年，大起大落，丁玲为她的政治色彩和走向选择付出了代价。

不妨设想，如果从1979年开始丁玲就进入到创办《中国》的状态，走在思想解放的前列，与巴金等同龄人一样，扮演"新时期文学"的推动者，那么，人们一定会以另外一种目光注视她。当然，没有"如果"。在政治色彩浓厚的年代，在文坛派别情绪波动的环境中，许多人来不及或者说根本没有做好准备，来理解丁玲突兀而来的、试图摆脱政治身份的努力。

丁玲1984年4月举行过一次家宴，特意邀请几位她所欣赏的年轻作家来家做客，她期冀能借此与文学新人们有所沟通，建立联系。王增如回忆说：

于是，她提了一个名单，让我去联系，有几位不在北京，只找到了邓刚、史铁生、唐栋三人。

1984年4月19日下午，从全聚德买到烤鸭。丁玲、陈明、舒群、雷加、李纳、曾克、张凤珠，七位老作家心怀喜悦，早早等候在客厅里。……落座后，老作家们十分亲热，年轻人却有些拘谨……

那天下午谈了三个多小时，老作家说的多，尤其丁玲说话多，舒群次之。三位青年人始终比较拘谨，问一句答一句，很少主动发问，也决不多言。丁玲期待的那种无拘无束的热烈交流，没有实现。两代人之间隔着一层无形的"幕"，双方都有些失望。

走出丁玲家，青年人大概有一种如释重负的轻松感觉。

（《丁玲办〈中国〉》，172—176页）

不能得到年轻作家的理解与接纳，失望便这样一直困扰着丁玲。不仅如此，一些老朋友的渐渐疏远，更令她感到孤独。1985年9月6日，她对王增如说过这样一句话："你感觉到没有，这两年我们越来越孤立，许多原来常来的朋友也不来了，他们害怕。"

伤感无限，甚或悲凉。

甲子年冬日，那个红毛衣的身影，似乎一时风光，可有谁知晓，这个人的内心深处，深藏着莫大的失落感，无法驱散。

翅膀一旦被自己折断，焉能再次飞翔？

她注定要在深深的孤独与困惑中，忧郁地走到生命终点。峰回路转之后，她依旧没有攀上期待的那一座高峰。

二　"你看我时很远，你看云时很近"

你，

一会儿看我，

一会儿看云。

我觉得

你看我时很远，

你看云时很近。

这是顾城的短诗《远与近》。回望新侨饭店的那次招待会，总感觉他的这首诗，仿佛是为那一场景而写。三百多位作家，出现在同一场合，庆贺一个刊物的问世。场面轻松、热闹、活跃，彼此之间，似乎亲近、热情，可是，谁能猜透表象背后隐含着多少隔阂、矛盾甚或冲突。

人与人，远、近感觉，无法说清。

顾城的诗，让我想到出现在招待会上的艾青。想到艾青，不只是因为他曾批评过顾城这首诗，更是因为在《中国》筹办过程中，他出人意料地对丁玲表现出冷淡与疏远。

艾青与丁玲，许多年里一直是左翼文艺卓有成就的两位代表性作家，颇多共同点。两人都姓蒋，却又均以笔名而为人熟知。延安时期，丁玲发表《三八节有感》，艾青发表《了解作家，尊重作家》，因直言而轰动一时，招致最初的批判。很长时间里，他们被视为与周扬相异的另一派。1957年，两人是最有影响的"右派"作家，丁玲流放到北大荒，艾青流放北大荒后转至新疆，两人先后得到时任农垦部部长王震的关照。多年后，1983年，"清污运动"中，他们再以相同的政治表态出现在人们视野中……半个世纪，风雨沧桑，二人实有难解难分的历史渊源。丁玲创办《中国》，格外重视艾青加盟一事，自是必然。

然而，这一次，艾青令丁玲失望了。

在新侨饭店的招待会上，张棣等散发给大家一份《中国文学》编委名单。多年后，艾青的夫人高瑛回忆到这样一个细节：

《中国文学》创刊新闻发布会那天，我陪着艾青去了。新侨饭店的大厅里坐满了人，平常看不见的人也出现了。

印好的《中国文学》编委名单中，有一个人的名字被墨笔抹掉了。我看见有的人，拿着那张纸，在冲着灯光晃来晃去，大概是想知道这个被抹掉的名字是谁。

（《我与艾青》，207页，北京十月文艺出版社，2006年）

这个被抹掉的人正是艾青——举行招待会的前几天，11月20、21

日，丁玲和陈明连续两天亲去艾青家，欲说服他出任编委，但铩羽而归。陈明在20日的日记写道："到艾青家谈出任编委事，艾青动摇，高瑛阻挠。"（参见《丁玲办〈中国〉》）

丁玲和陈明第一次来访时，艾青起初答应担任编委，高瑛回家后则极力劝阻：

这时，我把所听到的关于丁玲要办《中国文学》的舆论，对艾青说了：

"有人说，中国作家协会已经有了那么多的刊物，像《人民文学》呀，《中国作家》呀，还有必要再办一个《中国文学》吗？说丁玲是在招兵买马，拉一帮人，给自己立一个文学山头。"

"你不要给别人当轿夫，抬轿子了，丁玲要折腾，就叫她去折腾，你不要老是叫人家牵着鼻子走。我看《中国文学》就是办起来了，也不会是一帆风顺的。不信，就走着瞧！"

艾青很冷静地听了我这些话，他若有所思地说："文艺界刚刚出现稳定的局面，现在看起来，宗派矛盾又要浮出来了。……宗派斗争，说穿了就是权势之争，文艺界的问题，就是宗派的问题。这棵宗派大树，经营了几十年，根深蒂固，要想彻底解决，是很难的。其实丁玲想办一个文学刊物，搞一个文学阵地，也不是什么坏事。她不是经商做买卖挣钱，用不着七嘴八舌的。宗派，也像是一种瘟疫，一旦兴风做起浪来，文艺界又要无宁日了。"

（《我与艾青》，206页）

与高瑛一席谈话后，艾青当即给丁玲打去电话谢绝出任编委，但答应可以投稿来表示支持。第二天，丁玲和陈明再来艾青家，仍未说服。几天后，丁玲请时任《中国文学》副主编的牛汉，前来邀请艾青参加编委聚宴，艾青同样谢绝，并劝牛汉把精力用在写作上。随后，在《中国文学》招待会上，便出现了高瑛描述的一幕：与艾青快走到丁玲面前时，她遇见的是一张冷冰冰的面孔……

甲子年冬日，在丁玲倾心创办《中国》时，在别人看来最应站在一起的老朋友，如此这般，拉开了距离。艾青不仅坚辞编委，在后来出版的刊物上也未见他有作品发表。走笔至此，我不由揣摩，想到艾青忽然之间的疏远，丁玲或许会产生顾城所写的那种无法说清的陌生感——"你看我时很远，你看云时很近"。

艾青谢绝丁玲邀请，所强调的文坛"宗派"当然是一个重要原因。不过，我更看重"你不要老是叫人家牵着鼻子走"这句牢骚话背后的心底之痛。除"清污运动"时的积极表态招致非议之外，更令艾青感受痛切的，应是他尖锐批评"朦胧诗"而带给自己的伤害。

知道艾青的名字是在就读大学时。1979年前后，他刚获平反即陆续发表一系列新作，沉默多年的他，重新亮相，引人关注。人们欣喜地看到，岁月磨难没有让这位诗人完全倒下，才华与敏思虽不同从前，但依然宝刀未老。印象中，其中最有影响的是短诗《鱼化石》《虎斑贝》及长诗《古罗马的大斗技场》。他笔下的"鱼化石"，就仿佛是自己二十二年坎坷生活的写照：

《鱼化石》
不幸遇到火山爆发
也可能是地震，
你失去了自由，
被埋进了灰尘；

过了多少亿年，

地质勘察队员
在岩层里发现你，
依然栩栩如生。

但你是沉默的，
连叹息也没有，
鳞与鳍都完整，
却不能动弹；

你绝对的静止，
对外界毫无反应，
看不见天和水，
听不见浪花的声音。

复出的艾青，以诗融入了正在掀起的否定"文革"的潮流。访问意大利归来，他选择罗马斗兽场为对象，描写奴隶被迫自相残杀的命运，诗的末段，他将地球比喻为"一个最大的斗技场"，有一种立足于全人类的历史思考：

《古罗马的大斗技场》
说起来多少有些荒唐——
在当今的世界上
依然有人保留了奴隶主的思想，
他们把全人类都看作奴役的对象
整个地球是一个最大的斗技场。

正值时代转换之际，人们激动中读到艾青的新作，也有理由对他充满更多期待，就像同一时间，许多人对丁玲抱有期待一样。

就在此时，艾青进入到我的阅读，当然，重点是现代文学史上的艾青。在读书笔记上，我找到一段随意记下的读诗印象：

1981年5月30日

今天看《中国新诗选》（二）。

艾青的诗自由，流畅，在诗的形式里放进哲理和散文的内容。"狗的吠声叫颤了漫天的疏星"，可谓一句好诗。《煤的对话》写得简洁然而内涵丰富，运用了比喻或说象征的手法。《太阳》《春》《雪落在中国的土地上》《手推车》《向太阳》《我爱这土地》《树》，都是比较好的诗。

有意思的是，当决定写此篇"绝响谁听"时，我才发现，写下这则读后感的时间，距艾青发表《从"朦胧诗"谈起》一文，只相隔十八天。

十八天前的5月12日，艾青的文章刊于《文汇报》第三版。文章很长，约六七千字，占整个版面的三分之二，编辑似乎为了表明一种不偏不倚的姿态，特意在文后配一"百家争鸣"四个字的篆刻作品。这一次，艾青仍采取过去《诗话》一书中所擅长的短章形式，文风活泼跳跃，时而婉转含蓄，时而讥讽挖苦，嬉笑怒骂，尽显其中：

朦胧诗作为一种文学现象，不足为奇，反对它也没有用。

奇就奇在有一些人吹捧朦胧诗，把朦胧诗说成是诗的发展方向。

他们理论的核心，就是以"我"作为创作的中心，每个人手拿一面镜子只照自己，每个人陶醉于自我欣赏。

这种理论，排除了表现"自我"以外的东西，把"我"扩大到了遮掩整个世界。

香也朦胧，臭也朦胧，如在五里雾中……

有些诗，连高级知识分子也看不懂，写给谁看呢？

编者有责任把最好的东西介绍给读者。编者也有责任把不好的诗送还给作者。有些诗，不是个别的句子难懂，而是全篇都是谜语，竟也发表出来了。

他们在无人指引下，无选择地读了一些书，他们爱思考，他们探索人生……

他们对四周持敌对态度，他们否定一切、目空一切，只有肯定他们自己。

他们为抗议而选择语言。

他们因破除迷信而反对传统；他们因蒙受苦难而蔑视权威。这是惹不起的一代。他们寻找发泄仇恨的对象。

在走向成功的道路上，却要谦虚谨慎，千万不要听到几个"崛起论者"信口胡说一味吹捧的话就飘飘然起来，一味埋头写人家看不懂的诗。盲目射击，流弹伤人。

（《从"朦胧诗"谈起》，载《文汇报》，1981年5月12日）

从上述引文可以看出，艾青虽有对年轻诗人的批评，但最为尖锐的笔锋所向，或者说，他最想鞭挞的，并不是诗人，而是为"朦胧诗"辩护和喝彩的评论家。文章结束时，他言辞犀利地明确指出：

长期以来，评论家，我说的是一些平庸的评论家，专爱做两件事：不是捧，就是打。……

据说有这样的评论家，凡他所指的都是方向，而他所指的方向是经常变换的。也有人说"朦胧美是规律"，把所有写得明朗的诗都看成违反规律的了，希望整个世界烟雾弥漫。难道是这样吗？

（出处同上）

在艾青发表此篇檄文之前，为"朦胧诗"高声喝彩的文艺评论家，以谢冕和孙绍振两人为主要代表。他们是北京大学中文系1955级的同窗好友，前者在北京大学任教，后者在福建师范大学任教。1980年，谢冕在《光明日报》发表《在新的崛起面前》；孙绍振1980年发表高度评价舒婷诗歌的文章，又在1981年《诗刊》3月号上发表《新的美学原则在崛起》（《诗刊》同时配发针对性批评文章）。一北，一南，谢、孙二人遥相呼应，激赏舒婷、顾城、北岛等年轻一代诗人群体。至此，潜行于民间的"朦胧诗"诗人们，撩开面纱，大步走到前台精彩亮相。两人钟爱的"崛起"一词，风靡一时，堪称那两年文坛的关键词之一。

三十年后，我致信孙绍振先生求证。他回信说：

我想起来一个背景材料，你说艾青是针对我和谢冕，这是对的。因为那时，徐敬亚《崛起的诗群》还没有发表。我从1980年3月开始《诗刊》连续半年以上，后来《人民日报》《红旗》杂志以及各省文艺杂志都批。到了1983年秋，清除精神污染，才又把我再次弄来和徐敬亚和谢冕一起批。三个"崛起"连在一起自此始。

（孙绍振致李辉，2011年4月6日）

孙绍振随信发来他的一篇对话长文，其中，谈到他与艾青之间的个人恩怨：

1980年4月，第一届诗歌理论讨论会，在广西南宁、桂林召开。

我说，延安文艺座谈会讲话以后，虽然民歌体取得了巨大成就，如出现了《王贵与李香香》，但是，诗人都去写民歌体，代工农兵立言，却没有多大成就。田间放弃了鼓点式的节奏去写准五言体的《超车传》，改过来，改过去，直到1958年还在改，越改越厚，越改越离谱，其结果是，把艺术的车子赶到沟里，艺术上"全军覆没"。不管这个"全军覆没"，引起会场上多么强烈的震惊，我继续说，艾青则也去写比较整齐的接近五言的诗歌，歌颂什么劳动模范吴满有，结果这家伙国民党一来，就投降，弄得艾青浪费才华。艾青放弃了他的"散文美"，艺术上从此一蹶不振。

……

艾青的恼火，可能和我多少有些关系。贵州大学那时出了一本油印的小本子《崛起的一代》。把一些年长的诗人都骂得很凶。有一篇是《致艾青的公开信》，其中有一句是："艾青你已经老态龙钟了，不要在我们队伍里挤，不然，就把你揪到火葬场去。"我当时，看了一笑。觉得，这是出出气的，就没有说什么。在他们点名骂的那一大批中年以上的诗人中，我比较偏爱李瑛，就去信让张嘉彦把李瑛的名字去掉。后来，骂艾青的那句刻薄的话，就在诗歌界一些人士中间流传开了。艾青的火气，可能就是从这而来。不过，艾青的话，可能并不完全是他自己的。我得知，在批判我的文章发表之时，《诗刊》有地位的女士柯岩，写信给舒婷，意思也是这样，你的诗是好的，但，这些崛起理论家，名为青年诗人辩护，实际是为了自己崛起。后来，甚至传出这句话是舒婷说的，我绝对不相信。

（《“朦胧诗”和“崛起”——与张伟栋的对话》，由孙绍振提供）

　　不妨推断，艾青批评“朦胧诗”虽有文艺观见解不同的原因，但让他产生冲动，写出《从“朦胧诗”谈起》，应与个人恩怨相关。

　　假如仅仅是文人之间你来我往的个人交锋，“崛起”的喝彩歌颂也罢，“香也朦胧，臭也朦胧”的讥讽也罢，本可以是各持己见的隔岸对歌，性情挥洒、寂寞已久的诗坛反倒可以演奏出抑扬顿挫的华彩乐章。可是，艾青文章的发表，紧跟在 4 月批判白桦电影剧本《苦恋》之后，相隔不到一个月（参见“绝响谁听”第一篇《舞台旋转》，载《收获》，2011 年第 1 期）。“《苦恋》风波”正盛，“朦胧诗”批评接踵而来，人们焉能仅仅将之视为纯粹的文艺批评？孙绍振回忆说，当时艾青的文章令他在福建顿时身陷困境，遭遇一连串麻烦。政治风云变幻莫测的当年，文艺批评无法独善其身，总是被政治裹挟前行，幸或不幸，艾青一下子成为旋涡中人。

　　想必艾青没有料到，一篇批评“朦胧诗”的文章，改变了不少人对他的敬重与期待，从此，他被视为与丁玲相似的“往左走”代表人物。尽管二人有所区别，丁玲更多地因为政治色彩的挥洒，艾青则更多地因为文艺情绪的宣泄，但渐次被冷落，引发的后果则是一样的。三年之后，当艾青听到高瑛说出“你不要老是叫人家牵着鼻子走”这句话时，应该没有忘记批评“朦胧诗”带给自己的心底之痛。听从劝告，谢绝担任《中国》编委，无疑是在接受前车之鉴，不再因一时的冲动而伤及自身。

　　翻开采访本，我才发现 1984 年正是我到艾青家中次数最多的一年，而最后一次拜访是 11 月 23 日，恰在丁玲、陈明夫妇再度前来、依旧铩羽而归的第三天。

　　第一次见到艾青，是在 1982 年我初到北京时。4 月全国文联大会闭幕式后，当他与胡风一同走出人民大会堂时，我为他们拍摄过一张合影。"七月诗派"两个最重要的代表人物，劫后归来，镜头难得，故我一直将这张合影视为自己留下的一个重要瞬间。

翌年夏天，我第一次走进艾青家。日记写道：

1983 年 8 月 16 日

上午曾卓来报社，陪他同到艾青家，谈话一个半小时。中午回报社。

随曾卓前往，这才知道，艾青家与我工作的报社相距甚近。报社在西裱褙胡同，他的家则在东裱褙胡同里一个往南拐进去的小胡同——丰收胡同。东、西裱褙胡同，本是同一条胡同，后因修建北京站，自车站广场往北开出一条"北京站街"，遂将裱褙胡同一分为二。从报社沿胡同往东，走过北京站街，直行百米，南拐即到艾青家，步行只需十多分钟。

裱褙胡同不宽，但很长，在北京胡同里它虽不著名，但仍有夸耀之处。西裱褙胡同有一座老房子，即明代兵部左侍郎于谦故居。义和团运动爆发时，北京义和团的第一个坛口，便在这个四合院里悄然成立，随之掀起惊天风云。东裱褙胡同东端，耸立着著名的古观象台。早期来华的西方传教士汤若望曾在此居住，观察天象，研究历法。义和团与西方传教士，相斥的历史两极，竟然存在于同一条胡同的两端，穿行于此，总不免让人有一种奇妙感觉。

那天，我与曾卓沿着这条颇具历史感的胡同，一路东行，一路闲聊。艾青与"朦胧诗"一事，自然是一个话题。曾卓说，艾青为人单纯，幽默，也容易冲动而倔强。他认为艾青不该轻易指责"朦胧诗"，将自己放在了与年青一代对立的位置上。"得不偿失。得不偿失。完全没有这个必要。"曾卓连声说，感叹不已。

拜访归来，曾卓对我说，你是局外人，不要管别人怎么议论他，你以后应该多去看看他。"他七十多岁了，是一个宝库，值得挖掘。"

很遗憾，我后来没有听从曾卓的建议，但偶尔还是去探望艾青。1984年4月，我开设"作家近况"专栏，将艾青列入第一批人选，还破例先后报道两次。此时，来去匆匆的"清污运动"刚刚过去不久，艾青因为如丁玲一样积极表态而再次陷入尴尬境地。听说我要报道他的近况，他为之高兴。我的第一次的采访记录如下：

1984年4月12日

下午三点　艾青

身体说好也不好。左眼能用就行，右眼已失明。去年基本上养病，写了《我的创作生涯五十年》。为曹幸之写序。

神经痛。一点不抽烟不喝酒了。原来喝药酒。记忆力很坏，写些什么都忘了。

诗歌有灵感来了就写，没灵感就不写了。

半养病状态。冬天冷了不出去，现在暖和了，围房子遛一圈。接待外宾多，三天两天有来的。意大利、南斯拉夫、美国、挪威的，来家访问。

我不懂英文。认几个字母不算。

每晚看电视新闻。

苏联电影总的不错。《中学生圆舞曲》《湖畔奏鸣曲》写得好。看了不少。调子很沉重。《远山的呼唤》也写得不错。

我这个人直率，性格很倔。

儿子艾丹也写诗，从不给我看。我也不看。

四川准备出《艾青选集》，六卷本，诗歌、诗论、小说、散文，陆续出版。

为《林林的诗》写序，同龄，虚岁七十五岁。

采访归来，我以"艾青：写诗有待灵感　戒酒又复戒烟"为题，发表了第一篇报道，并配发一张照片。他视力极差，只能用放大镜看书，拍摄时他很配合，举起放大镜，认真地看为林林诗集写的序。仅仅几百字的报道，落笔在轻松的生活细节，而非棘手的现实话题，更非时常可以听到的那一些议论纷纷。

11月23日去看望艾青时，没有听他提及三天前丁玲、陈明的来访，也没有谈到几日后将举行的《中国》创刊招待会，谈的是他的小说。不久前，他新出版《绿洲笔记》一书，汇集新疆兵团劳动时期创作的短篇小说。我在笔记中，简略而随意地记录了与他们夫妇的漫谈：

1984年11月23日，下午
艾青家

艾：那些小说是后来重改的。最早在"文革"前让我写场史，我想具体写一些人、事。我提出要求，能自由一点写。后来就改成这个样子。写得不好，雁翼的爱人硬要出，得谢谢她。

辉：我看过几篇，写得比较清新，如《一个小镜子》。

高：集子里就那一篇好，让你看到了。

艾：谁说的？《我是兔子你是蛇》也不错嘛。

辉：这些天还看电视吗？

艾：看。主要看国际新闻。失火呀，打仗呀，劫机呀。小说我过去写过两篇。那是在延安的时候。写了两篇，发表了一篇。那时朱老总把我们找去，讲了一些战斗故事，回来就写了一篇。

辉：谢谢您送给我您的小说集。

艾：嘿，那写得不好。

五天之后，我与他们又在新侨饭店见面了。就在这一场景中，高瑛看到了丁玲冷冰冰的面孔，这一刻，艾青与丁玲曾经融洽的关系，就此终结。

很快，艾青的决定被证明颇为明智。在第四次作代会的理事会选举上，艾青得票数名列第八名，大大超过丁玲的第三十九名，与丁玲的疏远，换来了更多人的亲近。因批评"朦胧诗"而笼罩在心上的阴影，渐次散去。

大会闭幕之后，我再去看望艾青，请他题字相赠。他欣然写下两行大字："时间顺流而下，生活逆水行舟"，这是他喜欢的一句格言。题写时，他想到了在丁玲面前做出的如同逆水行舟一般的决定吗？我不知道。

重获身心轻松的艾青，1985 年 10 月在家里迎来了两位特殊客人——谢冕、孙绍振。孙绍振回忆拜访艾青的情景：

后来形势变化，在杨匡满和高瑛的疏通下，让我们到艾青家里去玩。照片上有时间，是 1985 年 10 月。高瑛还把新疆人士送的哈密瓜"杀"了一个，给我们吃。那真是蜜瓜。金黄色的颗粒都看得清清楚楚。

那次交谈中，我真正感到艾青老了。……不过艾青也有一句很重要的话，就是在清除精神污染的时候，贺敬之把艾青拉去开个什么会，在电梯上，有人问这样的会你来做什么？艾青很直率地指着贺敬之说："是他叫我来的！"

你看看照片就知道，我当时的表情是在笑，他许多话说得真是很可笑，又真实得很可爱。而谢冕，他是个谦谦君子。一副洗耳恭听的样子。

照片角落上还有没有吃掉的哈密瓜。

（孙绍振致李辉，2011年4月7日）

旧日激烈交锋的对手，一笑泯恩仇。

最后一次探望艾青，是在1992年，这一次，我陪瑞典汉学家、诺贝尔文学奖评委马悦然与夫人陈宁祖前去。马悦然50年代在瑞典驻华使馆任文化官员时即与艾青结识，他欣赏艾青诗歌，曾将之翻译在瑞典出版，是艾青的老朋友。但是，1981年发生"朦胧诗"风波后，马悦然从瑞典致信艾青，坦率批评，从此，关系冷淡，少有往来。十年过去，时过境迁，重访中国的马悦然，嘱我与艾青家里联系，可否前往探望。我打去电话，高瑛欣然答应，并约好在家里设宴招待。

艾青家已从丰收胡同搬至东四十三条，一座修葺一新的四合院。几年不见，再看到艾青，不禁悲从心来。身患重病的他，除了点头之外，几乎没有任何表情，很难说对久别的熟人是否依然记得。与来自远方的朋友重逢，只能无语对视，那个风趣、幽默、妙语连珠的艾青，影子全无。饭桌上，他也是只顾自己埋头吃饭，半天也不抬头。

这一年，艾青八十二岁。

几年后，我去瑞典访问，在斯德哥尔摩探望马悦然。那天，我们聊了很久。我请他谈自己对20世纪中国文学的看法，后整理为《听马悦然漫谈》发表，其中，他这样谈到艾青：

30年代我最喜欢的是艾青的作品，《雪落在中国的土地上》《北方》《乞丐》。以后他的创作走下坡路。80年代艾青批评朦胧诗，骂他们，我知道后，给他去过一封信，说对他30年代的作品怎么欣赏。他在1942年秋天写过一篇《了解作家，尊重作家》，很佩服你那时敢于讲话。我提到了代沟问题。我说没有代沟，就没有进步，应该互相respect（尊重）。后来去拜访艾青，他说："你给我的信，字写得非常好。"我说："字不是我写的，但信是我写的。"但他没有再说别的。好多年里，我们没有再联系，一直到前几年到北京，还是你陪我们去看了他。但那时他已经不能交流了，我非常遗憾。

（《兄弟在此相会》，203页，四川文艺出版社，2000年）

"我非常遗憾。"说完，马悦然一声叹息。

我们的谈话是在1998年，艾青已在两年前去世，他无法听到遥远的这声叹息了。

三　潮起潮落，台上台下

甲子年冬日，文坛重头戏；敲响开场锣鼓，大幕徐徐拉开。

中国作协第四次会员代表大会1984年年底在北京开幕，来自全国各地的八百多名代表，分别入住京西宾馆和紫玉宾馆，会场在京西宾馆。上次代表大会，是在1979年召开。五年虽短，文坛却似沧海桑田。多少人复出归来，多少人脱颖而出，多少人风光一时转眼间又黯淡退场……如今，八百代表，不同群体，不同心境，飘然而至。历来主要接待高层会议，戒备森严、气氛凝重的京西宾馆，刹那间，几乎成了作家独享热闹的游乐场。

大会初定12月28日开幕，中国作协提前两个星期，在12月15日召开新闻发布会，由中国作协负责人冯牧介绍情况。我记录要点如下：

1984年12月15日

中国作协记者招待会

冯牧：第四次作家代表大会，九天开会时间。其中，两天开第三届理事会。

关于文学现状和今后任务的报告，回顾总结三次大会后的成就、问题。

修改章程。

选举作协理事会（领导机构）。

张光年作《新时期社会主义文学在阔步前进》的报告。大组讨论为主。

修改会章。

1. 组织机构要做调整。聘请顾问若干位，相当于主席团地位。

2. 过去只有主席团、理事会、书记处，有必要也有可能选举中年有能力的进入主席团，设主席团委员。

28日开幕。巴金致开幕词。光年作报告。两天时间分组讨论，十五个大组。两天大会发言。每人发言不超过十五分钟。

4号下午闭幕式。

5号开第四届理事会，选举主席团。

会议报道

充分体现中央"大鼓劲、大团结、大繁荣"精神，会议达到大团结，必将引来大活跃、大进步、大提高，形成一个解放思想、实事求是、团结的会议，开成"立"字当头的会议。

此时，我已调至副刊做编辑，并不负责新闻报道，但这一次，我主动请缨。会议重要自是一个原因，我不愿意错过见证文学界重大事件的机遇。更主要的原因是，我存有私心。获知我所结识的一些前辈都将与会，借采访出入之便，可以与他们朝夕相处，公私兼顾，岂不快哉？

临近开幕，各地代表团陆续抵京，我手持相机，守在京西宾馆，等候着那些熟悉的前辈。对作代会的报道，晚报颇为重视，特地设计一个刊头"在作家代表大会上"，九天会议，大大小小，前后发表约十几篇消息、综述和图片报道。晚报最大的好处，在于轻松，快捷，且记者有相当大的发稿自由度。贾植芳、曾卓两位前辈，之前在我的学习与生活中，占据着极为重要的位置，于是，我有了"近水楼台先得月"的便利。我在报纸上率先报道的是湖北代表团的抵达，配发曾卓与其他代表相逢的照片。29日，发表《文坛佳话》，以两则花絮描写上海代表团，一是《茹志鹃王安忆母女同行》，二是《贾芝贾植芳兄弟相逢》。

找出拍摄的老照片，翻阅当年报道，参照回味，甲子年冬日的情景犹在眼前。诸多身影，熟悉或陌生，显赫或低调，留存记忆之中。令人感伤不已的，是那些远去的身影。

最值得珍惜也最有历史感的，是那张"胡风分子"的集体合影。这次大会，除胡风以中国作协顾问身份出席开幕式外，计有贾植芳、鲁藜、绿原、牛汉、冀济、耿庸、徐放、曾卓、路翎和杜谷等十人与会。实际上，这是所谓"胡风集团"一次真正意义上的聚会，1955年之前，他们并没有这么相聚过。他们约好，在大会开幕时以年龄大小为序，一起列队走进会场。他们会聚到贾植芳、耿庸两人的房间——京西宾馆五〇三室，商量此事，我正好在现场，另有《光明日报》副刊的黎丁先生，他是耿庸的老朋友。大家聊得开心时，曾卓说："李辉，你给我们拍张合影吧，多么难得。"

其实，出席这次大会的，另有一位与"胡风集团"关系极为密切的代表——舒芜。1952年，舒芜率先发表文章批评路翎与胡风，随之被胡风等人所唾弃。如今，十位"胡风分子"中虽有个别人与他有来往，但大多数人没有原谅他，当他们在京西宾馆相聚时，自然不会有他出现其中。

一天之后，开幕式现场，一个特殊景观在我面前呈现：他们一行十人，列队而进。清瘦矮小的贾植芳走在最前面，他被自行车撞成骨折，刚刚康复，拄着拐杖，仍同以往一样步履轻快。紧随其后的，依次是鲁藜、路翎、绿原、徐放……他们一个接一个，神采飞扬地走进会场——自然，路翎除外，精神分裂病情虽好转，但他再也不可能神采飞扬了。

二十几年过去，照片上的十人，已有七人逝世，依然健在者牛汉、冀访、杜谷，都已是九十高龄的老人。

看到同龄人陆星儿与王小鹰的那张合影，黯然神伤。陆星儿是我熟悉的朋友，去看望她时，正好上海作家王小鹰在场。陆星儿笑得多么开心，此时正值小说创作的旺盛期，也是婚姻生活较为安稳踏实之时。王小鹰清秀婉约，站在爽朗的陆星儿身旁，恬静之中更透出小家碧玉的灵气。十年之后，传来陆星儿在上海因病逝世的噩耗，久久不敢相信。我曾想好好撰文写我所熟悉的她，却迟迟难以落笔。如今，再看照片，不能不忆起她那爽朗快乐的笑声，心中再次祈祷她的在天之灵，已经摆脱了人世间的诸般烦恼与忧伤……

黄宗英与凤子、赵清阁三人的合影，拍摄于戏剧家凤子的房间。拍摄这张照片时，三人中，我只认识凤子。我初到北京时，是另一位"胡风分子"王戎先生，带我前去拜访她与沙博理先生，从此，我成了他们家里的常客。从她那里，听到最多的是戏剧界的风风雨雨，跌宕起伏。从田汉到曹禺，从陪都重庆的戏剧，到"文革"前围绕现代戏的博弈，作为历史亲历者，她有说不完的故事、看不完的史料。拍摄这张照片时，我还不认识黄宗英，没有想到，十年之后，她成了我来往颇多的人。从始至终，我见证了她与冯亦代的黄昏恋。她把与冯亦代之间的情书，交由我编选为《纯爱》一书出版，他们的晚年留下美丽余响。凤子与赵清阁两位前辈现已仙逝，黄宗英则病魔缠身，医院成了她难以离开的家。

另有一张三人合影，都是部队作家，分别是白桦、徐怀中、李存葆。在公开发表的图片报道中，因有白桦亮相，它成为最重要的一张。

自"《苦恋》风波"以来，这还是晚报第一次刊发白桦照片。我写了一篇大会侧记《军事文学的崛起和挑战》，采访对象是徐、李两位，谈及徐怀中的《西线轶事》和李存葆的《高山下的花环》《山中，那十九座坟茔》。发表侧记时，我配发这张三人合影。白桦英俊潇洒，站在两人中间，格外醒目。风波过去，白桦归来，这恐怕也是甲子年冬日作代会的一个亮点。

第四次作代会的开幕式，推迟一天，临时改在12月29日上午举行。当天下午，《北京晚报》抢先在头版头条发表消息如下：

中国作协第四次会员代表大会开幕
党和国家领导人胡耀邦、万里、胡启立等出席了开幕式

本报讯（记者李辉）　中国作家协会第四次会员代表大会今天上午正式开幕。党和国家领导人胡耀邦、万里、习仲勋、谷牧、胡启立、乔石，中共中央顾问委员会、全国人大常委会、全国政协的部分领导同志出席了开幕式，中国作协主席巴金向大会致书面开幕词。胡启立代表中共中央书记处向大会致贺词。他热情地充分肯定十一届三中全会以来我国文学的成就和贡献，他说：作家队伍是个好队伍，是完全可以信赖的，党和人民感谢你们！

胡启立在讲话中谈到党对文艺的领导存在的缺点，主要的是：一、党对文艺工作的领导存在着"左"的偏向，在一个相当长的时间里干涉太多，帽子太多，行政命令太多；二、我们党派了一些干部到文艺部门和单位去，他们是好同志，但有的不太懂文艺，这也影响了党和作家、文艺工作者之间的关系；三、文艺队伍中也存在着相互关系不十分和谐的状况。他强调，必须加强和改善党对文艺的领导。

胡启立说，应该坚持社会主义法制观念，坚持"双百"方针，在文学创作中出现的失误和问题只要不违反法律，都经过文艺批评、讨论和

争论来解决，必须保证对被批评的作家在政治上不受歧视、不因此受到处分或其他组织处理。进行文艺批评必须采取平等的、与人为善的态度，不要简单粗暴，不要"无限上纲"。

最后，胡启立祝贺大会开成大鼓劲、大团结、大繁荣的大会，开创社会主义文学的新局面。

那时我当记者近三年，这是所采访的最高规格会议，报道内容也极为重要。当时，所写稿件并不需要送任何环节审查即获发表。不过，我把胡启立的讲话中最为重要、作家当时也最为之兴奋的一点——关于创作自由的论述——偏偏给漏掉了。12月30日的《人民日报》报道了贺词中这段话：

他指出，社会主义文学是真正自由的文学。作家有选择题材、主题和艺术表现方法的充分自由，有抒发自己的感情、激情和表达自己的思想的充分自由，这样才能写出真正有感染力的能够起教育作用的作品。我们党、政府、文艺团体以至全社会，都应该坚定地保证作家的这种自由，并且提供必要的条件，创设必要的环境和气氛。

两相对照，我为之懊悔，这也证明我并不是一个敏感、合格的记者。

开幕式现场，颇有让人奇怪和费解之事。当时主管意识形态的两位中央领导人胡乔木、邓力群均缺席，前者以电报方式、后者以电话方式，分别向大会表示祝贺。几年后，内幕渐次披露，原来围绕此次作代会的召开和人事安排，高层其实有过一场政治博弈，开幕式临时推迟一天，应与之有关。

作为记者，细读《人民日报》的开幕式报道，可读出其措辞的微言大义。同样写掌声，不同地方用不同表述。谈胡启立的祝词——"赢得了全场极其热烈的掌声"。谈唐达成宣读巴金的书面开幕词——"全场以热烈的掌声向这位卓越的老作家表示由衷的敬爱，祝愿他健康长寿"。最值得玩味的关涉周扬——"中国文联主席周扬因病未能出席，特从医院来电话祝贺大会成功，全场代表报以长时间的热烈掌声"。

的确，没有想到的是，周扬虽未出席，却依然成为会议期间的一个重要话题。

一天，我去作家郑万隆的房间看望他。只见他的房间里坐满了几位北京代表团的代表，陈建功、李陀、史铁生等。郑万隆后来对我说，五楼的这个房间，成了议论纷纷、出谋献策的场所。他们商定，写一封慰问信，代表与会的中青年作家向周扬表示敬意。除北京团的几位外，发起者还有其他团的代表冯骥才、王安忆、乌热尔图、孔捷生等。1985年1月3日，慰问信草拟出来（忘记由谁执笔），郑万隆中午没有休息，在大家的簇拥下用毛笔书写。有人提议，不如将这份慰问信贴出去，请大家自由签名，然后，再寄给周扬。

当天下午，京西宾馆饭厅入口处的墙上，赫然出现了这封慰问信：

敬爱的周扬同志：

参加这次会议的全体中青年作家，都热切地想念您！您病了，不能参加会，多么遗憾！

您一定知道，党中央多么关心这次会，多么爱护、理解和信赖我们！多年来渴望的艺术民主与创作自由的黄金般的时代，终于来到。自信和勇气在我们的心中百倍地增长起来，请您相信，我们一定尽力写出无愧于这个伟大时代的作品，使我们的文学自豪地走在世界文学的前列。这当然也是您和前辈作家所期望的。

我们很激动。但您有病，还是希望您克制激动，我们只想用这封信，使您快活，舒畅，尽快恢复健康，早日走进我们中间来！

中国作家协会第四次会员代表大会

中青年作家代表

1985 年 1 月 3 日

　　慰问信在代表中顿时引起强烈反响。路过者都驻足观看，一些中青年作家，拿起放在一旁的毛笔，签上名字。有的老作家，看到写有"中青年"字样，便遗憾地离去。一会儿，我看到年逾古稀的冯亦代走过来。他看完信，随即提起笔签上名字。不等他把笔放下，身旁一人提醒他，这是中青年作家的信。老头把头一扬，"不管它，我也是中青年！"于是，签名高潮随之在老作家中掀起，率先签名的另几位分别是：凤子、卞之琳、韦君宜、汪静之、冯至、田间、唐弢……

　　一批曾被打成"右派"的作家也签上了名。他们有：吴祖光、汪曾祺、唐达成、从维熙、邵燕祥、白桦、蓝翎、鲍昌、流沙河、李国文……

　　"胡风分子"们也来签上名字：徐放、鲁藜、杜谷、路翎、贾植芳。但是，曾卓、耿庸、牛汉等没有签名。事后曾卓对贾植芳说："你干吗签？我就不签。"贾植芳半开玩笑半认真地说："他这几年表现得不错嘛！"

　　毛笔落下，恩怨飘过。

　　八百名代表，计有三百五十六人在这封慰问信上签名。我抄录了这封信，可却不明白，怎么忘记拍下现场照片。每念及于此，懊悔不已。

　　在前所未有的亢奋中，第四次作代会于 1 月 5 日闭幕，当天宣布新一届全国作协理事会选举结果，将大会推至高潮。

　　高潮难息，新闻犹有余响。

1月6日，《北京晚报》做了如下报道，并公布名列前十名当选者名单：

插上创作自由的翅膀飞翔

中国作协第四次代表大会昨闭幕

大量中青年作家进入理事会

　　本报讯（记者李辉）　经过无记名投票方式的选举，二百三十六名作家昨天当选为中国作协第四届理事会理事。至此，历时八天的作家代表大会结束。

　　巴金虽因病未能参加大会，仍获得最多票数，名列第一。得票数进入前十名的作家还有刘宾雁、张光年、王蒙、邓友梅、秦兆阳、秦牧、艾青、李准、张洁。

　　大批中青年作家当选，是这届新的理事会的显著特点。他们年富力强，富有创新精神，将会对今后全国作协的工作产生重要影响。

　　约有二十多名女作家当选，这反映了中国文坛近几年的一个重要现象。除了老作家之外，一些新近涌现的中青年女作家入选，引人注目，如谌容、王安忆、舒婷、王小鹰等。河北的铁凝也当选，可能是理事会中最年轻的一个。

　　同一天的《人民日报》尤为惊世骇俗，按得票多少为序公布了全部当选理事名单。当事人之一、时任文艺部主任的袁鹰先生回忆前后经过：

　　我作为一名代表和报社文艺部工作人员参加大会，拿到大会秘书处发来的由清华大学计算机中心统计结果的名单后，去问负责大会工作的作协党组负责人张光年、唐达成等同志，是否可以在报上按计算结果公布理事会名单，他们都表示同意，要我与报社领导商量，我即打电话给社长秦川，他回答得很干脆：当然可以。于是，我同文艺部一起去采访大会的吴培华、卢祖品、蒋荫安三位仔细核对一遍名单，请他们带回报社交给夜班，第二天连同闭幕消息、闭幕词和顾问名单一起见报。

当天上午，代表们看到送到京西宾馆的报纸，看到"按得票多少为序"的理事会名单，引起了一阵小小的轰动，因为已经很少见到这样的公布选举结果了。我在会场上和饭厅里遇到不少熟识的代表，都喜笑颜开地称赞报纸做得对。广东来的老作家陈残云对我说，这虽然是一件小事，却有突破陈规的意义，更重要的是真实地反映了文学界大多数人的民心民意。上海老诗人辛笛拍拍我的肩膀，说："这才有点民主的味道。"当然，这种方式也有不够完全、不够准确之处，比如学者教授、兄弟民族和边远地区作家，以及文学组织工作者，"知名度"可能不及一些小说作者那样广泛，因而得票数相对比较少些，但是毕竟体现一点民主的空气。我对文学界朋友发自内心的欢欣鼓舞之情，深有同感。

（《风云侧记》，251—252页，中国档案出版社，2005年）

同日，新一届理事会选举主席团和主席、副主席，采取未过半数淘汰的规则。第二天，1月7日，晚报在头版加框发表一则简短消息：

全国作协四届理事会产生正副主席

本报讯（记者李辉）　中国作家协会第四届理事会第一次会议通过选举产生了主席、副主席。

中国作协主席巴金。副主席（按姓氏笔画顺序）：丁玲、王蒙、冯至、冯牧、艾青、刘宾雁、沙汀、陆文夫、张光年、陈荒煤、铁依甫江。

甲子年之冬，潮起潮落，台上台下，人影攒动。每个人的故事，又将重新开始。

时间，顺流而下……

原载《收获》2011年第5期

难忘的清流绝响

黄永玉

————————

苗子兄死了。

我听见噩耗之后很从容镇定，凝重了几秒钟，想了想他温暖微笑的样子……

意大利、西班牙那方面的人死了，送葬行列肃立鼓掌欢送，赞美他一辈子活得有声有色，甚至辉煌灿烂。听说往时河北省一些地方，老人家死了，也是像闹新房一样热闹一场，讲些滑稽的话，真正做到"红白喜事"那个"喜"的意思。

地区有别，时代也不同了，换个时空，使用不当很可能酿成天大的祸事。

苗子兄死了，成为一道清流绝响。20世纪30年代漫画界最后一个人谢幕隐退了。

苗子兄第一幅漫画作品发表在1929年——十六岁；我1924年生，五岁；没眼福看他那第一幅画。一直到抗战胜利后的1947年，我在上海刻木刻懵懂过日子，接到苗子、郁风兄嫂他们两位从南京来信要求收购我的木刻的毛笔信之后，才认真地交往起来。那时我二十三岁，他们也才三十二三岁，六十五六年前的事了。

十六岁孩子可以哄抱五岁孩子；三十二三的青年跟二十二三的青年却成为终身知己。

跟他们两位几十年交往，南京、上海、香港，最后几十年扎根北京，四个大字概括——

"悲、欢、离、合。"

他自小书读得好、字写得好，因为跟的老师邓尔雅先生、叶恭绰先生……了得。我哪谈得上学问？我只是耳朵勤快，尊敬有学问的人。

我觉得自己可能有一点天生的"可爱性"；向人请教，向人借书，人家都不拒绝。据说藏书丰富而爱书如命因之"特别小气"的唐弢先生，叶灵凤先生，阿英先生，常任侠先生，黄裳老兄，苗子老兄，王世襄老兄，对我从来都是门户开放，大方慷慨，甚至主动地推荐奇书给我，送书给我（黄裳兄送过明刻家黄子立陈老莲《水浒》叶子和《宝纶堂集》……）。

苗子兄的书库等于我自己的书库，要什么借什么，速读书卡片一借就是三月半年，任抄任用。包括拓片画卷（王世襄兄多次亲自送明清竹根、竹雕名作到大雅宝胡同甲二号来，让我"玩三天""玩一礼拜"……）。

这种"信任"，真是珍贵难忘。

2006年中秋，苗子、郁风兄嫂到凤凰玉氏山房来。郁风老姐告诉我，这两年重病期间，"肚子里凡是女人的东西都取走了"。其实她脖子上的创口还没有拆线。随行的客人中有两位医生夫妇。

在玉氏山房，郁风老姐说什么我们都听她的。

"给我画张丈二……"

好，丈二就丈二，纸横在画墙上，上半部画满了飞鹤。她说："留了空好，回北京我补画下半张……我们全家还要来凤凰过春节！"

中秋，几十个凑热闹的本地朋友一起欣赏瓢泼大雨，还填了词，我一阕，苗子兄和了一阕。

天气转好的日子，还到我的母校岩脑坡文昌阁小学参观，请了几顶"滑竿"抬他们，回来，她居然把"滑竿"辞了。

她说："这学校风景世界少有！"

当然！那还用她说？我想。

回北京不久又进医院，死了。

郁风大姐跟苗子老兄不一样。爱抬杠！而且大多是傻杠。有时弄得人哭笑不得，有时把人气死。怪不得有次苗子兄说："哪位要？我把她嫁了算了！"

郁风大姐自从变成老太婆以来，是个非常让人无可奈何的"神人"。有一年在我家的几十人的聚会上，交谈空气十分和谐融洽，临散席时，一位好心朋友对郁风大姐说："以后有什么事需要帮忙，可以打电话给我。"猜猜这位老大姐如何回答？"唉，算了！你都下台了，还帮什么忙？"（老天爷在上，这是原话。）

好心朋友是诚恳的，郁风大姐也不伪善。

全场鸦雀无声。

谁想得到，翻回几十页历史去看我们这位大姐，做过多少严密审慎大事，经历多少需要坚毅冷静头脑去对付的磨难，她还是1936年长征干部待遇，天晓得她干过什么事，说的话却像刚从子宫里出道。

苗子兄东北劳改四年半，秦城监狱七年半，共十二年。一生重要的十二年就这么打发了。

去年八月间，毛弟把他从医院送到万荷堂来吃了一顿饭，不单吃相可人，我还认为他不久就能从医院回家。

饭后我们还大谈了一番人生。又提到画画的老头剩下不多了，他还说："你算不得老！"我连忙接着说："当然！当然！你十六岁发表作品时，我才五岁。你肯定是前辈。"

又提到眼前剩下许麟庐、他、我三个人了（恐怕还有几个，只是说不清楚……）。

吃过饭，坐毛弟的车走了。第四天，许麟庐兄去世。我还打电话："喂，许麟庐没了，剩下咱们俩了！"

他："哈！哈！哈！"

苗子兄对学问，对过日子，对人都是那么从容温润，所以他能活到一百岁。

对世界，他不计较。

从秦城监狱放出来第二天我去看他，见面第一句话是笑着说的："你看，你看！搞了我七年半。"

记得抓走他两口子的那天上午，我从牛棚扯谎"上医院"，在东单菜市场买了条尺多长的鲜草鱼到芳嘉园去。一进门，光宇的夫人张妈妈看见是我："哎呀！你还来？两个刚抓走——你快走，你快走！"

我问孩子冬冬呢？

"我管看！我管看！你快走！快走！"

"四人帮"覆灭之后，被烟熏火燎所剩无几的蚁群又重新聚成残余队伍。这零落的队伍中，有的没过上几天好日子、没笑上几声就凋谢了，浅予没有了，丁聪、郁风和苗子赶上了好时候，算是多活了几年。

苗子脾气和顺，闲适，宠辱不惊，自得其乐，连害病都害得那么从容。躺在医院几年，居然还搞书法送人，作诗与朋友唱和。

一个人怎么可以弄成这种境界呢？可能是从小得到有道德、有学问的长辈熏陶，加上青年时代的运气和敏慧，吴铁城、俞鸿钧诸人的提携；本身优良的素质，做了大官没有冲昏头脑，没有腐化堕落，常年与书为伴，懂得上下浮沉的因果关系的缘故。新中国成立后面对没因由的坎坷那种从容态度，不是普通人做得到的。所以"仁者寿"。

苗子兄也有很多很多好笑的地方。他的出生、学识、经历，自小都浮在文化和政治的上层（东北劳改四年半除外），说来说去可算是一种特殊的"纯洁"。我和他不一样，自小就没有受过严格端正的教育，靠自己哺育自己，体会另外半个世界的机会比他丰富。他清楚这一点，正如孔夫子说过的："吾生也贱，故多能鄙事。"

手工艺方面不用说。我帮他用葡萄藤做过一把大紫砂壶的高提梁；帮他在铜镇尺上腐蚀凸出的长联书法，他都惊叹我为"神人也"；就拿一般的生理常识，他也是一窍不通，幼稚得无以复加。

有个下午忽然接到他的电话：

"永玉，我问你一个问题，什么叫'乳沟'？"

我说："你干吗不问郁风？"

又有一年冬天，忘了是晚上还是白天，他来电话：

"永玉，怎么我的睾丸不见了？"

我了解这个问题，我在农村劳动有过这种经历：

"天气冷，躲到肚子里头去了。"

"哦！哦！"

60年代我住在北京站罐儿胡同的时候，某一个月的月底，他笑眯眯地走进屋来，说："月底，没有钱了吧？哪，这里五块钱。哈、哈、哈……"

见鬼！哪个叫他来的？

一切都过去了，我们这帮老家伙剩下不多了。

对于苗子兄的一生，觉得他有一件大事没有做。他"王顾左右而言他"，他来得及的时候没有做（比如从秦城监狱出来的时候，他跟人常作诗唱和，认为十分有趣开怀，其实浪费了情感和光阴），甚至根本没有意识到应该做，或早已意识到该做而为某种戒律制约没有做，那就是写一本厚厚的、细细的"回忆录"。

　　不写"回忆录"而东拉西扯一些不太精通的"茶""烟""酒"的东西干吗？这类材料电脑一按，三岁小孩都查得到，何必要你费神？你一不抽烟，二不喝酒，三不善茶。可惜了……

　　你想，当年儿时广东的文化盛景，其尊人跟叶恭绰、邓尔雅诸文士们的交往活动，有多少写多少，会是多么有益于后代的文献！

　　后来在上海，文化界的活动，漫画界诸人，黄文农、张光宇、曹涵美、张正宇三兄弟，叶浅予、陆志庠、高龙生、汪子美、黄尧、蔡若虹、华君武、张英超，以及后来的张文元、特伟、廖冰兄……诸人的活动，还有文化界重要的"孟尝君"——邵洵美……还有电影界的那一帮老熟人，王人美、赵丹、金山、顾而已、陈凝秋、金焰、白杨、陈燕燕、唐纳、高占非、魏鹤龄、阮玲玉……在你，都是熟到家的朋友。接下来写你的官运旅程，吴铁城、张学良、俞鸿钧、蒋介石、戴笠、王新衡、宋美龄……以后的重庆生活，毛泽东、周恩来、叶剑英、董必武……还有一些特殊的朋友，潘汉年、夏衍、唐瑜……包括杨度、杜月笙、黄金荣、蒋经国……

　　穿在一起的大事，零零碎碎的小事，没有人有你的条件，有你的身份，有你的头脑，有你的记忆力和才情。这会是一部多么有用的书，多么惹人喜欢的书！多么厚厚的一部重要的历史文献……

　　你看你看！你不抱西瓜抓芝麻。你看你居然就这样死了……

原载《文汇报》2012年2月1日

吾师浩然

陈建功

———————

人物简介：浩然（1932—2008.2.20），本名梁金广，著名作家。祖籍河北。1958年出版第一部短篇集《喜鹊登枝》。此后致力于创作反映北方农村现实生活和农民精神面貌的作品。1964年，多卷本长篇小说《艳阳天》第一卷出版，同年成为北京市文联专业作家。1970年年底开始创作另一部多卷长篇小说《金光大道》。1974年为适应政治需要写了中篇小说《西沙儿女》，创作上走了弯路。1987年发表的长篇小说《苍生》，以新的视角观察和反映变革中的农村现实和新时期农村的巨大变化。作品生活气息浓郁，乡土特色鲜明，语言朴素自然。"写农民，给农民写"是他的创作宗旨。2008年2月20日辞世，享年七十六岁。

浩然去世的前几个月，有文学界的朋友告诉我，浩然已经不认得人了。朋友说，在医院里见到浩然的时候，他呵呵地笑，一边使劲转着眼珠，明显是努力地在记忆里搜寻。可怜他搜寻不着答案，最后那笑变得很尴尬。说到这，我们不由得唏嘘感慨了一番。一个人，倘若我们领略过他鼎盛时代的风采，再看他暮年的无助，那感慨中不免生出人生的悲凉来。这种悲凉，年轻人是体会不到的，只有到了知交半零落的年月，大概因为有了切身的感悟，也有了由人及己的瞻顾，才越发滋生出来。

我怕浩然再陷入那样的尴尬，我也怕自己滋生悲凉，一直没有去看他。

后来几天，遇到北京作家协会的朋友，问起浩然，他们的回答更令我悲痛，说他已经算是植物人了。那时候，我便想应该写下一点儿什么。固然因为他给过我关于小说的启蒙，他对我的好，随着他渐渐的远去，越发走近我的心头，更因为他是一个被人误解、引发争议的作家，甚至也不乏遭遇泼来的污水。

不久前，看到一篇文章，题目和观点都颇为有趣，叫作《历史是一个巨大的筛子》，大意说，历史对于个体的人，永远是大而化之的。文章历数了几个重要的历史人物，举出他们的历史评价和他们作为具体人之间的差异。令我思考久久。是的，有一些人，似乎被钉在了"历史耻辱柱"上，和我们真正认识的那一个，却有天壤之别。就拿浩然来说，不管怎么说，只一句"八个样板戏一个作家"，似乎也把他打入"文化专制"同谋者之列。我并不否认他曾经在一个黑暗的时代如日中天，也不否认他的作品和思想在那个时代有着不可避免的局限性，但到了乾坤朗朗之日，他就一定要下地狱吗？20世纪80年代，拨乱反正之后，浩然的确差一点儿下了"地狱"，幸得北京的大多数作家多少有点儿侠肝义胆，讲起浩然来，冷静而客观。大家纷纷举证，证明浩然在"四人帮"肆虐的时代，没有助纣为虐，甚至还有消极和抵制，才使之在那个"文革"思维方式未泯的时代逃过一劫。

曾经在东兴隆街接触过他并获得他指教的我，也是举证者之一。

认识浩然的时候，是1973年，我二十四岁。当时我是北京西部一家煤矿的采掘工人。说实在的，我在那煤矿混得不算好，被怀疑有"参与反革命集团"的嫌疑，遭遇了调查和批判。不过幸好我还有点"一技之长"。那个时代，会写文章已经算是很大的本事了。不然，我们那党支部书记怎敢让我这个"反革命嫌疑"替他写学习"九大"的辅导报告？又怎么敢捉刀于我，派我写一首虚张声势的诗歌，让老劳模上台朗诵？到了20世纪70年代初，"文革"已经闹得人厌倦不堪，废弃多年的文艺，忽然被当政者重视起来。随之便有了上海《朝霞》杂志的出版，有了好几个城市工人文学写作活动的复苏。我想大概自己也算矿区里知道一点儿文学的人，于是便以"戴罪之身"，被派往北京"毛主席著作出版办公室"（那时的出版社，全被如此冠名），参与一本"工业题材"小说集的写作。

北京花市东兴隆街五十一号，据说是北洋时代海军部的旧址，那是一前一后两栋洋楼，当时大概应算是"毛主席著作出版办公室"的招待所。入住后我才发现，《艳阳天》的作者、大名鼎鼎的浩然，正在这里写《金光大道》，另一位大名鼎鼎的人物，是工人出身的诗人李学鳌，他好像在写讴歌英雄人物的长诗，《向秀丽》或是《刘胡兰》之类。浩然和学鳌住在五十一号院的前楼，后楼还住着几个人物，当时和我一样，为集体创作"小说集"或"报告文学集"而来。他们年岁稍长，学历稍高，当时也无籍籍名。不过到了70年代末80年代初，他们中的几位忽然成了新时期文学的骁将，随后陆陆续续成为知名作家。他们是陈祖芬、理由、郑万隆、张守仁、陈昌本、孟广臣等。我记得，在东兴隆街五十一号时，还见过刘心武，他没有在此住宿，时不时来找编辑谈稿子。此后，在这里又认识了后来任社会科学院文学所所长的杨义，当时他刚刚大学毕业，分配到东方红炼油厂当工人。大概也是应召而来，写什么文章吧。

对于住在后楼的我们来说，前楼是高不可攀的。那时浩然刚刚写完《一担水》等几个中短篇小说，发表在复刊的《北京文艺》上，到东兴隆街是开始《金光大道》的写作了。当时的作家几乎都被打倒了，浩然在我们眼里，确是一身金光。而后，因为同在一个小小的食堂里用餐，渐渐熟稔起来，越来越觉得他平易而亲切。忽然有一天我发现，原来院子里的写作者，几乎每个人都曾拿着自己的习作去向他请教，不出三两天，他就会敲开某一位的房门，要和他"交换意见"。我这才醒悟，由于自己的内向和羞怯，诸友蜂拥而去，而我已"瞠乎其后"也。

我首先拿去请浩然看的，是一首短诗。交给他时，是周六的下午，周一我从家里回到东兴隆街时，读到了他留给我的字条，大意是说，他不太懂诗，因此把我的诗推荐给李学鳌看。学鳌认为很好，已经拿到《北京文艺》，应该可以发表了。据我所知，网络时代，在博客微博上发布自己的诗歌短文，是举手之劳，到纸媒报刊上去发表，仍为难事。前推到四十年前，时年二十四岁的我，能在《北京文艺》发表我的诗歌，岂不是天降的惊喜？坦率地说，今天重读，那不算一首好诗，我也曾撰写过文章，由这诗反省自己初入文学之门的肤浅和功利。这首名为《欢送》的短诗，讴歌了"工农兵上大学"这个"新生事物"，而恰恰这处女作发表的时候，险些也当上"工农兵学员"的我，因为有"反革命言论"，被取消了推荐资格。或许，正是这作品发表的喜悦和大学遭阻的屈辱同时降临，才使我获得了1982年的感悟。当时我写道："……那时的我，是一个被时代所挤压，却拿起笔，歌颂那个挤压我的那个时代的'我'；是一个对存在充满着怀疑，却不断地寻找着理论，论证那个存在合理的'我'；是一个被生活的浪潮击打得晕头转向，不能不抓住每一根'救命稻草'的'我'。"

浩然和学鳌的帮助，就是我抓住的第一根"稻草"。

是"救命的稻草"，却也是"救命的绳索"呀。不管我现在和将来对这首诗以及自己的心路历程有什么评价，浩然和学鳌的扶持，都是没齿难忘的。

浩然还指导过我的短篇小说创作。比如，对我的第一篇习作，他批评说："你这个短篇要从猿写到人啊?"他告诉我，短篇小说，要善于截取生活的横断面，就像截取大树的年轮，用以反映社会和时代。后来我知道了，这说法并非浩然所创，而是出自某位理论家之口。但对于初涉创作的我来说，真如醍醐灌顶呀。

"你写出来的是几千字，你准备的，应该很多很多。写短篇，不一定要求准备出人物小传，但写中篇长篇，是一定要先写出人物小传的……"

"别让你的人物围着故事转，要让你的故事围着人物转……"

浩然的笔下，生活气息浓郁，人物栩栩如生，语言活泼生动，早已令我折服。他向我传授的道理，都由我的习作而发，因此，每一次都切中要害，使我豁然开朗。

据我观察，在那个时代，在外人眼里"如日中天"的浩然，活得也并不轻松。

浩然在东兴隆街时曾经应召赶往大寨，那时我们就听说，江青正在那里巡视，大放外国电影，也大放厥词。浩然去了几天，很快就回来了。有一次我在东兴隆街五十一号的院子里碰到他，无意中和他聊起大寨之行，浩然皱着眉头，一脸焦躁地说："……哎呀，别提那个女人啦，精神病! 真让人烦呀，那是个疯子，可惹不得! 还说让我出来当什么文化部长，我哪能给他们当那玩意儿去!"我说："那您怎么回答他们?"他说："我敢说什么? 我只能说，江青同志，我干不了。我也不是当官的材料，我是个作家，我只想写作，只要让我拿好我的笔，给我时间，我就感激党感激社会主义啦! ……你猜怎么着? 她的脸一下子挂起来啦，挂就挂吧，我也不能松这个口呀……"

"写作"，是他搪塞"入伙"的最好借口。当然，他也有搪塞不过去的时候。比如受那位"首长"之命，和另一位诗人一道，前往西沙"慰问"海军部队，还写了《西沙儿女》。他自知这是"命题作文"，题赠我这本书的时候，苦笑着说，没办法，我对海边的生活毫无积累，只好用"散文诗"式的叙述遮遮丑。我笑笑，还真的理解为是"生活积累"的问题。

那时的他，也包括那时刚开始创作的我，并没有明白，这样的文学，已经成为"阴谋政治"的使女和弄臣。

比如，《西沙儿女》中，写到"庐山仙人洞"照片激励起战斗勇气云云，今再读之，不能不哑然扼腕。是谁，让一个如此优秀的作家留下历史的败笔？对此，正如后来浩然自己说过的，他也曾深刻地反省过。至于反省了什么，可惜我没有和他交流过。在我看来，或许因为他从文以来，目睹了太多作家的灭顶之灾？他是软弱的，胆小的，为了护住手里的一支笔，他尽可能逃避一切——逃避功名官场，也逃避"违拗"的罪名。当然，他总有逃避不开的时候，因此也不能否认，在那种政治高压下，他也有"聪明"的一面——为了保护自己，他不能不迎合。为了这"聪明"的迎合，他最终要付出代价。

经历过那个时代的人，毕竟有过那么多气节昂昂风骨铮铮之士，老舍、傅雷、遇罗克、林昭……面对他们，每一个苟活者都应该感到惭愧。在那个"黄钟毁弃，瓦釜雷鸣"的时代，至少，正直的作家应该保持沉默。

这一点，浩然的遗憾是毋庸置疑的。但对于浩然的弱点，我还是希望人们给以更多客观的、宽容的评价。

原载《阳光》2012年第9期

病危中的路遥

张艳茜

七号病房

1992年秋天的古城西安，刚刚经历了一个闷热难熬的夏天。进入十月，难得秋日的阳光善解人意的温柔，随意地以不太充沛的体力，洒向病房门前的那片茸茸绿草地上。阳光似乎带着微笑，又穿过七号病房南边的窗户，自然而祥和地照进病房，散落在靠窗户的病床上。

在西京医院传染科七号病房病床上，躺了有一个月的路遥，已经没有力气迈出七号病房的房门，去享受多情的阳光笑脸。现在，他只能倚在床头垫高的枕头上，将头侧着望向窗外——表情中满是向往。

路遥的脸色灰灰地泛着黄。浮肿着的眼皮，似乎很重，闭合之间都会伤着元气一样。

穿过窗户的阳光，照耀着空气中的尘埃，上下飞舞，闪烁着星星点点的光亮。路遥的目光穿过这些飞光闪闪，注视窗外。此时，窗外的树上正有几只小麻雀唧唧喳喳欢快地鸣叫，舞蹈，梳理着褐色的羽毛。

路遥听着看着，眼神由闪着光亮的惊喜，渐渐暗淡到忧伤。

曾经站立着的路遥，虽然一米七的个头不算高，身材却十分魁梧，虎背熊腰的；粗壮有力的双臂，还有稳健的、肌肉暴突的大小腿。而此刻躺在病床上的路遥，嘴唇是乌黑的，眼周是乌黑的，眼仁却是黄黄的。圆圆的胖胖的脸庞不见了，曾经厚实的大手，也没有了往日的圆润光泽。他那松弛的手背，因为天天要打十几小时的吊针，布满了打点滴的针眼儿。手指的骨节凸出，指甲盖夸张地显大。路遥仿佛骤然间身体萎缩而瘦小了好几圈，像是毫无过渡就突然进入寒冷冬季的老榆树，枯黄、干瘦、缺少生机。他的身形薄薄的，又短短的，在病床上蜷曲着，只占了病床的三分之二。

路遥把重新站起来的希望都寄托在医生身上了。他说："只有你们能救我，我的命就交给你们了！"

然而，当1992年9月5日，路遥从延安人民医院回到西安，当天晚上八点，医院就下了病危通知：肝炎后肝硬化，并发原发性腹膜炎。

路遥的肝脏已经失去了供给体能需要的功能。医生们清楚，他们所能做的，是尽力控制病情，尽可能地减轻路遥的病痛，进而延长路遥的生命。

七号病房堆满了小米、大米、面粉、黄豆，还有陕北的酱黄豆、黑豆和压扁了的犹如铜钱一样的钱钱豆等各种食品，还有源源不断的探视者送来的各种水果。病房里仍然是为路遥破例，允许用电炉子、电热杯。

在七号病房住院的两个多月时间里，起初，路遥能被搀扶着走下病床，去上卫生间，后来便难以下床了。手上脚上的血管到后来硬得连针都难扎进去。在医院服侍路遥的，是他的小弟弟九娃——大名王天笑，和路遥故乡清涧县的一位业余作者张世晔。两个小伙子，尽心尽力地照顾着重病的路遥，但毕竟是两个大男孩，连自己的生活都做不到精细入微，粗手大脚的，累活脏活能干，做饭烧菜就不在行了。

住院医生康文臻，担当了路遥的治疗工作和照顾路遥生活的重任。路遥住院的那段时间里，康医生生活中最重要的一个人，就是路遥了。她是接触路遥最多的医生，性情温和的她只有二十六岁，不仅要负责路遥的治疗工作，还要忙于自己的研究生实验课题。

因为路遥习惯了晚睡晚起，早晨洗漱完毕都九点多了，康医生为路遥改变了每天的查房时间，约莫路遥起来了再去七号病房。中午下班前再去一次，下午也是两次进七号病房。晚上下班后，又将路遥爱吃的手工切面在家中做好，再送到七号病房路遥的病床边。康医生每次做的饭菜也是不同样的，有时烧一个青菜豆腐，有时是一碗鲜美的鲫鱼汤。路遥在西京医院传染科住院的近一百天时间里，几乎天天如此，不曾间断。

路遥从延安刚转院到西京医院传染科的第二天，护士宇小玲见到的是一个面容老相、脸色晦暗、情绪低落的路遥。

那天中午，宇小玲为路遥端来一碗柳叶面，那面汤里配了菜叶，青青白白的。宇小玲对不想吃饭的路遥说："您看这面多可爱呀，我都想吃了呀！"

路遥被护士宇小玲柔声细语哄小孩吃饭的语气逗笑了。多日来的坏情绪见了晴天。

吃过了饭，宇护士又为好久没有洗澡的路遥做生活护理。先为路遥洗了又长又乱、成了一缕一缕的头发。洗干净了头发，又为路遥擦背，这让路遥很不好意思，说什么都不让擦。宇护士只好用医院的制度开导路遥，说："这是医院的规定，况且在护士面前只有病人，没有性别。您就想着您和我都是中性好了。"

路遥难为情中服从着护士的"摆弄"，嘴里迭声说着感谢的话。擦干净了后背，宇护士又要为路遥洗脚，发现路遥长着又厚又长的灰指甲，就要帮路遥剪指甲。

路遥不好意思地急忙将脚藏起来，慌忙说："使不得，使不得，怎能叫你干这个？再说，指甲长老了，剪不下来的。"

耐心的宇护士笑着说："没有关系，我有办法。"然后，宇护士打来一盆热水，把路遥的脚泡在热水盆里，泡了两个小时后，宇护士捧起路遥的脚，一下一下地精心剪着路遥厚厚的灰指甲。

此时的路遥，忍不住背过脸去，眼角溢出的泪水缓缓流淌在面颊。

探视时间

1992年10月11日，这一天是星期天，路遥的女儿远远要在这一天来医院探视。今天，路遥要打起十二分的精神，因为女儿的到来。

小弟弟王天笑准备好了洗漱水，路遥趴在床边，用黄瓜洗面奶洗了脸，这是女儿远远建议的。远远说，用黄瓜洗面奶洗脸，会让爸爸粗糙的皮肤显得细腻年轻。远远的话对路遥来说，就是圣旨。路遥从此听从远远，坚持用黄瓜洗面奶。

虽然没有力气，虽然病体难支，但是，路遥每天的刷牙却从不间断，而且刷得非常认真，上上下下、里里外外，丝毫不马虎。

《人生》当中，那个痴情的姑娘刘巧珍，是为了让心爱的男人喜欢，才站在河畔上刷牙的。

10月11日早上八点半，轻轻的敲门声响起。接着，七号病房的门，慢慢地被打开。进来一个人，路遥将专注的目光从窗外掉转过来，看到了进来的人，路遥很高兴地叫着："合作！"又说，"今早数你来得最早。"

来探视路遥的人，是榆林地区群众艺术馆的朱合作，也是路遥清涧县的老乡。朱合作遗憾地说，还应该再早一点的，可是被挡在住院部门外等了半小时哦。

护理路遥的小弟弟天笑，见到来了清涧老乡，也非常兴奋，热情招呼朱合作，并接过朱合作带来的苹果。

路遥看见朱合作带来的苹果，对已经忙完的小弟说，酸苹果好吃。先给朱合作削苹果。看着朱合作吃苹果，路遥又说，我也想吃了。天笑也给路遥削了个苹果。路遥侧身斜躺在床上，拿着苹果，费力地咬了一口，品榨出果汁。朱合作在路遥枕头边放了一张卫生纸，让路遥将苹果渣吐出来。路遥吃得很香，一个大苹果不一会儿就吃光了。

九娃天笑也给自己削了个苹果，可是苹果没拿牢，掉在了地上，九娃把苹果捡起来，又将苹果削了一遍。路遥看着九娃将苹果肉削多了，心疼地说，这咋行呢？做什么都失慌连天的。说得九娃不好意思地笑了。

然后，路遥和朱合作拉家常，聊到自己的病情，路遥说："我这病非得不可。我光在街上就吃了十几年饭。"

朱合作知道这个话题过于沉重，不动声色地跳转话题，说起在《女友》杂志上读到连载的路遥创作谈——《早晨从中午开始》，这让路遥十分兴奋，详细询问朱合作看的是哪一期？写的是哪部分的内容？路遥认真地听着，神情自然流露出欣慰，说："很快要出单行本了。"

欣慰的路遥又说，陕西省组织了西北地区最好的肝病专家给他会诊，主治医生是前任西京医院传染科的主任，本来已经不再看病，而是专心科研和著书，这次为了他又亲自担任了主治医生。路遥很有信心地说，省委省政府对他的病很重视，专门拨了专项医疗费治病。待病情好转之后，可以选择全国最好的疗养胜地疗养。并且可以去两个陪人，一个是亲属，一个是工作单位的陪护。说到这里，路遥笑着说："省上这回是重视结实了。省委省政府抢着给我治病哩。"

朱合作来探视之前，在陕北听到住院的路遥，病情十分严重，经历过几天的肝昏迷，并且，前一两天，路遥吃苹果还只能喝一点儿榨出来的苹果汁，今天看来病情和心情都有好转。

现在，路遥继续着聊天的兴致，说起朱合作的女儿，多了许多柔情，夸赞着："你那狗儿的可聪明了。"

夸着朱合作的女儿，自然要想到自己的女儿，路遥的柔情更多了几分："我那狗儿的比我还坚强。我这回得了这个病，那狗儿的信心比我还大，对我说，不要紧，叫我好好治。今天是星期天，过一会儿她也来呀！"

突然，路遥冒出一句："我那老婆咋就跑了呀！"说着，感伤地合上眼睛。

话题再次陷入沉重。朱合作赶紧调整："你现在主要是治病，只要把病治好了，就一切都有了。"

路遥说："我这病就这样凑凑合合一辈子了。肝硬化，麻烦的是有点腹水，不过是早期。我尔格（陕北方言意为现在）已经能吃五两粮了。"

自然，这是医生和朋友没有将实情告诉路遥，将肝硬化晚期只说成是早期，心理上的迷幻剂，让路遥对自己的身体树立信心，保持良好的精神状态，对配合治疗十分关键。

知道路遥对榆林的中医非常信任，朱合作顺着路遥的思路宽慰着："等到西安的医院治疗得差不多了，就回咱老家榆林。咱再继续看榆林的中医。"

这话路遥很爱听，路遥接着说："等我出院以后，我先回王家堡老家，让我妈把我喂上一个月。我妈做的饭好吃，一个月就把我喂胖了。然后，再到榆林城盛（住）上一段时间。你回去打听一下，谁治肝病最能行。等我病好了以后，咱们和张泊三个人，到三边走上一回。以前常没有时间，以后咱不忙了。让张泊把历史给咱们讲上，他会讲那方面的事哩！"

这时，七号病房的门再次被推开，进来了一个操着延安口音的小伙子，小伙子说，他一方面是来看望病重的路遥，另一方面，是想把《平凡的世界》改编成礼品式的盒装连环画，小伙子说，出版经费已经基本落实，想让路遥写一张信函，便于小伙子与出版社联系。

这位小伙子，就是《平凡的世界》连环画的绘画作者李志武。

路遥被扶着斜坐在病床上，找了张纸，但找不到能用的钢笔，朱合作刚好身上带着钢笔，就脱了笔帽递给路遥。

路遥一边写着信，一边不停地对朱合作说："这人画得好！绘画的《平凡的世界》水准不低。"

由于身体虚弱，路遥写的信，很不工整，一行比一行更向右边偏着，只有落款处"路遥"两个字，基本上与他往日的签名一样，有着自信洒落的气质。

年轻的画家李志武等待路遥写好了信，又对路遥有了新的请求，希望在正式出版这套连环画前，想得到路遥为此书写的序言。

路遥说："序言恐怕写不成了。我尔格手拿着笔都筛得捉不稳了。到时候，我题上个词。"

年轻的画家走后，七号病房又走进来三四起看望路遥的朋友们，大家说着几乎一样的宽慰话："路遥，没有关系，好好养病，会好起来的。"个别的，会给路遥出主意，说气功可以治好很多病，劝路遥学一点气功。还有的看到瘦弱的路遥，心疼不已，嗔怪着："谁让你要那个茅盾文学奖哩，以后再不敢拼命写文章了！"

1992年10月11日的上午，西京医院住院部传染科七号病房，先后有三四起探视路遥的人。上午十点半左右，病房里终于安静下来。路遥闭上双眼，静静地躺着，不断地接受各类朋友的探视，消耗着路遥的精气神。这时，就像窗外的小麻雀欢快的叫声一样，女儿远远叫着爸爸，爸爸，跳跃进了七号病房。路遥突然睁开双眼，目光明亮而柔情，嘴里回应着："毛锤儿！"

毛锤儿，是路遥的老家陕北清涧乡下人对自己娃娃的昵称。

路遥目不转睛地看着来到自己身边的宝贝女儿"毛锤儿"远远，整个人仿佛都被女儿团团的圆圆的红扑扑的小脸蛋照亮了。

我的"毛锤儿"

有好长时间路遥没有见到宝贝女儿远远了。过去是忙于自己的创作，现在却是在传染病房里。

做父亲的路遥，对女儿远远怀有太多的歉疚。他与孩子在一起的时间太少了。所以，每次和女儿在一起，路遥都要在自责中去想，该怎样做才能弥补一下亏欠孩子的感情呢？

在女儿远远小的时候，每当路遥离家很久再回到西安家中，路遥总是将自己变成"马"变成"狗"，在床铺上、地板上，那时的路遥，四肢着地，让孩子骑在身上，转圈圈地爬。然后，又将孩子举到自己脖颈上，扛着她到外面游逛。孩子要什么就给买什么——路遥非常明白，这显然不是教育之道，但他又无法克制。

1991年的春天，已经获得茅盾文学奖的路遥，难得能在西安轻松地休息一段时间。有一天，远远要参加学校组织的春游活动，慈父的路遥柔声地问远远："毛锤儿，明天路上想带些什么吃的呀？"

依偎在爸爸怀中，远远撒娇地给爸爸一二三四说了一长串需要购置的东西，路遥一一记在心中。怀揣着购物清单的路遥立即上街，在西安的食品店里买了一背包的食物和饮料，只有一样食品——三明治，已经走了几家食品店了，仍然不见有远远清单中想要的三明治。

路过一家西安的小吃——肉夹馍的店铺，路遥只向店铺门口摆放的一个厚墩墩的菜墩子上望了一眼。

肉夹馍店铺的店伙计正在一手拿着菜刀，梆梆梆，很有节奏地剁着一块色泽红润、流着肉汁、有肥有瘦、类似红烧肉——西安人称之为"腊汁肉"的肉块。伙计的另一只手,握着一个长柄的汤勺,剁肉时,汤勺挡在刀的另一侧,以防肉汁溅到身上。

路遥平素是闻不得大肉的油腻味道的。那是因为"文化大革命"初期,运动开始后,曾经一个吃不饱饭的穷孩子——当时的王卫国,后来的路遥,突然间,不仅天天能吃上饭,而且还能放开肚子吃猪肉。就是因为那段日子吃的肉太多,把路遥吃伤了,从此,猪肉不再入口。

眼前的腊汁肉夹馍,倒是气味浓郁醇香,被西安人骄傲地称之为"中式汉堡"。但是,女儿远远要的是西式三明治,怎能用中式快餐替代呢?路遥毫不犹豫地走过肉夹馍店铺,继续寻找三明治。

女儿远远这一代人,是接受洋快餐长大的,或者说,孩子就是吃个新奇。不像路遥,从小到大,只要能吃饱饭,哪有可挑剔的食物哦。自己那受苦的肚子,到现在,爱吃的食物也就是那几样陕北饭——小米粥、洋芋檫檫、钱钱饭、揪面片……

又跑了几家食品店,仍然没有买到三明治。路遥由这洋快餐联想到涉外酒店,他暗自思忖,必须改变思路,不能在普通的食品店里寻找,说不定那些常常接待老外的酒店里会有的。于是,路遥折转身,向距离陕西省作协院子不远处的一家五星级酒店——西安凯悦酒店走去。

20世纪90年代初,西安的五星级酒店寥寥,能踏进酒店的门,都会被路人用羡慕的目光盯着看好久。

大步走进凯悦酒店的路遥,直奔西餐厅。迎上来的年轻女服务员微笑着询问,请问先生,有什么可以帮助您的?

路遥说,有三明治吗?得到女服务员肯定的回答,路遥心里顿时轻松下来,高兴地说:买两块三明治。

时间不长,女服务员端上来包装精美、两块肥皂大小的盒子。服务员说,一共六十元。

那时候，大家的工资都很低，路遥的工资也不高。即使是现在，人们也难以接受，花上六十元钱，去买两块肥皂大小、不过是中间夹着几片黄瓜西红柿和薄薄一层肉片的两片面包片啊。

当时的路遥也不能接受。他恐怕自己听错了，又问了服务员一遍。没有错，得到的回答很明确：一块三十元，两块六十元。

路遥当场愣怔着。可是面对周到漂亮的女服务员，路遥骑虎难下，既已让人家拿出来了，怎么好意思转身逃走？无奈，路遥硬着头皮买下这两块三明治。付了钱从酒店出来，路遥还是暗自叫苦——实在太贵了。

迈着扑扑踏踏的脚步，回到居住的陕西省作协院子，路遥一直走进《延河》编辑部副主编晓雷的办公室。见到晓雷和李天芳夫妇，路遥将刚才的经历告诉了他俩。路遥边说边从背包里小心地拿出精致包装的盒子，问晓雷和李天芳夫妇："猜猜，这两块三明治花了我多少钱？"没有等到夫妻俩回答，路遥接着说："六十块！"然后，路遥又宽慰地说，尽管很贵，但总算满足了远远的心愿。

第二天，远远去学校前，路遥又从头到脚检查远远的装备，水壶的水满不满？巧克力够不够给小朋友分？样样都问到了。还一再嘱咐女儿，不要去玩水，不要去爬山，以免危险。这时候的路遥简直成了最细心的保姆。

远远是路遥心中真正的太阳，可以为女儿摘星星摘月亮，就是不要让自己的"毛锤儿"受一点委屈。

路遥曾问女儿："你最喜欢什么呀？"

远远不假思索地说："我喜欢音乐。"

听了远远的话不久，路遥就拿出积攒的稿费给远远买了一架钢琴。那几天，路遥家里进进出出的都是远远的小朋友，远远邀集了陕西省作协家属院的小朋友们到他们家来看新买的钢琴，"十几双小手像雨点一样拍打在黑白键上，满屋子的钢琴轰鸣声震得路遥如痴如醉。"

怎奈，孩子对钢琴的好奇与兴趣非常短暂。几天后，远远走到爸爸跟前说："爸爸，我们的音乐老师说，我的手指太短了，不适合弹钢琴。"

路遥听了，捧起女儿胖胖的小手，看看自己的手指又看看女儿的手指，脸上露出了凄楚的笑容，对女儿说"都怪爸爸，都怪爸爸！"从此，钢琴成了女儿房间里的摆设。

现在，女儿远远来到路遥病床旁，路遥细细端详着他的"毛锤儿"："毛锤儿"的脸庞像极了爸爸，眼睛像极了爸爸，鼻子、嘴巴也同样像极了爸爸。

路遥看着想着，唯一不能像爸爸的就是，他的"毛锤儿"不能像他一样过苦日子。然而，现在，自己躺在病床上，完全不能照顾上女儿，而女儿的妈妈林达也不在女儿身旁。这如何不让路遥撕心裂肺地痛呢？

路遥竭力不表现出来内心的痛苦感受，他要好好享受与女儿在一起的短暂相聚。路遥对朱合作、九娃天笑，还有远村说："你们先出去一下，我和毛锤儿拉会儿话。"

也就是二十多分钟之后，路遥让几个人重新回到病房里，说他和毛锤儿的话拉完了。

但是，显然，他说"他和毛锤儿的话拉完了"不是真的。因为路遥又开始询问远远，这些天吃饭的情况和学习的功课情况。

远远的妈妈林达去了北京，现在，刚上初中的远远小鬼当家，一个人独自生活，虽然雇了小保姆，但是，小保姆年纪小，好多家务事都不会料理，有时候还要同样年纪小的远远指导着做饭。路遥了解到这些，无奈与痛苦写满了泛黄的面颊，禁不住看着远远红扑扑的小脸深深地叹气。

毕竟是传染病房，尽管路遥不愿意让远远很快离开他，但是，又不忍心让女儿远远在病房耽搁时间太长，影响第二天的功课，只过了一会儿，路遥便不舍地让远村将远远带走了。

离开七号病房的远远，说什么都不会相信，她与父亲路遥在一个多月之后，便从此河汉相望，失去了疼她爱她的父亲。

原载《作品》2012 年第 1 期

一个伪成年人

韩少功

————

我当年下乡插队的地方，是一个社办茶场。初到时，这里条件十分简陋，每间土砖房里，设三床位但住六人，于是每人便有一床友。

大田就是我的同床。但这不是一件太爽的事。他从无叠被子的习惯，甚至没洗脚就钻被窝，弄得床上泥沙哗啦啦地丰富。这都不说了。早上被队长的哨音惊醒，忙乱之下，同室者的农具总是被他顺手牵羊，帽子、鞋子、裤子、衬衣也说不定到了他的身上。用蚊帐擦脸，以枕巾代帽，此类应急行为更是在所难免。好在那时候大家都没什么像样的行头，时间一长，穿乱了也就乱了，抓错了也就错了，不都是几件破东西么。

我穿上一件红背心，发现衣角有"公用"二字。其实不是"公用"，是"大田"的艺术体和圆章形："大"字一圆就像"公"，"田"字一圆就像"用"。这种醒目的联署双章，几乎盖满他的一切用品，显然是老母的良苦用心所在——怕他丢三落四，也怕他错认了人家的衣物，所以才到处下针，标注物主，主张物权。

这位老母肯定没想到，再严密的物权保护在茶场依然无效，而且字体艺术纯属弄巧成拙，使物权保护成了物权开放：大家一致认定那两个字就是"公用"，只能这样认，必须这么认，怎么看也应该这样认。大家从此心安理得，几个破衣烂衫的农民也常常来"公用"一下城里娃的鞋帽。

大田看见我身上的红背心，觉得"公用"二字颇为眼熟，但看看自己身上不知来处的衣物，也没法吭声了。

他只是讨厌别人叫他"公用哥""公用佬"或"公用鳖"，似乎"公用"只能与公共厕所一类相联系，充其量只能派给小马夫、狗腿子、虾兵蟹将那一类角色。用他的话来说，他是艺术家，将来见到总统都可以眼睛向上翻的。你不信吗？你怎么不承认事实呢？你脑子里进了臭大粪吧？他眼下就可以用小提琴拉出柴可夫斯基，用足尖跳出芭蕾舞剧的男一号，还可以憋住嗓门在浴室里唱出鼻窦高位共鸣，放在哪个艺术院团都是前途无量。何况他吃奶时就开始创作，用尿布时就有灵感，油画、水彩画、钢笔画、雕塑等都是无师自通和出手不凡，就算用臭烘烘的脚丫子来画，也比那些学院派笨猪不知要强多少。这样的大人物怎么能被你们"公用"？

农友不相信他的天才，从他的蓬头垢面也看不出贵人面相，于是他的说服工作变得十分艰难。他得启发，得比画，得举例，得找证人，得赌咒发誓，得一次次耐心地从头再来，从而让伙伴，特别是那些农民，明白小提琴是怎么回事，芭蕾舞是怎么回事，卢浮宫镇宫之宝是怎么回事。更重要的是，他得让大家明白，为什么艺术比猪仔和红薯更重要、更伟大、更珍贵，为什么画册上拉（斐尔）家的、达（芬奇）家的、米（开朗琪罗）家的，比县上的王主任要有用得多。

实在说不通的时候，他不得不辅以拳头。有个农家后生冲着他做鬼脸，一直坚信王主任能批来化肥和救灾款，相比之下，你那些画算个屁啊。这个"屁"字让大田气不打一处来，一时无话可说，上前去一个蒙古式大背包，把对方狠狠摔在地上，哎哟哎哟直叫唤。

"真是没文化，二百五。"贺大田抹一抹头发，大概有黄忠毁弃明珠暗投的悲愤，眼睁睁地看着对方找干部告状去了。

"你不吹牛会病吗?"

"你不吹牛会死吗?

"你自己不好好干活，还妨碍人家，存心搞破坏啊?"

"你还敢打人，街痞子、暴脑壳、日本鬼子、地主恶霸啊?"

这就是队长、场长后来常有的责骂。场长是习过武功的，一气之下还扇来耳光，闹出一场大打出手的两方恶拼。人们的说法是，场长舞得了耙头和条凳，与大田的欧式拳击各有千秋，谁也占不了上风。为防止今后的持久战，场部议了好几次，最后决定单独划一块地给大田，算是画地为牢，隔离防疫，把他当成了大肠杆菌。

出工的队伍里少了他，还真是少了油盐，日子过得平淡乏味。没人唱歌，没人跳舞，没人摔跤，没人吹牛皮，没人背诵电影台词，于是锄头和粪桶似乎都沉重了不少，日影也移动得特别慢。"那个呆伙计呢?"有人会冷不防脱口而出。于是大家同生一丝遗憾，四处张望，苦苦寻找，直到盯住对面山上一粒小小的人影。嘿，那单干户也太舒服了吧?要改造也得在群众监督下改造，怎么能让他一个人享清福呢? 我们要声讨他，他也听不到啊。我们要揭发他，他耳朵不在这里啊。快看，他又走了，又坐下了，又走了，又睡下了，今天一上午就歇过好几回了……

大家愤愤谴责场部的荒唐，对那家伙的特殊待遇深为不满，甚至觉得同场长练上一趟还真是个好办法。

那家伙确实有如鱼得水的劲头，大概也在张望这边，便不时送来几嗓子京剧，或一声快意的长声吆喝。大家眼睁睁地看着他独来独往，自由自在，享受一份特许的轻松。他可以唱戏，可以画画，可以捉鱼，甚至可以在树荫下拉屎，蹲上一个或两个小时。至于他的单干任务，则基本上交给附近一伙儿农家孩子，让他们热火朝天地代工。他的回报不过是在纸片上涂鸦，给孩子们画画坦克、飞机、老虎、古代将军什么的，给孩子的妈妈们画画牡丹、荷莲、嫦娥、观音菩萨什么的。他设计的刺绣图案，据说赢得大嫂们满心崇拜，换来了不少糯米粑。

他很快画名远播，连附近一些村干部也来茶场交涉，以换工的方式，换他去村里制作墙上的领袖画像和语录牌，把他奉为丹青高手、宣传大师、完成政治任务的救星，总是用好鱼好肉加以款待。县里文化部门还派员下乡求贤，让他去参与什么庆典筹备，一去就十天半个月，白白送给他更多吹牛的机会。关于剧团女演员争相给他洗球鞋的艳闻，就是他这时候吹上的。

肯定是发现他这一段吹牛皮，吹得皮肤变白了，脸上见肉了，额头上见油了，场长咬牙切齿地说："他能把蒋介石的鸡巴割下来？"

旁人吓了一跳，说："恐怕不行吧？"

场长说："就是嘛，只要第三次世界大战开打，还是要把他关起来！一个盗窃犯，什么东西！"

旁人又吓了一跳，说："他偷东西了？"

场长不回答。

"是不是偷……人了？"

场长还是不回答。

我们没等到第三次世界大战，没法印证场长的明察秋毫和高瞻远瞩。我们也没等到共产主义，同样没法印证场长有关吃饭不收票、餐餐有酱油、人人当地主、家家有套鞋的美好预言。我们只是等来了日复一日的困乏、饥馋、思念、忧愁，等来了脚上的伤口、眼里的红丝、蚊虫的狂咬、大清早令人心惊肉跳的哨音。不过，疲惫岁月里仍深藏着无穷的激情。坊间的传说是，有一位知青从不用左手干活，总是把那纤纤玉手保护在手套里，哪怕这使他的工分少了一大截。他私下的解释是，如果他的左手伤了，指头不敏感了，国际小提琴帕格尼尼大奖就拿不到了啊。这话足以让人吓一跳。另一则传说是，一位知青听到中国第一颗人造卫星上天，不跟着大家去庆祝和高兴，反而跑到屋后的竹林里大哭一场。他后来的解释也足以让人吓一跳：人家抢在他前面把这件事做了啊，占上先机了，夺下头功了，他的科研计划就全打乱啦！

大田只是个初中毕业生，还留过级，还补过考，不至于牛成这样。他的科学知识够得上冲天炮，够不上人造卫星，听同学们谈论二次方程也只能干瞪眼。但这并不妨碍他美梦翩翩。他曾谱写出一部《伟大的贺大田畅想曲》，咣咣咣咣，嘣嘣嘣嘣，又有快板又有慢板，又有三拍又有四拍，又有独唱又有齐唱，总谱配器十分复杂，铿锵铜管和妙曼竖琴一起上阵，把自己的未来百般讴歌了一番，让我们一个个都笑翻。他不会预支更多的想象吧？传记出版，纪念堂开张，在万人欢呼之下谦虚和亲切？

当时的他已不再在茶场挑粪和翻地，转去附近的一个生产大队——那里的书记姓梁，是个软心肠，见这一个城里娃老是被隔离，觉得他既没偷猪也没偷牛，既没有偷米也没有偷棉，凭什么说他是盗窃犯？凭什么把他当大肠杆菌严防死守？既然对上了眼，这位老劳模二话不说，要他把行李打成包，扛上肩，跟着走，大有庇护政治难民之势。这样，大田从此成了梁家一口子，干什么都有老劳模罩着。后来，他受到猎犬或腊肉的诱惑，又成了胡家一口子，或华家一口子，吃上了百家饭，睡上了百家床，被更多的大哥大叔大伯罩着，日子过得更加安逸。正是农忙时节，我们忙得两头不见天，好像手脚都不是自己的了。他倒好，鞋袜齐整，浑身清爽，歪戴一顶纸帽，在田野里拉一路小提琴，来啧啧同情我们的劳累。他是一个英国王子来探视印度难民营吗？

他给我们带来了几件乐曲新作。

我们躺在小河边，遥望血色夕阳，顺着他的提琴声梦入未来。我们争相立下大誓，将来一定要狠狠地一口气吃上十个肉馅包子，要狠狠地一口气连看五场电影，要在最繁华的中山路或五一路狠狠走上八个来回，一吐自己城市主人的豪气……未来的好事太多，不光是名曲蹿红这等小事。我们用各种幻想来给青春的岁月镇痛。

多少年后，我再次经过这条小河，踏上当年的小石桥，听河水仍在哗哗流响，看纷乱的茅草封掩路面，不能不想起当年的河边誓言。大田早已不在这里了。他后来回到城市，进过剧团，办过画展，打过群架，开过工厂，差一点投资煤矿，又移居国外多年，再一度杀回北京和广州……但到底干了些什么，不是特别的清楚。他未入黑道，落个十年或二十年的刑期，这一条倒是很明确也很重要。凭着一点道听途说，我知道他最终还是在艺术圈出没，折腾一些"装置"和"行为"，包括什么老门系列、拓片系列、幼婴系列，以及不久前那个又有窗、又有门、还安装了复杂电光装置的青花大瓷罐……据他自己说，这是准备一举收拾威尼斯国际艺术大展的惊世之作。

看来世界已经大变，艺术日新月异，我正沦落为一个赶不上趟的老土，在青花大瓷罐面前只有可疑的兴奋，差不多就是装模作样。我左瞧右看，结结巴巴，说眼下的艺术越来越依赖技术啊，越来越像技术啊，一个个画家都成了工程师，成了工程集团公司。

他兴奋地瞪大眼，说："对，说对了，这正是我追求的方向！"

他这一说我就明白了——当然也是更不明白了。

你饶了我吧。

如果我没有记错的话，他不就是三岁扎小辫、五岁穿花裤、九岁还吃奶的那点德性吗？如今也真成了艺术界的葱时尚界的蒜？——当年邻居的大婶大妈们奶汁高产，憋得自己难受，常招手叫他过去，让他扑入温暖怀抱咕嘟咕嘟一番。想想看，一个家伙有了这种漫长的哺乳史，记忆中有了众多奶头，还能走出自己的幸福童年？他后来走南闯北，成家立业，跳槽改行，但他的喉结、胡须、皱纹、大巴掌、宽肩膀，差不多是一个孩子的伪装，是他混迹于成人群体的生理夸张。只有从这一点出发，你才可能理解他的诸多细节：比如追捕林木盗贼时一马当先，翻山越岭，穷追不舍，直到自己被毒蜂蜇得大叫——其实他不是珍爱集体林木，只是觉得抓贼好玩，如此而已。他也曾偷盗部队营区的橘子，又是潜伏，又是迂回，又是佯攻，又是学猫叫，直到自己失足在粪坑里——其实他对那些酸橘毫无兴趣，只是觉得做贼够爽，与共军打游击当然更爽，如此而已。对于他来说，抓贼与做贼其实并无多大区别，大忠和大奸都可能High（兴奋），也都可能不High，只有High才是硬道理和价值观。

也只有从这一角度，你或许才能理解他的艺术——拜托，千万不要同他谈什么思想内涵、艺术风格、技法革新以及各种主义，不要同他谈艺术史或艺术哲学，更不要听他有口无心地胡扯这个斯基或那个列夫。他要扯，就让他扯吧，让他手舞足蹈地翻眼皮和溅口水吧。他做的那个大瓷罐，那个耗时一年和耗资上万元的大制作，与斯基们和列夫们其实没关系。在我看来，那不过是他咕嘟咕嘟喝足奶水以后，再次趴在地上，撅起屁股，捣腾一堆河沙，准备配置什么牛粪、酒瓶、纸烟盒的幼儿大魔宫。他一旦心血来潮，想上房揭瓦或打洞刨坟，也是有可能的。

他肯定把今天的家庭作业给忘记了，甚至忘记回家了。

他有家吗？当然有，而且有很多家，几乎遍布世界上的千家万户。作为他乡下往日的家人，老梁哥已病逝，老胡哥已痴呆，老华哥下落不明，老曹爷活得算是长久，但活得不耐烦，就投水自尽。倒是当年的场长还健在，扶一根拐杖，咳出大段的静默，面目十分陌生，需要我从一大堆皱纹中细辨往日的容颜，然后犹犹豫豫地"呵"上一声。我相信，我在他的眼中也突然切换，远离了当年的模样。

我们一起喝酒，当然会说到大田，我们共同的一段过去。有意思的是，场长完全忘了自己当年的警惕和厌恶，似乎自己早就慧眼识珠了，早就知道那牛皮客一定会不同凡响。你想啊，他哪是个种田的料？去打禾，撒得稻谷满田都是。去栽菜，踩得秧子七歪八倒——身上的骨头肯定长歪了嘛，没对上榫嘛。你再想想，他哪是个做小事的人？人家借了他的钱，他不记得。他借了人家的钱，他也是不记得——这脑子里是不是搭错了筋？是不是一直不通电？更重要的是，那家伙也太歹毒，有一次，你知道的，好多人都看见的，他用一个木桶，提来一颗人头，一颗大胡子人头，说是无名野尸的，反正没人要，然后借来一口大锅，热气腾腾地煮出一锅肉汤，要制作什么骷髅标本。娘哎娘，那是人干的事吗？又剔肉，又拔须，又刮骨，如同过年过节时曹三老倌办伙食，戳心不戳心？害人不害人？——但这一切实在理所当然，非凡之人就是有非凡之举嘛。要成大事的主，不就得这样疯疯癫癫吗？不就得这样心狠手辣狼心狗肺地不干人事吗？……

老人的一番话让我哈哈大笑。

"他那时候要拜我为师，想习武。我哪会教他？他这样的人，要是有了武功，那还不祸害国家社稷？"

老人的记忆不一定准确，但这并不妨碍他临走时交代，等秋收以后，他要备一点糯谷，攒一筐鸡蛋，托我去带给大田。

"好啊，好啊……"我含糊其辞。

"你把我家的志毛佗也带去，学一学，"他是指自己的孙子，"他也喜欢画菩萨。"

"好啊，好啊……"我想换一个话题。

因为我其实无法受此重托，不知道如何才能见到大田。我曾经要来他的一个电子邮箱，但那信箱如同黑洞，从未出现过回复。也曾经要来他的一个手机号，但每次打过去都遭遇关机，也许那累赘早已被他丢失。我只知道他大概还活在人世，怎么也活不老，偶尔还会冷不防地冒出来，摸摸脑袋，眨眨眼睛，去厨房里找点馒头或剩饭，充塞自己的肚皮，然后东扯西拉胡说一通，落下他的钥匙，揣走我的毛衣，再次消失在永无定准的旅途中。我记得，最近的一次，是他述说自己在洛杉矶开上越野车，挎上卡宾枪，邀上一个黑人哥儿们，去毒贩子那里解救过一位女子——我们共同认识的一位老同学，在美国开礼品店的。嘎嘎嘎——他把枪声模拟成唐老鸭的嗓音，好像枪口是公鸭嗓，"老子朝天一个点射，Fuck——Shit——，他们就全都抱着头，面向墙壁，矮下了！"

"你这是拍电影吧？"

"你不信？那你去问慧慧，你现在就打电话！"他是指那位女同学，把手机一个劲儿地往我手里塞。

"她怎么会在那里？"

"她刚到美国，乱走乱跑嘛，不听我的教导啊。"

一个警匪大片似的故事就这样丢下了，不必全信也不必深疑的故事。但一眨眼，一闪身，他不知又去了哪里。

他就是这样的一缕风，一个卡通化的公共传说，一个多动和快速的流浪汉，一个没法问候也没法告别的隐形人，在任何地方都若有若无来去无踪。

他不仅没有一个恒定住址，从本质上说，大概还难以承担任何成年人的身份：丈夫、父亲、同事、公民、教师、纳税者、合同甲方、意见领袖、法人代表、股权所有人等等。也许，他还一直生活在童年的奶水里，于是每一座城市都是他的积木，每一节列车都是他的风筝，每一个窗口都是他的哈哈镜，每一位相识者都是他的乐园玩伴——哪怕他真正操一支卡宾枪英雄救美的时候。这样的伪成年人，甚至会把地震当作超大型浪桥，把轰炸当作超高温礼花，不知大难临头是何意思吧？在将来的某一天，他可能勋业辉煌名震全球，像老场长说的；也可能一贫如洗流落街头，像他前妻说的；或者成为各种不同版本的开心故事，像朋友们说的。但不管落入哪种境地，他都可能扮鬼脸一如从前，挂一把破吉他，到处弹奏自己的畅想，逗一群街头娃娃喜笑颜开，大家再玩上一盘。

"公用鳖!"

"公用鳖!"

孩子大概都会这样乐不可支，不在乎这个老头来自何处将去何方。

原载《湖南文学》2012年第2期

他留下的绝笔……

丹　晨

───────

　　黄宗江师离世已是两年多了，我与他最后一次见面的前前后后情
景，一直在我心中萦绕不去……

　　3 年前的新年伊始，我接到他的电话。他不像平时那样说话直截了
当说个没完，而是有点断断续续，有点忧郁低沉，说了几句寒暄的话
后，问我看到他在晚报上发的文章没有？我说看见了，你还在热情地呼
唤人性。他说："这大概是我的绝笔了……"

　　我很意外，有点吃惊说："你是不是有什么不舒服？"

　　他含含糊糊地似乎说老了，说时间不多了……总之，他的情绪很少
会这样颓唐。因为他失聪，电话里也不便深谈。我就说近期去看望他再
细说。他说："好。"

　　我却因杂事耽搁到 6 月初才去他的寓所。我没有觉得他有什么异
常。和平时一样，他仍然还是那样开心，健谈，爽朗，只是耳聋得厉害
了，腿脚好像不大灵便了。他说："你文章中说我有'情结'，这会儿我
就连写了几篇都是谈我的情结的。你看……"说着站起身，有点艰难地

走到桌边，从凌乱的书堆中找出几篇打印稿给我带回去看。

几年前，我读了他的文集《我的坦白书》后曾写过一篇小文，其中说："读到最后一页，他说：'情未了尚虚，事未艾则实。'读下去还是对戏剧舞台留恋之情结深入骨髓，情不自禁，而这一个'情'字怎生了得……"他这回怎么想起来用这个"情结"两个字做文章。回去细看，有《读黄宗英〈百衲衣〉——我的'小妹'情结》《观焦晃〈钦差大臣〉追思——我的话剧情结》《观何冀平〈曙色紫禁城〉绮思——我的京剧情结》，是否还有别的关于"情结"的文章，我没问他。让我感到惊心的是他写的另一篇稿《夜读抄》，在文末尾注说"庚寅春晚年九旬或可封笔矣"。这正好与他1月份打电话给我说的话和情绪相印证。因此，与以往读他的文章常感欢乐不同，这时却不免带着几分沉重的心情。

他在这篇《夜读抄》中，引述（或他说的"抄"）了政治人物和学者的某些重要论述，也简单回顾了自己走过的心路历程，说："我们这老一代知识分子，出生于五四前后，我们受的言教与身教，使我们憧憬民主与科学的发展，我们所处的旧社会使我们失望而又失望，很自然地寄希望于新兴的共产党及其领袖……"于是"……步步紧跟。但不但跟不上，还动辄得咎……"他还谈到自己创作的描写一位共产党员英雄人物的心血之作，曾经深入到主人公张志新"被囚禁被杀之地，阅了半公开的'罪状'，在剧本上写下了她的有如党史长卷的狱中交代……"但是，年复一年，这些作品未能面世。于是，他说："我人微言轻，然尚能微言大义，不吝大抄夜读，以求更多的共识，共促，共进。"

说到没有面世的作品，宗江师又何止一部。即使他的传世名著如《柳堡的故事》，当时也是备受争议和批判的。他辛辛苦苦冒着生命危险到越南丛林战地中生活采访后写出的《南方啊南方》就被当作资、修的代表作封杀狠批。他遗下的未发表未上演或未拍摄的作品还有许多。故有书《佚剧卷》，有文《弃妇吟》，都是证明。

他当然不是仅仅为了这个原因想到封笔。他是为了国事忧心忧思以至忧愤。像他那样耄耋高龄以至还有年近期颐的许多老前辈仍在为国家民族的进步和未来思考、忧虑、建言、呼唤……他们对自由、民主的向往，对以人为本社会的期待，其心之执着，真诚，痛切，自青年时代投身革命起从来坚持不懈，如今面对很不如人意的现实，自己又已暮年，不免忧心如焚以致焦虑失望；但经过自我调整，仍又振作起来重拾信心，希望人们"以求更多的共识、共促、共进"。所以他虽说要封笔，其实又怎能放下这写了一辈子的笔，很快就又连续写了那么多篇，情绪似乎也变得乐观了，那不灭的热情又点燃了起来，如写小妹黄宗英时勉励自己要"朝闻道夕尚未死，继续笔下纵横"，"渐感到自己体温尚存，心态开朗，再次握笔迄今。深感这人间的亲人、爱人、友人，这人民与人类的人与事是写不尽的，仍有我们可写的，不论是社会和谐、世界大同的大事，乃至风花雪月，鸡鸭猫狗"。还在文末尾注中说"2010春寒转暖"，寓意显然是与前封笔之说相呼应的。到了观焦晃演出的文章中更是热情洋溢地说："我仍感到幸运幸福的是，比我年轻近20岁的，最好的男演员焦晃还能活蹦乱跳在舞台上。活下去吧！演下去吧！我们幸存在以人为本，尊重科学的时代！"在观何冀平剧作的文章末了说"曙色可转彩霞满天！拭目以待！"他又恢复了一贯的充满信心和期待的开朗姿态。

在我与宗江师相交多年中，常觉得他总像个不知愁滋味的少年。他与朋友无论熟悉还是初识陌生的在一起，一样纵横评说天下，嬉笑怒骂，直言不讳，坦率天真善良无邪得像个儿童。他女儿说他为人处世的格言是"事无不可对人言"。梁信说他是"襟怀坦白""肺腑透明"。我说他是"坦荡荡的真君子"。所以他的朋友遍天下，看他的著作涉及的文坛菊坛剧坛影坛中的师友知交之多之广就知此言不虚。环顾今日文坛，这样单纯仁厚的人还有多少！

宗江师辞世之后，我看见网上传说他"一生总和浪漫的爱情难解难分"，不知所指为何？他确是个性情中人，浪漫想象丰富，对谁都充满爱心。谁敢这么公然说"我爱女演员"！他写了许多有关才华横溢的优秀女演员的文章，他确实怜香惜玉，但纯白无邪。他太爱才爱美爱艺术。你看他写李媛媛之死，真的是满怀深情的痛惜。有一次谈到一位优秀的戏曲女演员婚后长期没有演出，他叹息而憾惜很久像是谈自己亲人的委屈似的。他年轻时有过几次失败的恋爱。与阮若珊谈婚论嫁，开始时阮不相信英俊潇洒的宗江会真心爱上她这个带着两个孩子比他年长的离婚女人。婚后看见宗江爱女儿如己出，出门一个扛在肩上，一手牵着另一个，让阮好感动，就这样恩爱一辈子。说"难解难分"是指这个倒也是事实。

宗江师晚年有过一次恋史。他鳏居多年，三个女儿都自立门户了，虽常来照顾看望他，毕竟有点落寞。有一次，我一进门他就兴奋地似说似唱："这次真的天上掉下个林妹妹……"然后讲他的恋爱近史。但是因为种种原因，虽然相爱却未能如愿，他不免有点沮丧。尽管他是个爽朗的人，好像很快恢复了正常。但埋在心里的那份情岂能轻易消失。这次在写黄宗英的文中，他提到此事狠狠地自责说："吾妹知我一生感情生活，我一向可说宁人负我我未负人的，却在自己最后的黄昏做了一个负心之人，悔歉无极，了无生趣，甚至怀疑自己得了老年痴呆症、抑郁症……"

他对戏剧舞台痴爱迷恋之深更是难以言说。他常津津乐道中学时代就上了舞台的逸事，直至前些年还在红氍毹上一显身手。他在戏剧电影创作演出中的贡献人所周知，但他只是自称"戏痴""艺人""念念不忘舞台""'从艺'是自己工作与生活的核心"，称他们兄妹几个是"卖艺人家"（又称"卖艺黄家"）。他爱戏如命，一生痴情不改。那份真诚到他最后写焦晃的时候依然炙热感人，但又长叹"别说了……俱往矣！"使人听到了其中的沧桑和无奈。

宗江师终于离去了。他的家人捧着他的遗像是一幅颇有"仰天大笑出门去"（李白诗）气概的照片，如人们说的与他性格极为传神，希望他带着欢笑走好。是也，说得一点不错。然而，这个爱人爱美爱艺术爱国家的情结痴狂至极的艺人作家又有多少留恋和不舍，忧心和遗憾。也许，这两者都是。

原载《民主》2013年第6期

蝉　蜕

王安忆

————————

　　北岛嘱我写顾城，纪念纪念他。一转瞬，顾城已经走了二十年。二十年的时间，正是从青年到中年，倘若活着，应是向晚的年纪，而如今，留在记忆中的，还是大孩子的形貌。不知道老了的顾城会是什么模样，要是小去二十年，却能想得出来。

　　顾城的父母与我的父母是战友兼文友，尤其是他父亲顾工诗人，常到我家来。"文革"期间，带来他在上海的堂妹，顾城应该称表姑的。巧的是，这一位亲戚与我们姐妹同在安徽一个县插队落户，那个县名叫五河。后来我离开了，我姐姐则招工在县城，顾家妹妹凡进城都会上我姐姐处休整休整，过年回沪，也要聚，之间的往来一直持续到现在。所以，要这么排，我又可算在顾城的上一辈里去。事实上，这些关系最终都烂在一锅里，结果还是以年龄为准则，又因相近的命运和际遇，与顾城邂逅在20世纪80年代末。

　　之前我并未见过顾城，他父亲虽为熟客，双方的儿女却没有参与进大人的社交。我母亲见过顾城，仿佛是在北京，顾工诗人招待母亲去香山还是哪里游玩，顾城也跟着。顾工带了一架照相机，印象中，他喜欢拍照，在那时代拥有一架照相机也是稀罕的。有一回到我们家，进门就嚷嚷着要给我们拍照，不知哪一件事情不遂意，我当场表示拒绝，结果被母亲斥责一顿，硬是照了几张。奇怪的是，尽管出于不情愿，又挨骂，照片上的我竟也笑得很开怀，厚颜得很。顾城出事以后，母亲感慨地想起，那一次出游，父亲让儿子给大家合影，那孩子端着照相机的情形。小身子软软的，踮起脚，极力撑持着从镜头里望出去。那小身子早已经灰飞烟灭不知何乡何野，他的父亲亦一径颓然下去，度着几近闭关的日子。原来是个何等兴致盎然的人啊！做儿女的令人齿寒，全不顾生你养你的血亲之情，一味任性。再有天赋异秉，即投生人间，就当遵从人情之常。贾宝玉去做和尚，还在完成功业之后，并且向父亲三叩谢恩。哪吒如此负气，也要最后喊一声："爹爹，你的身子我还给你！"而顾城说走即走，没有一点回顾，天才其实是可怕的。

　　曾有一回听顾城讲演，是在香港大学吧，他有一个说法引我注意，至今不忘。他说，他常常憎恶自己的身体，觉得累赘，一会儿饿了，一会儿渴了。当时听了觉得有趣，没想到有一日，他真的下手，割去这累赘。不知脱离了身体的他，现在生活得怎样？又在哪一度空间？或者化为另类，在某处刻下如何的一部"石头记"！二十年的时间，在大荒山无稽崖青埂峰下，一眨眼都不到，尘世间却是熙来攘往，纷纷扰扰，单是诗歌一界，就有几轮山重水复。我不写诗，也不懂诗，感兴趣的只是人。人和人的不同是多么奇妙，有的人，可将虚实厘清，出入自如，我大约可算作这类；而另一类，却将实有完全投入虚无，信他所要信的，做也做所信的，从这点说，对顾城的责备又渐渐褪去，风清云淡。他本来就是自己，借《红楼梦》续者高鹗所述，就是来"哄"老祖宗的小孩子，闯进某家门户，东看看，西看看，冷不防拔腿逃出去，再不回头。这一淘气，"哄"走的可是寻常父母的命根子。

我与顾城遇见的记忆有些混淆，总之1987年，是5月在德国，中国作家协会代表团访德，他单独受德国明斯克诗歌节邀请；还是后几个月秋冬季节的香港，他和妻子谢烨从德国直接过来举办诗歌讲演，我则在沪港交流计划中。不论时间前后，情景却是清晰和生动的。那是他第一次出国，经历颇为笑人，方一下飞机，时空倒错，不免晕头晕脑，踩了人家的脚，对人说"thank you"，然后，接机的到了，替他搬运行李，他说："Sorry"。其时，顾城在北京无业，谢烨从上海街道厂辞职，就也是无业。80年代，许多问题，如就业、调动、夫妻两地分居的户籍迁移，都是难以逾越的关隘，一旦去国，便从所有的限制中脱身，麻烦迎刃而解。没有户籍之说，夫妻能够团聚，至于就业，看机会吧，顾城这样新起的诗人，正吸引着西方的眼睛。单是诗歌节、文学周、写作计划、驻校驻市作家项目，就可接起趟来。当年张爱玲移居海外，不就是靠这些计划安下身来，站住脚跟，再从长计议。不仅生计有许多出路，身份地位也有大改观。所以，看得出来，顾城、谢烨既已出来，就不像打算回去的样子了。就在旅途中，谢烨怀孕了。

　　谢烨长得端正大方，因为即将要做母亲，就有一种丰饶、慵懒的安宁和欣悦，地母的人间相大约就是像她。有一回我们同在洗手间，聊了一会儿，像洗手间这样私密的空间，人与人自然会生出亲切的心情。她在镜前梳头发，将长发编成一条长辫，环着头顶，盘成花冠。这个发式伴随她一生，短促的一生。这发式让她看起来不同寻常，既不新潮，又远不是陈旧，而是别致。我问她原籍什么地方，她听懂我的问题，一边编辫子，一边说反正，南方人也不认我，北方人也不认我——这话说得很有意思，她真是一个无人认领的小姑娘，就是她自己，跟了陌生的人走进陌生的生活。那时候，一切刚刚开始，不知道怎样的危险在前面等待，年纪轻轻，憧憬无限。

　　生活突然间敞开了，什么都可以试一试，试不成再来。具体到每一人每一事，且又是漂泊不定。在香港，正逢邓友梅叔叔时任中国作家协会外联部主任，率代表团访港，汪曾祺老从美国爱荷华写作计划经港回国，还有访学的许子东、开会的吴亮、顾城夫妇、我，全中途加盟，纳入代表团成员，参加活动。倘没有记错，代表团的任务是为刚成立的中国作协基金会化缘，接触面很广泛，政界商界、左派右派、官方私交，我们这边的作家色彩越丰富越好，也是时代开放，颇有海纳百川的气势。团长很慷慨地给我们这些临时团员发放零用钱，虽然不多，可那时外汇紧张，大家的口袋都很瘪，自然非常欢迎。在我们，不过是些闲资，用来玩耍，于顾城却有生计之补。不是亲眼看见，而是听朋友描绘，顾城向团长请求：再给一点吧！好像纠缠大人的小孩子。

一直保留一张夜游天平山的照片，闪光灯照亮人们的脸，背景却模糊了，绰约几点灯火，倒是显出香港的蛮荒，从大家吹乱的头发中，看见狂劲的风和兴奋的心情。顾城戴着他那顶牧羊人的帽子，烟囱似的，很可能是从穿旧的牛仔裤裁下的一截裤腿，从此成为他的标志。帽子底下的脸，当然不会是母亲印象中，小身子很软的男孩，而是长大的，还将继续长大，可是终于没有长老，在长老之前，就被他自己叫停了，此时正在中途，经历着和积累着生活的，一张脸！如果不发生后来的事情，就什么预兆没有，可是现在，布满了预兆。仿佛彼得·潘，又仿佛《铁皮鼓》里的那个不愿意长大的孩子。到处都是，而且从古至今，几乎是一种普遍的愿望，极早知道人世的艰困，拒绝进入。生存本就是一桩为难事，明明知道不可躲避终结，一日一日逼近，快也不好，慢呢？谁又想阻滞而不取进，所以也不好；没希望不行，有希望又能希望什么？暂且不说这与生俱来的虚无，就是眼前手边的现实，如我们这一代人身陷的种种分裂和变局，已足够让人不知所措——顾城选择去国，是为从现实中抽离，岂不知抽离出具体的处境，却置身在一个全局性意义的茫然中，无论何种背景身份都脱逃不出的。抽离出个体的遭际，与大茫然裸身相向，甚至更加不堪。从某种程度说，现实是困局，也是掩体，它多少遮蔽了虚无的深渊。我想，顾城他其实早已窥视玄机，那就是"黑夜给了我黑色的眼睛，我却用它寻找光明"。他睁着一双黑眼睛，东走走，西走走。有时在酒店，有时在大学宿舍楼，有时在计划项目提供的公寓，还有时寄居在朋友家中……在一个诗人忧郁的感受里，这动荡生活本身的和隐喻着的，必将得到两种方式的处理，一种是现实的，另一种是意境的，这两者之间的关系如何平衡？抑或停留在心理上，终至安全；抑或滚雪球似的，越滚越大，不幸而挑战命运。

后来，听说他们定居在新西兰的激流岛上。这一个落脚之地，倘不是以那样惨烈的事故为结局，将会是美丽的童话，特别适合一个戴着牧羊人帽子的黑眼睛的彼得·潘，可童话中途夭折，令人扼腕，同时又觉得天注定，事情在开始的时候就潜藏危机。这个岛屿不知怎么，让我总觉得有一些不自然，似乎并非从实际需要出发，更像出于刻意，刻意制造一种人生，准确地说，是一种模型。所以，不免带有虚拟的性质，沙上城堡怎么抵得住坚硬的生活。

1992年初夏，我到柏林文学社作讲演，顾城和谢烨正在柏林"作家之家"一年期的计划里，那几日去荷兰鹿特丹参加诗歌节，回来的当晚，由一群大陆留学生带路到我住处玩。房间没有多余的椅子，大家便席地坐成一个圈，好像小朋友做游戏，气氛很轻松。当问起他们在激流岛上的情形，我深记得谢烨一句话，她说："在现代社会企图过原始的生活，是很奢侈的！"从天命的观念看，谢烨就是造物赠给顾城的一份礼物，那么美好、聪慧，足以抗衡的想象力，还有超人的意志恒心。对付天才，也是需要天分的。可这个不肯长大的孩子，任性到我的就是我的，宁愿毁掉也不能让，就这么，将谢烨带走了。许多诗人，过去有，现在有，将来还有，都落入顾城的结局，简直可说是哲学的窠臼，唯有这一个，还饶上一个，这就有些离开本意，无论是旧论还是新说，都不在诗歌的共和精神，而是强权和暴力。然而，我终究不忍想顾城想得太坏，我宁可以为这是蛮横地耍性子，只不过，这一回耍大发了，走得太远，背叛了初衷。

回到那一晚上，谢烨说出那句深明事理的话，却并不意味着她反对选择激流岛。倘若我们提出一点质疑，比如关于他们的儿子木耳，顾城有意将其隔绝于文明世界，后来，也可能就在当时已经证明，只是不愿承认，这不过是一种概念化的理想，完全可能止步于实践——讨论中，谢烨是站到顾城的立场，旗帜相当鲜明。于是，又让人觉得，虽然谢烨认识到做起来困难，但同时也有成就感，为他们在岛上的生活骄傲。

当事人均不在场了，我们必须慎重对待每一点细节。所有的细节都是凌乱破碎的片段，在反复转述中组织成各式版本，越来越接近八卦，真相先是在喧哗，后在寂寞中淡薄下去。也许事情很简单，最明智的办法是不作推测，也不下判断，保持对亡者的尊敬。那个让顾城感到累赘的身子早已摆脱，谢烨也是属这累赘的身子里面的物质一种吗？长期的共同生活，也许真会混淆边界，分不清你我。这累赘脱去，仿佛蝉蜕，生命的外壳，唯一可证明曾经有过呼吸。那透明、薄脆、纤巧，仔细看就看出排序有致的纹理，有些像诗呢，顾城的诗，没有坠入地活着，如此轻盈，吹一口气，就能飞上天。

还是在那个柏林的初夏，我去"作家之家"找顾城和谢烨。说实话，他们的故事迷住了我，那时候我也年轻，也感到现实的累赘，只是没有魄力和能耐抽身，还因为——这才是决定因素，将我们与他们分为两类物种，那就是常态性的欲望，因此，无论他们的故事如何吸引，我们也只是隔岸观火。香港明报月刊约我撰稿人物特写，我想好了，就写顾城，后来文章的名字就叫《岛上的顾城》。我至今也没有去过那个岛，所有的认识都来自传说，即便是顾城自己的讲述，如今不也变成传说之一？我沿着大街拐入小街，无论大街小街，全是鲜花盛开，阳光明媚。电车铛铛驶过，我问路的夫人建议搭乘两站电车，可我宁愿走路。走在远离家乡的美景里，有种恍惚，仿佛走在奇迹里，不可思议，且又得意。若多年以后，我再来到柏林，不知季候原因，还是年岁，使心境改变，这城市褪色得厉害，它甚至是灰暗的。

我已经在那篇《岛上的顾城》中细述造访的情形，有一个细节我没写，当我坐下，与顾城聊天，谢烨随即取出一架小录音机，揿下按键，于是，谈话变得正式起来。事实上，即便闲聊，顾城的说话也分外清晰而有条理，他很善表述，而且，也能够享受其中的乐趣。多年来，想起顾城，常常会受一个悖论困扰，言语这一项身体的官能在不在累赘之列呢？我指的不是诗的语言，而是日常的传达所用，在诗之外，顾城运用语言的能力，以我所见也在他同辈的诗人之上。现在，谢烨揿下了录音键，顾城想来是习惯的，他说出的每一个字都不至遗漏，而被珍惜地收藏起来。过程中，谢烨有时会插言，提醒和补充——假如没有后来的事情，多么美好啊！但也终究不成其为故事，一日一日，一夜一夜，再瑰丽，再神奇，再特立独行，也将渐趋平淡，归于生活。就在他们讲述的时下，柏林之家的公寓里，不正进入着常态——一年计划的资助可以提供岛上房屋的用电之需。有时候，人心难免有阴暗的一面，会生出一个念头，我差一点、差一点点怀疑，顾城是不是有意要给一个惊心动魄的结局，完成传奇。这念头一露头立即打消，太轻薄了，简直有卑鄙之嫌，谁会拿自己的，还有爱人的生命作代价？当你活着，有什么比活着更重要，这里面一定有着严肃深重的痛苦，只是我们不知道，知道的只是光辉奇幻的表面——太阳不是从东边而是从西边升起，再从东边落下；碗大的果实落了满地；毛利人；篮子里的鸡蛋；树林里的木房子，补上窟窿，拉来电线，于是从原始步入文明，再怎么着？回到野蛮，借用谢烨的说法，"奢侈"地回到野蛮！事情早已经超出了当事人的控制，按照自己的逻辑向下走……我们还是让他们安息，保持着永不为人知的哲思。用火辣辣的生命去实践的故事，或者说童话，不是哲思是什么?!

有许多征兆，证明童话已经建构起来，顾城讲述的流利婉转，谢烨不断补充的细枝末节，各方汇拢来的信息基本一致，又有朋友去激流岛探望，亲眼看到……就让我们相信它吧！即使在生活中不可能将童话进行到底，至少在想象里，尤其是，童话的主人公都去了天国，领得现实的豁免权。

那天，谢烨交给我两件东西，我一直保存着，谁能想到会成为遗物呢！一件是五十元一张人民币，在1992年的时候，发行不久，价值也不菲。她托我在国内买书寄她，无论什么书，只要我觉得有价值。我说不必给钱，她一定要给，两人推让几个来回，最终还是服从了她。另一件是一份短篇小说稿，手抄在三十二开的格子稿纸，这是一种不常见的稿纸，大小像连环画。字迹非常端正，可见出写字人的耐心，耐心背后是冗长的宁静以至于沉闷的时日，是那日头从东方升起往西方行度去然后落下的时光吗？因为是复印稿，我相信已经发表过，依稀仿佛也在哪里看见，谢烨只是让我读读她写的小说。那时候，谢烨开始尝试写作小说，以前，她写的是诗，也是一个诗人。因为是顾城的妻子，就算不上诗人似的。

他们的故事里，有一个情节我没写，但相信一定有人写过，就是他们邂逅的经过。在北上的火车的硬座车厢，顾城是坐票，谢烨是站票，正好站在顾城身边，看他画速写消磨漫长的旅途。顾城是善画的，从星星画派中脱胎的朦胧诗人，都有美术的背景，在激流岛上，有一度以画像赚取一些家用。就在那天，顾城也向我出示画作，不是素描和写生一类，而是抽象的线条，但都有具体标题，"这是谢烨，这是木耳，这是我"，他说。完全脱离了具象的线条，有些令人生畏呢，可不等到水落石出，谁能预先知道什么？火车上，顾城画了一路，谢烨就看了一路，这还不足以让谢晔产生好奇心，令她忍俊不禁的是最后，画完了，顾城忘了将钢笔戴上笔帽，直接插进白衬衣前襟的口袋，于是，墨水洇开来，越来越大。这一个墨水渍带有隐喻性，我说过，他们的事，都是隐喻！墨水就这么洇开，一个小小的，小得不能再小，好比乐句里的动机音符，壮大起来，最后震耳欲聋，童话不就是这么开始的吗？谢晔就此与顾城搭上话，并且，第二天就按照互留的地址去找顾城。火车上偶遇互留通信地址是常有的事，可大约只有谢晔会真的去寻找，真是好奇害死猫！这是怎样的一种性格，不放过偶然性，然后进入一生的必然。这才是诗呢，不是用笔在纸上践约，而是身体力行，向诗歌兑现诺言。那一些诗句的字音，不过是蝉翼振动，搅起气流战栗。当谢晔决定写小说的时候，也许，就意味着诗行将结束。小说虽然也是虚拟，但却是世俗的性格，它有着具象的外形。不是说诗歌与生活完全无干系，特别是朦胧诗这一派，更无法与现实划清界限，但总而言之，诗是现实世界的变体，不像小说，是显学。

关于他俩的文字太多了，有多少文字就有多少误解包括我的在内。写得越多，误入歧途越远。我还是要庆幸事情发生在二十年前，倘若今天，传媒的空间不知繁殖多少倍，已经超过实际所有，实有的远不够填充容量，必须派生再派生。活着的人都能被掩埋，莫说死去的，不能再发声，没法解释，没法辩诬。我们只能信任时间，时间一定能揭开真相，可什么是真相呢？也许事情根本没有真相，要有就是当事人自述的那个，时间至少能够稀释外界的喧哗，使空气平静下来，然后将人和事都纳入永恒，与一切尖锐的抵制和解。好比艾米莉·勃朗特《呼啸山庄》最后的段落，听故事和讲故事的那个人，走过山坡，寻找卡瑟琳和希克厉的坟墓石楠花和钓钟柳底下的人终将安静下来。小说中还有第三个坟墓，在我们的故事里只有两个，我坚信两个人的事实。无论怎样猜测，两个人就是两个人。两个人的童话，其他都是枝节，有和无，结果都一样。我还想起巴黎南郊蒙帕纳斯公墓，萨特和西蒙·波伏娃并列的棺椁，思想实验结束了，为之所经历的折磨也结束了，结果是成是败另说，总之，他们想过了，做过了，安息下来。墓冢就像时间推挤起的块垒，终于也会有一天，平复于大地。谬误渐渐汇入精神的涧溪，或入大海，或入江河，或打个旋，重回谬误，再出发，就也不是原先那一个了。

20年过去，还有些零散的传说，已经是前朝遗韵，我从中拾起两则，将其拼接。一则是听去过的人说，那激流岛其实并不如想象中的蛮荒与隔世，相反，还很热闹，是一个旅游胜地，观光客络绎不绝；第二则说，顾城和谢烨的木房子无人居住，由于人迹罕至，周边的树林越长越密。听起来，那木房子就成了个小虫子，被植物吞噬，顾城不是写过那样的句子："我们写东西，像虫子，在松果里找路"，对，就是吃虫子的松果。这样，童话就有了结尾。

在北岛终于安顿下来的香港的家中，壁上有一幅字，应该是篆体吧，写的是"鱼乐"两个字。北岛让我猜是谁的字，我猜不出，他说：顾城！想不到那软软的小身子，永远不愿长大的小身子，能写下力透纸背、金石般的笔画，一点儿不像他，可就是他。人们都将他想得过于纤细，近乎孱弱，事实却未必。他蜕下的那个蝉衣，也许还是一重甲，透明的表面底下，质地是坚硬的，坚硬到可以粉碎肉身。

原载《今天》2013年第12期

准将的肩章

——记戴高乐将军

范 曾

————————

　　1940年对法国而言，是一场可怕的梦魇。法西斯希特勒以坦克、装甲车和闪电的战术席卷欧洲。波兰首当其冲，抵抗软弱，败绩而亡。在挪威的英法军队败北，首都失陷，而攻打丹麦，只放了几炮，国王投降，说："我们要安徒生，不要民族英雄。"荷兰、比利时欲苟活于乱世，发出中立的信号，希特勒嗤之以鼻。踌躇满志的希特勒误以为囊括四海、并吞八方的雅利安人的帝国指日可待，乃绕道马其诺防线，驱兵直指巴黎城下，法兰西第三共和国风雨飘摇。

　　战争是离不开火焰的，烈火中可以飞出凤凰，也会烧焦乌鸦。法兰西第三共和国张皇失措，总理雷诺（Paul Reynaud）在巴黎未被围之前所作的最后一个英明的决定是：让由上校晋升为准将的戴高乐（Charles de Gaulle）十天后以战争部次长之职于6月9日飞赴伦敦。法国投降派以贝当（Philippe Pétain）元帅为首占了上风，这位第一次世界大战中凡尔登战役的英雄，一失足成千古恨。德国人从法国博物馆里，将第一次世界大战时德国人签订投降书的一节车厢取出，放在巴黎城外让贝当受辱，签下了城下之盟。在贝当落笔的这一刻，他便被钉上了历史的耻辱柱。越数日，不愿与投降派同流合污的雷诺，黯然辞去总理之职。接替他的是诡计多端、寡廉鲜耻的赖伐尔（Pierre Laval）。6月14日上午，德国的坦克进入巴黎，法国政府迁往波尔多，后又迁维希（Vichy），这就是臭名昭著的叛国政权，然而这个政权已然失去他的合法性。其时北非和西南非法国领地军政则陷覆巢之势，军心浮动，群龙无首，有的倾向于抵抗，有的则与贝当元帅藕断丝连。曾服役于北非的吉罗（Henri Giraud）将军，爱国抗敌是无疑的，然而他恃才傲物的性格包含着软弱的一面，而戴高乐的傲慢则来自毫无私心的对法国尊严的始终不渝的维护。因此在表现上，吉罗的立场有些摇晃，至少对贝当、赖伐尔的政权没有戴高乐式的决绝。而吉罗与美国的关系，更为戴高乐所不取。1943年，吉罗赴美滞留，亦不似戴高乐在英国之有所作为。罗斯福（Franck D. Roosevelt）则别有打算，他以为在战后吉罗必有用途，譬如让他加入一个貌似"民主"而软弱可控的政权，这毕竟比不属于任何国家的、独立不羁的戴高乐便于驾驭。

戴高乐是心中只有"法兰西"三字，而置自己生死于度外的伟大人物，他丝毫不在乎自己的准将军衔。当形势危急时，在太平景升之世以为重要的一切头衔都无关宏旨。戴高乐就说过，圣女贞德（Jeanne d'Arc）不过是一个平民女子，而她却是自由法兰西的象征。自1940年到1944年的五年中，戴高乐艰苦卓绝地奋斗，不仅使法国本土的地下抵抗斗争统一到他的麾下，而且使自由法兰西战士与所有的地下英雄合二而一，其中包括共产党。这表现了将军的高瞻远瞩，使他排除了一切党争的偏见，目标直指：自由的法兰西—战斗的法兰西—独立自主的法兰西，这是全法国人民的未来！也只有凭借法国自己的力量解放法兰西，才是法国这一伟大民族夺回光荣和自尊的唯一道路。当戴高乐有了自己的坦克部队、飞行大队和一支浩浩荡荡的步兵师团和无可数计的地下武装时，法国从战败国走向胜利的光明才突破阴霾。这是不依赖盟国的王者之师，也只有这样，罗斯福、丘吉尔（Winston Churchill）、斯大林（Staline）才不再忽视法国的存在，尽管他们都是反法西斯的巨人，但政治家各有谋略也属难免。譬如罗斯福也曾动过舍戴高乐而取吉罗将军的念头，便可兵不血刃地帮助盟军夺取巴黎。但这和戴高乐的民族自尊格格不入，严遭拒绝是必然的。

1945 年 2 月，罗斯福、丘吉尔和斯大林的雅尔塔协定（Conférence de Yalta）和其后的波茨坦公告（Conférence de Potsdam），排斥戴高乐，不让其参会。这主要是罗斯福的方针，丘吉尔不是阻挡的主力。斯大林有些打算，心中想着未来世界有一个桀骜而不驯的戴高乐，也不失一种牵制美国的力量；而罗斯福和斯大林的想法异曲而同工，出于和苏联抗衡，也想把法国当作可掌控的重要砝码。倘若每个人都像戴高乐表里一致，当时盟国的很多问题容易解决得多。戴高乐将军终于震怒了，这雷霆万钧的震怒使杜鲁门（Harry S. Truman）（罗斯福 4 月去世）、艾德礼（Clemen Attlee）（丘吉尔下台）、斯大林不得不在戴高乐高大的身躯前俯就，波茨坦会议不仅确定法国参加对德国的占领，而且成为联合国的五大发起国之一——中、美、法、英、苏。

法国人民从艰难颠厥之中崛起，侧身世界大国之列，读者诸君可以按岁月先后回顾以下伟大的历史场景，这些场景是戴高乐将军对法兰西无限忠诚的标尺，也是使法国走向胜利的里程碑。

场景之一：1940 年 6 月 18 日，戴高乐向丘吉尔借用英国 BBC 电台发表他具有历史性的讲话，不啻是一篇讨伐法西斯德国的檄文，他告诉法国人民——

"这是最终的结局吗？我们是否必须放弃一切希望呢？我们的失败是否已成定局而无法挽救了呢？不，决不！"

"无论发生什么事，法国抵抗的烈火不能熄灭，也决不会熄灭。"

场景之二：1944年6月6日，诺曼底英、美等盟国组成的两栖部队的登陆堪称历史上最宏阔的战争，德国法西斯自以为固若金汤的诺曼底防线，在盟军前赴后继的冲锋前彻底溃塌。而此时戴高乐1944年所组织的法国陆军则奋起追击，戴高乐号召所有的法国地下抵抗组织配合作战，他们早非散兵游勇，而是集体地、有领导地、有计谋地阻断道路，摧毁桥梁、铁路，剪断电线，使德国救援诺曼底的部队如盲人骑瞎马，四处被击。盟军总司令艾森豪威尔（Dwight D. Eisenhower）对此有热情的赞颂，称法国地下战斗组织和法兰西自由运动的战士所起的作用抵得上十七个盟军的兵团。英美对诺曼底登陆行动一直保密，直到前一天才告诉戴高乐，在他们看来，法国人浪漫的本性，保密工作容易出纰漏，戴高乐对此毫无怨词，而是热烈地赞扬盎格鲁—撒克逊人为了实现自己的计划，才能卓越，登峰造极。戴高乐的赞词暗示：只要丘吉尔对法国不抱成见，那将军不会因诺曼底登陆计划的保密耿耿于怀。

戴高乐当时向全法国人民发表了激动人心的讲话：

最后的战斗开始了，当然这是法国的战争，也只是法国的战争！……凡是法兰西的儿女，不论他们在哪里，也不论他们是谁，他们唯一神圣的义务是尽一切力量打击敌人……在我们血和泪所凝成的乌云后面，现在正在重新出现象征着我们伟大的太阳。

巨人已看到法兰西经历法西斯蹂躏之后，迎来的是辉煌的胜利和民族的光荣。

场景之三：盟国大军兵临巴黎城下，戴高乐对艾森豪威尔提出不容商量的建议：巴黎必须由法国的军队首先进城，即勒克莱尔（Philippe Leclerc）的第二装甲师担负解放巴黎的任务。艾森豪威尔作为军人，有他的正义感，做准备同意戴高乐建议的姿态。然而美国总统罗斯福则心存戒备。罗斯福不愿意法国成为一个自己解放自己的大国，而希望美、英成为法国的解放者，这无疑令戴高乐将军怒不可遏。罗斯福为了实现他的目的，甚至梦想让投降派重新召集议会的计划成功，据说是他唯恐戴高乐成为"独裁者"。罗斯福以"民主"政体的旗号，掩盖着号令天下的霸权主义。戴高乐却深知党派各怀鬼胎，营利为私的议会斗争当此国家存亡的关头，非徒无益而有害。当务之急是用实际行动维护法兰西的伟大和尊严。

希特勒已经下了彻底毁灭巴黎这座举世无双的名城的命令，巴黎城命悬一丝，目下最重要的是对法西斯展开猝不及防的攻势，以挽救巴黎，艾森豪威尔不再犹豫，急令勒克莱尔第二装甲师开进巴黎，戴高乐亲率车队与之会师后，巴黎终于解放。受命毁灭巴黎城的法西斯分子肖尔蒂茨（Dietrich von Choltitz）不愿成为千古罪人，拒绝执行希特勒的命令，向法军投降，并拆除所有绑在宫殿、桥梁、铁塔、博物馆的数十万吨炸药。这一方面是保命，也不排除这个法西斯分子良知未泯。但据说他后来因此而功罪两抵，减免其刑罚，他却得意过头，自诩为反希特勒的英雄，不亦过乎？戴高乐对此目笑存之，不以为意，宽容永远是将军的美德，因为他是一位虔诚的天主教徒。

法国民众的怒火，指向了为虎作伥的叛国者，每天法院上报的法奸死刑者，有三分之二被戴高乐赦免死刑，改为终身监禁。被剃光头的女性大体是巴黎沦陷时的媚德者，绝不是莫泊桑笔下的"羊脂球"，游街时群众怒目视之，而嬉笑诟骂、前后跳腾者大体是登徒子而非抗德英雄。最难办的是对贝当元帅和赖伐尔的审判，贝当正襟危坐，沉默寡言，陪审团以十四票对十三票判其死刑。戴高乐念其年事已高，且怀其于第一次世界大战时的功勋，免其一死，改为终身监禁。而赖伐尔则巧言令色，百般辩说，证明维希政权不只无过，亦且有功。然而在叛国的铁证前，他难逃一死。颇有幽默感的是他在被枪决时高呼"法兰西万岁！"怀有圣人之心的戴高乐将军对这些战时在泥淖中爬行的败类，也有恕词，以为他们还没有完全忘情于法兰西。当然，宗教的慈悲和法律的尊严并不矛盾，在米开朗琪罗的名作《最后的审判》中也有地狱。

场景之四：坚守法兰西尊严的立场，则是决定将军一切行动的不二原则。1944年12月法军攻克斯特拉斯堡，这是被德军划入自己版图的阿尔萨斯的首府，将军认为这次胜利无疑是法兰西民族精神的象征。然则德军以前后包抄之势围困斯特拉斯堡，艾森豪威尔以保存法军实力为由，嘱将军撤守，盟军指挥权在艾森豪威尔，然而戴高乐为法兰西的光荣计，军令有所不受，尽管总司令从军事战术出发，他的撤军之令不无道理，但在民族的尊严和耻辱之间唯一的选择是焦土坚守并击溃德军。在将军的号召下，将士无不沫血饮泣，法兰西的勇士彻底打垮了德军的攻势，使之溃不成军。接着戴高乐挥师向德国本土进发，无论如何，法国必须占领德国法西斯的领土，这是此后法、英、美、苏共管德国的前提。将军的卓识远见于此令人拊掌！今天协和广场上阿尔萨斯碑的一块遮羞布永远被掀掉，使人们回忆起将军当机立断的勇气和英明，油然产生无限的崇仰之情。

场景之五：1944年8月25日晚在巴黎的市政大厅，戴高乐将军发表了他激动人心的解放宣言：

"巴黎！被敌人蹂躏过的巴黎！横遭破坏的巴黎！受尽千辛万苦的巴黎！巴黎，到底是解放了！巴黎是自己解放了自己，巴黎是他自己的人民在法兰西军队的协助下，在全法国、战斗的法国、唯一的法国、真正的法国、永远的法国的援助和支持下解放的。"戴高乐重新点燃了凯旋门上的圣火。将军从香榭丽舍到协和广场到巴黎圣母院一路过来，倾城倾国，几百万的人群簇拥着自己的领袖，这欢呼声今天在戴高乐纪念馆里依旧震响——这是永远难忘的法兰西的记忆。

次年 11 月 11 日戴高乐在一次烈士追悼会上，再一次呼吁："为了医治遍体鳞伤的法兰西，我们应该团结如手足，如手足！"这时他深知当此百废待兴之际，法国唯一能维系统一意志的是"我以整个法国的名义来履行我的使命"的政府，在将军无私的、凛不可犯的言辞前，所有想乘光复之机而分一杯羹的政客都应自惭形秽。

戴高乐对第四共和的失望和建立第五共和的伟绩，都是战后复杂的政治斗争史。这期间戴高乐经受了一切凶险的人生波涛，譬如叛变、骚乱、暗杀和政治掮客的诽谤。在第五共和期间，有几位法国的伟人德布雷（Michel Debré）、马尔罗（André Malraux）、埃德蒙·米什莱（Edmond Michelet），是戴高乐将军忠贞不渝的战友，他们的名字，将与第五共和流芳千古。

淡泊寡欲、不务浮名，是将军的性格。在他退休之年，法国国家和人民都希望授予他无限崇高的荣誉，甚至法兰西元帅。但他坚持准将是他的最爱，这准将的肩章上曾烙印着法兰西的痛苦和灾难、斗争和崛起、光荣和尊严。他表示只接受准将微薄的薪金。廉洁无瑕的一生，非圣人而何？归去来，归去来，回到科隆贝教堂村，他陪伴着深爱的妻子伊冯娜（Yvonne de Gaulle），走在法兰西的土地、旧居的芳草上，他归根结底是法国人民的儿子，而绝非凌驾于他们之上的独裁者。

也许将军一生最大的遗憾是他安排 1970 年年底的中国之行，戴高乐所领导的法兰西正是第一个与中国在 1964 年建交的西方大国。他希望与毛泽东会见，他也希望看看长城、西安和北京。他对这"一个比历史还要古老的国家"深怀好感。周恩来总理对法国驻华大使艾蒂安·马纳克（Etienne Manac'h）说："我们对戴高乐将军怀有最大的敬意。"然而天不假年，1970 年 11 月 9 日在他写回忆录的时候，心脏病猝发，突然去世。这是世界历史的遗憾，倘若东、西方这两位巨人果真相会，那么也许会改变世界的格局。

　　此时打开将军故去18年前，戴高乐曾经交给蓬皮杜（Georges Pompidou）一封只许在他死后启封的信。将军只想静静地死去，而拒绝一切厚葬。他的坟茔则尽可能简单，墓石上只写"夏尔·戴高乐（1890—　　）"。墓地必须在他的女儿安娜安葬地之侧。世界上没有一位伟人的坟墓和最普通的村民在一起，有一个亭子在墓边，亭中二十四小时有宪兵站岗，这是四十多年来，法国人民对戴高乐将军永恒的怀恋和无限的敬意。

　　我们记得戴高乐将军和他的爱子菲利普·戴高乐在诺曼底登陆前的告别，也许壮士一去不复返。今天九十高龄的菲利普·戴高乐（Philippe de Gaulle）海军上将可谓不负家翁的厚望，用中国的赞词为：将门虎子。

　　我拜托将军的忠实追随者，前巴黎大区省长、九十三岁的沃塞尔（Lucien Vochel）先生将一幅我水墨画的戴高乐将军肖像赠送给菲利普·戴高乐，因此有了以下两封往返的信件，它们将永存人间。

　　菲利普·戴高乐
　　海军上将
　　议会名誉议员
　　此致：北京大学中国画法研究院院长
　　　　范曾

亲爱的大师，亲爱的院长先生：

　　我与太太在医院盘桓了相当时日后回到家中，太太则仍然滞留医院的病榻，我惊喜并骄傲地发现我们的朋友吕西安·沃塞尔省长送来大幅戴高乐将军的肖像作品，它是如此光彩照人而形神兼备，更兼充满和谐、审美情趣与苍劲有力的中文书法题跋，足徵世间任何文字皆不能望其项背，使我写此信时感到惶恐，但却依然坚持以九十高龄亲笔手书，以对您给予我的莫大荣幸和满足表达由衷的感谢。

以此，我及家人便幸运地拥有来自如此伟大的国度的大师之杰作，戴高乐将军于1964年正式承认了那个伟大国家，然其内心则在早年初获世界历史知识时便于此坚信不疑。

我把您的照片置于画作的背面珍藏。这是出自悠久的文化世家的伟人的肖像与杰构。您于全世界的绘画、诗歌、文学诸领域及高等学府皆享有盛名。

再次对您的隆情美意深表谢忱，亲爱的大师，亲爱的院长先生，请接受我极深厚的友谊和极崇高的敬意。

菲利普·戴高乐

2011年10月10日

尊敬的菲利普·戴高乐上将阁下：

奉读来函，曷胜欣慰，殷殷之情，深为感动。

今与沃塞尔先生赴令尊之居停、坟茔、纪念馆仰瞻，由于您的关照，所有的工作人员都热情地接待，足证将军您和令尊大人在人民心目中备受敬爱的崇高地位，我们的感受是甚难一言以尽的。

八百年前，中国的英雄和诗人文天祥有句云："天地有正气，杂然赋流形，在地为河岳，在天为日星，于人曰浩然，沛乎塞苍冥。"令尊于此当之无愧，作为一位世界的伟人，他淡泊寡欲的胸怀和奋不顾身的勇气，将永远长驻人类的历史，如常青不败之树。

朴素、单纯反衬出崇高伟岸的坟茔，使人有说不尽的怀想。伟人生前属于世界，而死后他唯一的个人心灵愿慰藉令堂与令妹，这是一片纯洁而宁静的人性的清溪，大地葳蕤的草木陪伴着他，这就是圣人的归宿。古往今来，有此功、此德、此品的将军，舍令尊其谁，集哲人、伟人、圣人于一身的元戎，舍令尊其谁？

亲爱的将军阁下，在令尊坟茔前，我深深地鞠躬，这是东方文人至高的敬意，我捡回居停飘落的一片红叶，留作此行的永恒纪念。

此颂

秋祺

范曾

2011.10.14

原载《美文》2013年第2期

天籁之声　隐于大山

铁　凝

　　贾大山是河北省新时期第一位获全国优秀短篇小说奖的作家。1980年，他在短篇小说《取经》获奖之后到北京中国作协文学讲习所学习期间，正在文坛惹人注目。那时还听说日本有个"二贾研究会"，专门研究贾平凹和贾大山的创作。消息是否准确我不曾核实，但已足见贾大山当时的热闹景象。

　　当时我正在保定地区的一个文学杂志任小说编辑，很自然地想到找贾大山约稿。好像是1981年的早春，我乘长途汽车来到正定县，在他工作的县文化馆见到了他。已近中午，贾大山跟我没说几句话就领我回家吃饭。我没有推辞，尽管我与他并不熟。

　　我被他领着来到他家，那是一座安静的狭长小院，屋内的家具不多，就像我见过的许多县城里的居民家庭一样，但处处整洁。特别令我感兴趣的是窗前一张做工精巧的半圆形硬木小桌，与四周的粗木桌椅比较很是醒目。论气质，显然它是这群家具中的"精英"。贾大山说他的小说都是在这张桌子上写的，我一面注意这张硬木小桌，半开玩笑地问他是什么出身。贾大山却一本正经地告诉我，他家好几代都是贫下中农。然后他就亲自为我操持午饭，烧鸡和油炸馃子都是现成的，他只上灶做了一个菠菜鸡蛋汤。这道汤所以给我留下很深的印象，是因为大山做汤时程序的严格和那成色的精美。做时，他先将打好的鸡蛋泼入滚开的锅内，再把菠菜撒进锅，待汤稍沸锅即离火。这样菠菜翠绿，蛋花散得地道。至今我还记得他站在炉前打蛋、撒菜时那潇洒、细致的手势。后来他的温和娴静的妻子下班回来了，儿子们也放学回来了。贾大山陪我在里屋用餐，妻儿吃饭却在外屋。这使我忽然想起曾经有人告诉我，贾大山是家中的绝对权威，还告诉我，他的妻儿与这"权威"配合得是如何默契。甚至有人把这默契加些演绎，说贾大山召唤妻儿时就在里屋敲墙，上茶、送烟、添饭都有特定的敲法。我和贾大山在里屋吃饭没有看见他敲墙，似乎还觉出几分缺欠。有一点是毫无疑问的，贾大山有一个稳定、安宁的家庭，妻子与他同心同德。

那一次我没有组到贾大山的稿子，但这并不妨碍贾大山给我留下的初步印象，这是一个宽厚、善良，又藏有智慧的狡黠和谋略、与乡村有着难以分割的气质的知识分子，他嘴阔眉黑，面若重枣，神情的持重多于活跃。

他的外貌也许无法使你相信他有过特别得宠的少年时代。在那个时代，他不仅是历选不败的少先队中队长，他的作文永远是课堂上的范文，而且办墙报、演戏他也是不可少的人物。原来他自幼与戏园子为邻，早就迷恋京剧中的须生了。有一回贾大山说起京剧忍不住站起来很帅地踢了一下腿，脚尖正好踢到鼻梁上，那便是风华少年时的童子功了。他的文学生涯也要追溯到中学时代在地区报纸上发表小说时。如果不是1958年在黑板报上发表了一首寓言诗，很难预料这个多才多艺的男孩子会有怎样的发展。那本是一首慷慨激昂批判右派的小诗，不料一经出现，全校上自校长下至教师却一致认为那是为右派鸣冤叫屈、企图颠覆无产阶级专政的反动寓言。十六岁的贾大山蒙了，校长命他在办公室门口的小榆树下反省错误，下了一夜雪，他站了一夜。接着便是无尽的检查、自我批判、挖反动根源等，最后学校以警告处分了结此案。贾大山告诉我，从那时起，他便懂得了"敌人"这个概念，用他的话说："三五个人凑在一块儿一捏鼓，你就成了阶级敌人"。

他辉煌的少年时代结束了，随之而来的是因病辍学，自卑，孤独，以及为了生计的劳作，在砖瓦厂的石灰窑上当临时工，直到1964年响应号召作为知青去农村。也许他是打算终生做一名地道的正定农民的，但农民却很快发现了他有配合各种运动的"歪才"。于是贾大山在顶着太阳下地的业余时间里演起了"乐观的悲剧"。在大队俱乐部里，他的快板能出口成章："南风吹，麦子黄，贫下中农收割忙……"后来沿着这个"快板阶梯"他竟然不用下地了，他成为村里的民办教师，接着又成为入党的培养对象。这次贾大山被吓着了——使他受到惊吓的是当时的极"左"路线：入党意味着被反复地、一丝不苟地调查，说不定他十六岁那点陈年旧账也得被翻腾出来。他的自尊与自卑强烈主宰着他不愿被人去翻腾。那时的贾大山一边做着民办教师，一边用他的编写才华编写着那个时代，还编出了"好处"。他曾经很神秘地对我说："你知道我是怎么由知识青年变成县文化馆的干部吗？就因为我们县的粮食'过了江'。"

据当时报载，正定县是中国北方第一个粮食"过江"的县。为了庆祝粮食"过江"，县里让贾大山创作大型剧本，他写的剧本参加了全省的会演，于是他被县文化馆"挖"了上来。"所以，"贾大山停顿片刻告诉我，"你可不能说文艺为政治服务不好，我在这上边是沾了大光的。"说这话时他的眼睛超乎寻常的亮，他那两只狭长的眼睛有时会出现这种超常的光亮，那似是一种有重量的光在眼中的流动，这便是人们形容的犀利吧。犀利的目光、严肃的神情使你觉得你是在听一个明白人认真地讲着糊涂话。这个讲着糊涂话的明白人说："干部就愿意指挥种树，站在你身边一个劲儿叮嘱：'注意啊注意啊，要根朝下尖朝上，不要尖朝下根朝上啊！'"贾大山的糊涂话讲得庄重透彻而不浮躁，有时你觉得天昏地暗，有时你觉得唯有天昏地暗才是大彻大悟。

1986年秋天我又去了正定，这次不是向大山约稿，是应大山之邀。此时他已是县文化局局长——这似乎是我早已料到的，他有被重新发现、重新"挖"的苗头。

正定是河北省著名的古城，千余年来始终是河北重镇之一。曾经，它虽以粮食"过江"而出过大风头，但最为实在的还是它留给当今社会的古代文化。面对城内这"檐牙高啄""钩心斗角"的古建筑群，这禅院寺庙，做一名文化局长并非易事。局长不是导游，也不是只把解说词背得滚瓜烂熟就能胜任的讲解员，至少你得是一名熟悉古代文化的专家。贾大山自如地做着这专家，他一面在心中完整着使这些祖宗留下的珍贵遗产重放光彩的计划，一面接应各路来宾。即使面对再大的学者，专家贾大山也不会露"怯"，因为他的起点不是只了解那些静穆的砖头瓦块，而是佛家、道家各派的学说和枝蔓。这时我作为贾大山的客人观察着他，感觉他在正定这片古文化的群落里生活得越来越稳当妥帖，举止行动如鱼得水。那些古寺古塔仿佛他的心爱之物般被他摩挲着，而谈到他和那些僧人、主持的交往，你在夏日习习的晚风中进一趟临济寺便能一目了然了，那时十有八九他正与寺内主持焦师傅躺在澄灵塔下谈天说地，或听焦师傅演讲禅宗祖师的"棒喝"。

几年后，大山又任县政协副主席。他当局长当得内行、自如，当主席当得庄重、称职。然而他仍旧是个作家，可能还是当代中国文坛唯一只写短篇小说的作家，且对自己的小说篇篇皆能背诵。在和大山的交往中，他给我讲了许多农村和农民的故事，那些故事与他的获奖小说《取经》已有绝大不同。如果说《取经》这篇力作由于受到当时文风的羁绊，或许仍有几分图解政策的痕迹，那么这时贾大山的许多故事你再不会漫不经心地去体味了。虽然他的变化是徐缓的，不动声色的，但他已把目光伸向他所熟悉的底层民众灵魂的深处，于是他的故事便构成了一个贾大山造就的世界。在那个世界里有乐观的辛酸，优美的丑陋，诡谲的幽默，愚钝的聪慧，冥顽不化的思路和困苦中的温馨……

贾大山讲给我的故事陆续地变成了小说。比如一位穷了多半辈子终于致富的老汉率领家人进京旅游，当从未坐过火车的他发现慢车票比快车票便宜时居然不可思议地惊叹："慢车坐的时候长，怎么倒便宜？"比如"社教"运动中，某村在阶级教育展览室抓了一个小偷，原来这小偷是在偷自己的破棉袄。白天，他的棉袄被作为展品在那里展览，星夜他还得跳进展览室将这棉袄（他爷爷讨饭时的破袄）偷出御寒。再比如他讲的花生的故事：贾大山当知青时花生是中国的稀有珍品，那些终年不见油星的百姓趁队里播种花生的时机，发了疯似的带着孩子去地里偷花生种子解馋。生产队长恪守着职责搜查每一个从花生地里出来的社员，当他发现他八岁的女儿嘴里也在蠕动时，便一个耳光打了过去。一粒花生正卡在女儿气管里，女儿死了。死后被抹了一脸锅底黑，又让人在脸上砍了一斧子。抹黑和砍脸是为了吓唬鬼，让这孩子在阴间不被鬼缠身。

很长一段时间里我读贾大山小说的时候，眼前总有一张被抹了黑又被砍了一斧子的女孩子的脸。我想，许多小说家的成功，大约不在于他发现了一个孩子因为偷吃花生种子被卡死了，而在于她死后又被亲人抹的那一脸锅底黑和那一斧子。并不是所有小说家都能注意到那锅底黑和那一斧子的。后来我读大山一篇简短的《我的简历》，写到"1996年秋天，铁凝同志到正定，闲谈的时候，我给她讲了几个农村故事。她听了很感兴趣，鼓励我写下来，这才有了几篇'梦庄记事'"。今天想来，其实当年他给我讲述那些故事时，对"梦庄记事系列"已是胸有成竹了。而让我永远怀念的，是与这样的文坛兄长那些不可再现的清正、有趣、纯粹、自然的文学"闲谈"。在21世纪的当下，这尤其难得。

一些文学同行也曾感慨为什么贾大山的小说没能引起持续的应有的注意？可贾大山仿佛不太看重文坛对他的注意与否。河北省曾经专门为他召开过作品讨论会，但是他却没参加。问他为什么，他说"多一事不如少一事"。小说发表时他也不在乎大报名刊，写了小说压在褥子底下，谁要就由谁拿去。他告诉我说："这褥子底下经常压着几篇，高兴了就隔着褥子想想，想好了抽出来再改。"在贾大山看来，似乎隔着褥子比面对稿纸更能引发他的思路。隔着褥子好像他的生活能够沉淀得更久远、更凝练、更明晰。隔着褥子去思想还能使他把小说越改越短。这让我想起了不知是谁的名句："请原谅我把信写得这么冗长，因为我没有时间写得简短。"

写得短的确需要时间需要功夫，需要世故到极点的天真，需要死不悔改地守住你的褥子底下（独守寂寞），需要坦然面对长久的不被注意。贾大山发表过五十多篇小说，生前没有出版过一本小说集，在20世纪90年代不能说是当红作家，但他却不断被外省文友打听询问。在"各领风骚数十天"的当今文坛，这种不断地被打听已经证明了贾大山作品留给人的印象之深。他一直住在正定城内，一生只去过北京、保定、石家庄、太原。1993年到北戴河开会才第一次——也是唯一一次看见了海。北戴河之后的两年里，我没有再见贾大山。

1995年秋天，得知大山生了重病，我去正定看他。路上想着，大山不会有太重的病。他家庭幸福，生活规律，深居简出，善以待人，他这样的人何以会生重病？当我在这个秋天见到他时，已是食道癌（前期）手术后的大山了。他形容憔悴，白发很长，蜷缩在床上，声音喑哑且不停地咳嗽。疾病改变了他的形象，他这时的样子会使任何一个熟识从前他的人难过。只有他的眼睛依然如故，那是一双能洞察世事的眼：狭长的，明亮的。正是这双闪着超常光亮的眼使贾大山不同于一般的重病者，它鼓舞大山自己，也让他的朋友们看到一些希望。那天我的不期而至使大山感到高兴，他尽可能显得轻快地从床上坐起来跟我说话，并掀开夹被让我看他那骤然消瘦的小腿——"跟狗腿一样啊"，他说，他到这时也没忘幽默。我说了些鼓励他安心养病的话，他也流露了许多对健康的渴望。看得出这种渴望非常强烈，致使我觉得自己的劝慰是如此苍白，因为我没有像大山这样痛苦地病过，我其实不知道什么叫健康。

　　1996 年夏天，蒋子龙应邀来石家庄参加一个作品讨论会，当我问及他想看望哪些朋友时，蒋子龙希望我能陪他去看贾大山，他们是中国作协文讲所的同学。是个雨天，我又一次来到正定。蒋子龙的到来使大山显得兴奋，他们聊文讲所的同学，也聊文坛近事。我从旁观察贾大山，感觉他形容依然憔悴，身体更加瘦弱。但我却真心实意地说着假话，说看上去他比上次好得多。病人是要鼓励的，这一日，大山不仅下床踱步，竟然还唱了一段京剧给蒋子龙。他强打着精神谈笑风生，他说到对自己所在单位县政协的种种满意——我用多贵的药人家也不吝惜，什么时候要上医院，一个电话打过去，小车就开到楼门口来等。他很知足，言语中又暗暗透着过意不去。他不忍耽误我们的时间，似又怕我们立刻离去。他说你们一来我就能忘记一会儿肚子疼；你们一走，这肚子就疼起来没完了。如果那时癌细胞已经在他体内扩散，我们该能猜出他要用多大毅力才能忍住那难以言表的疼痛。我们告辞时他坚持下楼送我们。他显然力不从心，却又分明靠了不容置疑的信念使步态得以轻捷。他仿佛以此告诉人们，放心吧，我能熬过去。

　　贾大山是自尊的，我知道在他生命的最后时刻，当着外人他一直保持着应有的尊严和分寸。小梅嫂子（大山夫人）告诉我，只有背着人，他才会为自己这迟迟不好的病体焦急万分地打自己的耳光，也擂床。

　　1997 年 2 月 3 日（农历腊月二十六），是我最后一次见到贾大山。经过石家庄和北京两所医院的确诊，癌细胞已扩散至大山的肝脏、胰脏和腹腔。大山躺在县医院的病床上，像每次一样，见到我们立即挣扎着从床上坐起来。这时的大山已瘦得不成样子，他的病态使我失去了再劝他安心养病的勇气。以大山审时度势的聪慧，对自己的一切他似亦明白。于是我们不再说病，只不着边际地说世态和人情。有两件事给我留下深刻的印象，一件是大山讲起某位他认识的官员晚上出去打麻将，说是两里地的路程也要乘小车去。打一整夜，就让司机在门口等一整夜。大山说："你就是骑着个驴去打麻将，也得喂驴吃几口草吧，何况司机是个人呢！"说这话时，他挥手伸出食指和中指指着一个什么地方，义愤非常。我未曾想到，一个病到如此的人，还能对一件与他无关的事如此认真。可谁又敢说这事真的与他无关呢？作为作家的贾大山，正是这种充满着正义感和人性尊严的情感不断成就着他的创作。他的疾恶如仇和清正廉洁，在生他养他的正定城有口皆碑。我不禁想起几年前那个健康、幽默、出口成章的贾大山，他曾经告诉我们，有一回，大约在他当县文化局局长的时候，局里的话务员接到电话通知他去开一个会，还问他开那么多会真有用的有多少，有些会就是花国家的钱吃吃喝喝。贾大山回答说这叫"酒肉穿肠过，工农留心中"。他是在告诫自己酒肉穿肠过的时候别忘了心中留住百姓呢，还是讥讽自己酒肉穿肠过的时候百姓怎还会在心中留呢？也许告诫、讥讽兼而有之，不经意间透着沉重，正好比他的有些小说。

　　1997年2月3日，与大山的最后一次见面，还听他讲起另一件事：几个陌生的中学生曾经在病房门口探望他。他说他们本是来医院看同学的，他们的同学做了阑尾炎手术，住在贾大山隔壁。那住院的同学问他们，你们知道我隔壁住着谁吗？住着作家贾大山。几个同学都在语文课本上读过贾大山的小说，就问我们能不能去看看他。这同学说他病得重，你们别打扰，就站在门口，从门上的小窗户往里看看吧。于是几个同学轮流凑到贾大山病房门前，隔着玻璃看望了他。这使大山心情很不平静，当他讲述这件事时，他的嗓音忽然不再喑哑，他的语气十分柔和。他不掩饰他的自豪和对此事的在意，他说："几个陌生的中学生能想到来看看我，这说明我的作品对人们还是有意义的，你说是不是?"他的这种自豪和在意使我忽然觉得，自1995年他生病以来，虽有远近不少同好亲友前来看望，但似乎没有谁能抵得上几个陌生的中学生那一次短暂的隔窗相望。寂寞多年的贾大山，仿佛只有从这几个陌生的孩子身上，才真信了他确有读者，他的作品的确没被遗忘。

1997年2月20日（正月十四）大山离开了我们，他同疾病抗争到最后一刻。小梅嫂子说，他正是在最绝望的时候生出了比以往任何时候都大的希望，他甚至决心在春节过后再去北京治病。他的渴望其实不多，我想那该是倚仗健康的身体，用明净的心，写好的东西。如他自己所期望的："我不想再用文学图解政策，也不想用文学图解弗洛伊德或别的什么。我只想在我所熟悉的土地上，寻找一点天籁之声，自然之趣，以娱悦读者，充实自己。"虽然他已不再有这样的可能，但是观其一生，他其实一贯是这样做的。他这种难能可贵的"一贯"，使他留给文坛、留给读者的就不仅是独具气韵的小说，还有他那令人钦佩的品性：善意的，自尊的，谨慎的，正直的。他曾在一篇小说中借着主人公、一个鞋店掌柜的嘴说过："人也有字号，不能倒了字号。"文章至此，我想说，大山的作品不倒，他人品的字号也不倒。

贾大山作品所传递出的积极的道德秩序和优雅的文化价值，相信能让还不熟知他的读者心生欢悦，让始终惦念他的文学同好长存敬意。

原载《人民日报》2014年2月18日

未了情

黄济人

————————

张贤亮有一段未了情。

故事的开头发生在1997年北京"两会"期间。那时张贤亮是全国政协委员，我是全国人大代表，他来我们四川团代表驻地的时候，经我介绍，认识了当时的重庆市委主要领导。领导是张贤亮的粉丝，邀我作陪，在驻地附近的一家餐馆请张贤亮吃饭。席间，这位领导对他说，在这次全国人大代表大会上，如果国务院关于设立重庆直辖市的议案能够通过，那么重庆这座城市的格局将发生重大的变化，随着经济的发展，文化的跟进是必不可少的，有鉴于此，"张老师得为我们出出主意"。张贤亮微微笑道："你可找对人了！"接着，他把一个深思熟虑的想法和盘托出。

按张贤亮的想法，重庆需要在市郊拨荒山一座，建立绝无仅有的世界和平公园。公园的主题是纪念第二次世界大战，亦即全人类的反法西斯战争。公园的展品是雕塑，据张贤亮统计，在反法西斯阵营中，现存于各个国家的主题雕塑约有200多个，这些雕塑不仅是纪念品，而且是艺术品，将它们集之大成，无疑是个深远与深刻的创意。张贤亮又说，关于展品的收集，不用你走出家门，自有人送上门来。他举例说，若是美国人想在曼哈顿的街心花园竖立重庆的解放碑，那么重庆方面肯定会十分乐意，然后十分迅速地按相同的材质相同的比例做好送过去。张贤亮最后说，这件事情北京做不了，上海做不了，天津做不了，因为这三个直辖市不具备重庆独有的远东反法西斯指挥中心的历史地位。

那位领导闻言大喜，啧啧连声道："听君一席话，胜读十年书"。事隔半年，张贤亮为儿子在四川美术学院读书的事情来到重庆，那位领导再次宴请张贤亮，再次谈及世界和平公园，因为这时重庆已经成为直辖市，相关事宜可以进入筹备阶段了。给我留下深刻印象的是，这次见面，深思熟虑的不是张贤亮而是那位领导。他这样告诉我们，张贤亮的创新得到了市委的认可，考虑到万事开头，市委需要把主要精力放到三峡移民的后续问题上，因为这是重庆的立市之本，还需要把主要精力放到三千万老百姓的温饱问题上，因为这是重庆的发展之根。有鉴于此，"我想请张老师以文化大家的名义而不以重庆市委的名义，给中央有关部门写一份报告"。

张贤亮明白这位领导的意思，也知道另一件既成事实的例子，那就是通过巴金先生上书给中央的建议，促成了中国现代文学馆的建成。于是乎，张贤亮决意去找巴金。离开重庆后，他来到上海，适逢巴金在杭州疗养，他又赶去西子湖畔。得知来意后，巴金对张贤亮说，你在做一件重要的工作，建议你再去找冰心签名，请注意，她的名字一定要放在我的前头。于是乎，张贤亮连夜赶去福州，在一家医院的病榻上见到冰心，用事后张贤亮告诉我的话说，当时冰心骨瘦如柴，身体极度虚弱，两位护士将她慢慢扶起，而她斜倚在床头，用颤抖的右手，在报告书的下方写上名字的时候，站在侧旁的张贤亮再也忍不住了，他流着眼泪对冰心说："大姐，我替重庆感激你，我从小在重庆长大，所以我也要替自己感激你!"

就这样,连续奔波数日,张贤亮终于将签了名的报告书带回重庆。在递交到市委主要领导手里之前,他小心翼翼地从箱底拿出报告书,然后平平整整地放在书桌案头,让市委一位副秘书长和我过目。在我的记忆里,签名的文化大家有5位,除了巴金和冰心,还有王元化、贺绿汀以及张贤亮自己。

有准确消息说,张贤亮离渝不到半月,市委主要领导便趁到中央开会的机会,将只此一份的报告书带去北京,并送到中央有关部门。在随后的日子里,关于这份报告书,不断有一些不准确的消息传来,有的说文化部门批了,外事部门没批,有的说外事部门批了,文化部门没批。不管怎么说,有一个事实是确定的,那就是这份报告自从去了北京,便再也没有下文。

最为关注此事进展的,自然非张贤亮莫属。他先是每日打电话,以后是三天五日打电话,最后给我打电话的时候,似乎连询问的勇气也丧失了,总是环顾左右而言他,末了才是一句:"你看这事儿搞的!"诚然,数年之内,这事儿虽不再提及,但我相信仍装在他心里。好在时间能够生长一切,也能够摧毁一切,数年之后,他写他的长篇《一亿六》,他忙他的西部影视城,在我的判断里,关于世界和平公园的故事,应该从他的记忆中彻底消失了,没有人物,没有情节,更没有主题与意识,荒诞而离奇。

然而,不可思议的事情还是发生了。事隔18年,张贤亮居然耿耿于怀,旧话重提!那是今年年初中国作协召开主席团会议的时候,适逢张贤亮因患肺癌在北京就医,原本与会者相约前往医院探视的,不料他早早给我们发来短信,邀请大家与他共进"最后的晚餐"。令我心酸的是,走进饭厅,那张熟悉得如同兄长的面孔突然变得陌生了。他服了一种昂贵的药,付出的代价也是昂贵的:脸色变得黝黑,满颊布满红斑,以至几位女作家害怕得不敢与他握手。饭桌上，张贤亮谈笑风生，神情依旧，虽然时不时掺进一些关于死亡的话题。"活到老，学到老，这话不错，"张贤亮面朝众人道，"可是直到现在，我才知道我的最后一门功课是什么。"是什么呢？众人没有提问，只是洗耳恭听。张贤亮一拍桌子，语惊四座，"那就是学会死亡！"这时有人提问了：何谓学会死亡呢？张贤亮成竹在胸，不紧不慢地说："这就需要把想做的事情做完，两眼闭拢之前，不留下一丝遗憾。"又有人提问了：如你所言，你自己做得到吗？张贤亮稍有迟疑，摇了摇头，然后将目光直直地对准了我。"至少有一件事情我没有做到。这件事情济人是知道的，只有开头，没有结尾，它使我不得不抱憾终身……"

我离京返渝不久，张贤亮也回到银川，回到西部影视城城堡的寓所养病。整整两个月，他和我没有通过一次电话。于我而言，明知他肺癌晚期，危在旦夕，再去问寒问暖，互道珍重，未免有些矫揉造作，故而不曾主动打过电话。两月之余，他的电话打过来了，声音依然洪亮，语调有些悲戚，他说他已经足不出户了，整日待在家中，或坐或卧，甚感寂寞与孤独。电话里，他向通过我认识的几位重庆朋友问好，他说每次来渝，都受到大家的盛情款待，如果来日不多的话，恐怕就没有机会报答了。

我把张贤亮的问候转达给了那几位朋友。大家决定集体动身，专程去银川看望张贤亮。负责接待我们的是张贤亮的助理马红英，她告诉我们说，我们的到来，让张贤亮兴奋不已，天刚放亮，他便拄着拐杖来到我们下榻的马樱花宾馆，然后登上楼梯，查看每一间客房，瓶中的鲜花是否插上，盘里的水果是否放齐。心肠，还是张贤亮过去的心肠；身体，却不是张贤亮过去的身体了。我们在影视城待了五六个小时，他与我们的交谈断断续续，总共加起来还不到二三十分钟。他显得如此虚弱，又十分乏力，以致说话的声音也越来越小了。离别时分，在百花厅茶坊，他呷了口咖啡，突然提高嗓门儿道："明年是反法西斯胜利70周年，报纸上的宣传现在就开始了。其实，重庆只要建起世界和平公园，那才是中国人永恒的纪念……"

不要说掷地有声，至少说余音绕梁，可是，说完话不到100天，张贤亮便匆匆走了。得知他去世的翌日，我再次飞抵银川，为的是多送他一程，再给他说几句话。市郊的殡仪馆大厅，我面对张贤亮的遗像，深深三鞠躬，然后走近灵柩，隔着玻璃，望着他安详的遗容，禁不住在心里喃喃自语：情未了，心已尽，贤亮兄长，你有十足的理由走好……

原载《文艺报》2014年10月10日

一个人和一种命运的逝去

——怀念我的导师黎风先生

阎晶明

师兄李继凯已经多次催促我交稿，然而这样一篇怀念文章却始终无法下笔。往事果真如水盆里的鱼鳞，只要伸手一搅，就会翻腾上来，点点片片，唏嘘感慨。先生的音容笑貌，顿时浮现眼前。

1983年，我结束山西大学本科四年的学业，即赴陕西师范大学就读研究生。跟黎风先生的结识与交往也从那时开始。任何一个经历过20世纪80年代初的青年，都有过与时代同步伐的梦想，那梦想真的不只是个人的，而是时代潮流催生出的激情与联想。对所有在大学中文系读书的学子来说，成为一名作家和诗人都是最高理想。我也做过这样的梦，而且在大学时代饥渴般读书，疯狂写作，在一个绝大多数青年都想成为作家的时代，全力朝前拥挤。然而，直到毕业也未曾将自己的任何一篇文章变成铅字。文学却因此变得更加神圣。那不是一个四处寻求引荐的时代，人人都希望自己的"自然来稿"能从编辑部的麻袋里被翻捡出来。应该是大学二年级的时候，收到《汾水》（今《山西文学》）编辑部的来信，编辑说我的一组诗歌已被采纳，有望在近期的杂志上刊出，并希望我能提供更多作品以备挑选。那样一封信对一个追梦的文学青年来说，带来的只有狂喜，尽管期末考试在即，我已不顾任何分数的可能，骑一辆借来的自行车满太原寻找山西省作家协会所在地南华门东四条，在没有"百度"的时代，这并不是件容易的事情，细节已经全然忘记，但只记得我肯定是找到了编辑部，奉上了自己从笔记本上抄下来的更多诗歌。其后就是每天的等待与热望，感觉自己已经是一个"颇有成就"的诗人了。结果却是失望，种种原因所致，我的诗最终没有得到发表，仍然回到一个接受退稿的学生身份当中。

学生的本位不是创作而是学习。受当年一位学者长辈的鼓励，我打算开始准备考研。1982年，"大学生"已是时代骄子，"研究生"则是个陌生的、高不可攀的名词。许国璋《英语》是必背的，从第一册到第四册，我开始了一个人的死记硬背；专业是随意选的，中国现代文学史，感觉是比古代文学和外国文学更容易准备的科目；学习完全是自学式的，一切都没有人指点，甚至没有人知道你有此打算。即至报考时，从一大册报考名录里，既是随机也是挑选自己可能获得机会的学校，我报考了陕西师范大学鲁迅与中国现代文学史专业，导师：黎风。这是一个我并不了解的大学，也是一位并不知晓的导师，但对我这样一个与学术无根源、准备根本不充分的学生来说，也许还有一点可能的机会吧。名录似乎只有一行字，打头的地方还标了一个"△"，那意思据说是"无硕士学位授予权"，因为并未报必胜信心，所以也没有在乎这个。

考研的经历就不说了。1983年初春的一天，我收到通知，陕西师范大学中文系的一位教授将来校对我进行面试，这在当时无疑是一个爆炸性的消息，高不可攀变成了可能的现实。来面试的是高海夫教授，唐诗专家。面试之后是等待通知，应该不是很久，我知道自己被录取了。喜悦是毫无疑问的，因为这意味着青春梦想还可以继续做下去。

秋雨绵绵的西安，完全不是西北城市的面目。我就这样入学了，也从此开始了与导师黎风的交往，每天与我同去导师家里的是师兄李继凯。导师的身体和生活现状可以用清瘦、清贫来形容。他的人生经历，也如一卷不愿打开的相册，在点滴认知过程中，留下了可叹、悲剧而又不失荒谬的记忆。黎风先生是江西吉水人，青年时代的他是一位热血沸腾的诗人。他和后来的著名诗人公刘是乡友，黎老师片段地讲述过，当年他和公刘如何一起扒火车北上求学，追逐一个诗人的梦想。那时的他一定是一个意气风发的青年吧，怀着梦想和希望去读书、去写诗、去参加革命。黎先生毕业于北京师范大学中文系，学生时代的他就是一位积极的、活跃的革命青年，他曾担任过北师大中文系党支部书记，是一个把革命和诗歌当作双重理想去追求的青年知识分子。这样的青年从五四开始就大量在中国涌现，他们从来都既是创作者也是"剧中人"，真可谓是你在桥上看风景，看风景的人在看你。每个人既是造梦者，同时也装饰了别人的梦。

作为一名青年诗人，黎风先生显然比我有更大的追逐勇气。他投稿泥土社，并和文学大家胡风有过书信往来。然而，梦魇也是从那时开始的。胡风反党集团是一个时代的重大事件，仍然在做诗人梦想的黎风先生就因为一篇投稿和几封通信而成了这个"集团"的一"分子"。应该是没有进一步证据的原因，黎先生受到的处分是无法继续在北师大学习、工作，被派遣到远在西北的西安，成为陕西师大的一名老师。我从没有主动问过他到西安以后的心情和景象，虽然不懂，但深知那是一个理想青年遭受的重大打击。天下之大，哪里不能让一个诗人生存，更何况是西安，一个诞生过无数伟大诗人的地方。但他的生活从此发生了巨变是肯定的。从同校的老师那里，我听说了一点他后来的身世。印象最深刻并产生最大想象的，是他孤寂的身影，多病的身躯。不知是身体本来的原因还是心情所致，他的咳喘让人揪心，据说，即使在夜半时分，周围的人仍然可以听到从他的住处发出的长久的、巨大的咳喘声。这一事实我没有求证过，但我想这样的景象应该不属于"编造"的范围。一个青年诗人从此成了一个胆怯、懦弱、多病的教师。那样的情形无法让人去想象。

关于黎先生和胡风集团的关系，事件的由来和平反的时间，我真的并未过多询问也理不清其中的脉络。不过为了写这篇文章，我有幸读到陕西师大一位早年师友的文章，其中提到两点，一是由于黎风先生早年被划定的是"胡风集团嫌疑分子"，"文革"结束后，由于当年办案人已不在世，他的案子始终无法作结。甚至虽然胡风本人已经平反，黎风先生却不能，直到胡风平反两年后，黎风先生方才得以彻底平反并恢复党籍。二是黎风先生的夫人李老师当年是作为黎风先生的女朋友而非妻子一起来到西安，且她长期选择既不结婚也不离开黎风先生的态度。后在陕西师大中文系领导的要求下方才结婚成家。我在山西作协的挚友、今为厦门大学教授的谢泳，既出于他研究中国知识分子的学术兴趣，也因为与我同室多年的原因，对黎风先生的命运给予特殊关注。我甚至从他的著作里读到一则自己并不曾听闻的材料，方知先生早年的经历之片段。这则材料原文如下：

[北京分社28日讯]北京师范大学中文系在24日下午举行了胡风问题漫谈会，会上该系的两个助教——黎风（1950年在师大毕业，原系党员，1952年忠诚老实运动中因历史问题交代不清，脱党）和祝宽（1948年在师大毕业，原是党员，面粉统购统销时因套购面粉，被开除党籍）谈出了一个情况。据他们说，泥土社的前身是师大中文系青年人组织的泥土文艺社的刊物。该刊在1937年4月15日创刊，共出六期，第六期出刊日期是1948年7月20日。该刊从第四版起就开始变质，稿件大都由上海寄来，作品都是柏山、舒芜、阿垅等包办。祝宽、黎风都曾和胡

风有信件来往。黎风的发言说到他在抗美援朝时曾写过一首诗，他写信给胡风，胡风回北京后还曾写信要黎风去看他，但他因为自己的诗写得不好，"主观战斗精神不够"，所以没去看胡风。祝宽谈到他在中学时受胡风影响很深，他也曾接到胡风给他的两封信。但他们的发言谈得都很模糊。对此两人情况，校党委正在查究中。

　　我见到的黎风先生已是一位老者，但现在想来，当时还只是副教授的他，应该也不过年过半百未进花甲。他戴一副不能再普通的眼镜，视力很差，一只眼睛，不记得是左眼还是右眼，已经全无视力，眼珠略陷，让人不忍目睹。矮小的身躯行走已显不便，走起路来身体微侧，但说不清楚困难在哪里。他的居室是一套位于二层的普通楼房住宅，应该有将近一百平方米吧。屋里没有家庭的气息，大多都是他一个人出入，除了几个书架和一张书桌，就是一张简易的床。书架上的书摆放并不整齐，也不成体系，偶尔能见到几册旧版图书，可以证明他是从那个时代过来的人。书桌有点零乱，先生习惯用毛笔写字，笔多半是秃笔，墨盒也非书法家的砚台，而是一个小小的黑色的塑料方盒，里面垫着棉絮，浇着墨汁，有点像初学书法的中学生置办的工具。烧饼是我印象中先生最常食用的，他出门常带一个尼龙兜子，里面除了一两册书，可能就是烧饼了。他身体看上去很弱，说话一多，每每就要喘甚而至于咳嗽。师母偶尔会在房间里见到，后来听说，她住在自己单位的宿舍里，陪伴和照顾着自己的母亲生活。师母显然是一个干练的妇女，利索，有文化，北方人，普通话很好，我们很少交流，因为她表情通常很严肃，也不多言语。她年轻时一定是朝着一位诗人走来，很快又共同承受生活的磨砺。多少年的苦衷，不用诉说，全写在了不变的表情上面。他们有一个儿子秋羊，同样也是偶尔见到一面。

　　黎先生研究的专业是中国现代文学史，重点是鲁迅。除了鲁迅，他研究最多的还有闻一多。在鲁迅研究界，先生算不得是名家大家，作为他本人第一批、也是陕西师大第一批中国现代文学专业硕士研究生，我们的学业是很平常的那种，上无同门师兄，下无同门师弟，远不像别的专业的同学，阵容强大，颇成势力。那时的学校里，研究生本来就少，同年级全校文理科研究生加起来不过四十多人，英语、政治等大课都是在一起上，像个班级。跟导师的联系就是到家里交谈。交上读书笔记、学习卡片、短篇文章的作业，如此而已。那时，中国当代文学红火热闹，作家作品不断涌现，小说诗歌流传甚广，我的爱好不是听课，而是泡图书馆翻阅，读当代作家作品成了比学习现代文学还要热衷的"主业"。印象最深的，是自己动手从头至尾抄录了朦胧派诗人舒婷的新诗集《双桅船》。黎先生很快知道了我的不务正业，在与他的交谈中，他语重心长地教导，三年时间很快，毕业论文非常重要，加之必须到外校答辩论文，难度可想而知，如果把精力放到当代文学的关注上面，势必影响将来的学位论文答辩。但他并没有严厉批评，作为一位年轻时代曾经做过诗人梦想的他，一定知道一个文学青年无法抑制的梦想和爱好。

时间过得很快，我的论文以五四小说为研究对象，题目为"论五四小说的主情特征"，研究的目的，是证明五四是一个热血沸腾的时代，文学家无论才情高低、思想观念、文学见解多么不同，但都是以强烈的感情色彩去抒写个人、表现时代、批判社会。这种主情特征，弥补了他们艺术准备上的不足，以真诚、真挚、率真而营造了一个特殊的文学时代，即使如鲁迅，其小说也多有格外的抒情色彩。我坚持认为自己的观点还是有可取之处的，至少对一个文学时代的氛围描述而言，是一个可取的角度。黎先生大体认同我的论文选择，但也经过多次精心的修改和中肯的意见。那时没有电子版，论文用钢笔一遍遍誊写后，拿到附近村庄农民家的印刷作坊里打印成册。一旦成形，就不能再修改了。我们的答辩分两步，先是到西北大学进行毕业答辩，相对而言还是顺利的，但已经可以感觉到黎先生对是否过关的担忧。那种师生的感觉有如父子，每一次冲击都仿佛是一次共同冒险。

真正的考验是学位论文答辩。因为本校无权授予，所以必须由导师联系一个有授予权的大学，交上学生论文，等待同意通知。1985年，在整个西北西南地区的众多高校中，中国现代文学硕士学位授予权的大学只有四川大学一所。后来成为鲁迅研究界大家、以一篇《鲁迅小说：中国思想革命的一面镜子》而轰动学界的王富仁，鲁迅杂文研究专家、毕业即到陕西师大任教的阎庆生，他们都是西北大学的第一批本专业研究生，导师是著名的鲁迅研究专家单演义，但他们的硕士学位也都是到四川大学取得的。黎先生起初想避开这个热点，毕竟与王富仁、阎庆生等相比，论文的成熟度，尤其是我的论文的随笔性质和长度，都是值得忧虑的。但几番斟酌后，我们还是申请了四川大学并很快得到同意的回复。1986年5月的成都之行是愉快的，与我们同去申请的还有外国文学专业的学友张志庆、段炼。年轻的学生并无多少学问的担忧，在川大的近十天时间留下的是轻松愉悦的纪念。

其实，论文答辩本身还是一个充满紧张感的过程。当时川大的现代文学专业学科带头人是华忱之教授，其他如诗评家尹在勤、郭沫若研究专家王锦厚，也都是颇有影响力的学者。坐在答辩现场的五位答辩教师，除了黎先生，其他人从未谋面，完全不认识。继凯兄的答辩相对顺利很多，这也是他用功良多的回报吧。我的论文却遇到一点麻烦，据说是王锦厚先生不大同意我将五四小说概括为"主情"，因为在他看来，任何时期的文学都是表达情感的，这样概述一个时代的文学不尽准确。黎先生自然非常紧张，应该是论文答辩结束当天吧，他带我去拜访了王锦厚先生，当面再次向他说明论文的本意和所指。解释我已经全然忘记，只记得王锦厚先生的回应，他并非不同意论文通过，但是从学术的层面上，他仍然持有保留意见，希望以后做论文更严谨些，并不影响授予学位。有惊无险的经历让人松了一大口气。我也因此和王锦厚先生结下师生情谊，记得之后的某一年，他到太原参加书展，还专门设法联系到了我，并到我的小屋里一聚。回首当年，真是难得。而此行最纠结、其后最开心的应当是导师黎风先生，那种如同父亲担心孩子遭遇挫折，并把这遭遇的原因算到自己头上的感情，无法再去体会。

毕业后我回到山西，到山西省作家协会工作。现代文学的学问离得远了，做个文学评论杂志的编辑兼写一点当代小说的评论成了主业。然而也就是在我刚刚工作不久，师兄李继凯从陕西师大寄来两本《中国现代文学研究丛刊》，打开一看，在1986年的第三期杂志上，刊登了我平生发表的第一篇文章《略论五四小说中的母爱》。在那个时代，《中国现代文学研究丛刊》是一家同样高不可攀的杂志，全中国据称有四千多名研究和学习中国现代文学的人士，大家都把能在《丛刊》上发表文章视为最高目标，而我无非是把交给导师的作业之一随意投去，自己也根本没有想过会得到发表。但不管怎么说，对一个身处作家协会的人来说，这更多的是一种兴奋而无"实用"的考评作用。我却因此产生了继续写文章的信心和兴致。写作的对象仍然是当代文学评论。之后，和黎风先生的联系也只有通信。联系渐少，但我知道他很快成了教授，身体也一如常态。其间曾去西安出差时拜访过他。那是一个炎热的夏天吧，记得先生带我从他的家门出来，沿着一条小路前行，他请我吃了一顿午饭，在一家小饭馆，一人一碗酸汤饺子。而那次简单的探望和更加简单的"聚餐"却成了我与先生的诀别。1997年，中国现代文学年会在太原举行，继凯兄来参会，其间得到先生不幸去世的消息，我们一起到邮局发了唁电，然后继凯就赶回去帮助处理丧事。惭愧的是我并没有同行，之后我从继凯处知道他回去以后处理后事的一些情形。先生的骨灰送回到江西老家，从青年时期离开家乡，他在外奋斗数十年，又把妻儿留在西安，自己魂归故里了。这是一种归来的欣慰还是一种分离的遗憾？先生不用再回答这样的问题了。在我的心中，先生的逝去也带走了一个时代的特殊命运。

时代已经进入到了21世纪，世事也发生了太多的变化。每念起"导师"这个词，眼前就会立刻浮现出我此生唯一的导师黎风先生。他非名家，不是权威，大半生的坎坷注定了他有一颗卑微的心。他生怕自己不能给予别人太多，从不知道自己应该获取多少。对于此生的遭遇，他也很少提及。而在我的心目中，黎风先生的一生，就是一个意气风发的青年，一个慷慨激昂的诗人，突然间变成了一个疾病缠身、生活清贫、默默无闻的教师。他从不在任何场合抛头露面，也极少跟人谈笑风生，他就是一个默默承受、咀嚼命运的知识分子。他没有享受过成就的荣誉，甚至连生活的温暖也未曾感受过多少，所有的理想都已停滞于青年时代。应该是十多年前吧，颇具影响的《新文学史料》似乎发表过一篇纪念和追溯先生的文章，他这样一位本来有机会却与文学史绝缘的梦想诗人和普通学者，也有人记得并记述，这是一件值得欣慰的事，可惜他本人已无从知晓这一切了。

今天的诗人，可能会因为只能写诗而百无聊赖；当今的学者，也可能因为学问得不到利益和荣誉的足够回报而不平，而我的导师黎风先生，却是一个独守在寂寞中并害怕这寂寞也被人打破和侵占的人。一个卑微的知识分子是很多作家笔下的人物，然而我读到的再多，仍然觉得不如我的导师黎风先生带给我的震撼、影响以及其中的人生教益更多。就此而言，我又觉得自己是多么幸运，得以和一位人生充满曲折、内心充满复杂的人在一起度过了三年时光，并长期在他的教益下学习做人做事，他的心性有如一面镜子，始终反射出某种奇异的光泽，给人警醒，让人自省，并时时可以化做一股强劲的力量鼓舞和激励人前行。

"何不就叫杨绛姐姐？"

——我眼中的杨绛先生

铁 凝

————————

5月27日晨，在协和医院送别杨绛先生。先生容颜安详、平和，一条蓝白小花相间的长款丝巾熨帖地交叠于颈下，漾出清新的暖意，让人觉得她确已远行，是回家了，从"客栈"返回她心窝儿里的家。

2014年夏末秋初，《杨绛全集》九卷本由人民文学出版社出版。二百六十八万字，涵盖散文、小说、戏剧、文论、译著等诸多领域，创作历程跨越八十余年。其时，杨绛先生刚刚安静地度过一百零三岁生日。

这套让人欣喜的《杨绛全集》，大气，典雅，厚重，严谨，是热爱杨绛的出版人对先生生日最庄重的祝福，也是跨东西两种文明之上的杨绛先生，以百余岁之不倦的创造力和智慧心，献给读者的宝贵礼物。现在是2016年的7月，我把《杨绛全集》再次摆放案头开始慢读，我愿意用这样的方式纪念这样一位前辈。这阅读是有声的，纸上的句子传出杨绛先生的声音，慢且清晰，和杨绛先生近十年的交往不断浮现眼前。

一

　　作为敬且爱她的读者之一，近些年我有机会十余次拜访杨绛先生，收获的是灵性与精神上的奢侈。而杨绛先生不曾拒我，一边印证了我持续的不懂事，一边体现着先生对晚辈后生的无私体恤。后读杨绛先生在其生平与创作大事记中写下"初识铁凝，颇相投"，略安。

　　2007 年 1 月 29 日晚，是我第一次和杨绛先生见面。在三里河南沙沟先生家中，保姆开门后，杨绛亲自迎至客厅门口。她身穿圆领黑毛衣，锈红薄羽绒背心，藏蓝色西裤，脚上是一尘不染的黑皮鞋。她一头银发整齐地拢在耳后，皮肤是近于透明的细腻、洁净，实在不像近百岁的老人。她一身的新鲜气，笑着看着我，我有点拿不准地说："我该怎么称呼您呢？杨绛先生？杨绛奶奶？杨绛妈妈……"只听杨绛先生略带顽皮地答曰："何不就叫杨绛姐姐？"

　　我自然不敢，但那份放松的欢悦已在心中，我和杨绛先生一同笑起来，"笑得很乐"——这是杨绛先生在散文里喜欢用的一个句子。

　　那一晚，杨绛先生的朴素客厅给我留下难忘印象。未经装修的水泥地面，四白落地的墙壁，靠窗一张宽大的旧书桌，桌上堆满了文稿、信函、辞典。沿墙两只罩着米色卡其布套的旧沙发，通常客人会被让在这沙发上，杨绛则坐上旁边一只更旧的软椅。我仰头看看天花板，在靠近日光灯的地方有几枚手印很是醒目。杨绛先生告诉我，那是她的手印。七十多岁时她还经常将两只凳子摞在一起，然后演杂技似的蹭到上面换灯管。那些手印就是换灯管时手扶天花板留下的。杨绛说，她是家里的修理工，并不像从前有些人认为的，是"涂脂抹粉的人"，"至今我连陪嫁都没有呢。"杨绛先生笑谈。后来我在一次接受媒体采访时描述过那几枚黑手印，杨绛先生读了那篇文章，说："铁凝，你只有一个地方讲得不对，那不是黑手印，是白手印。"我赶紧仰头再看，果然是白手印啊。岁月已为天花板蒙上一层薄灰，手印嵌上去便成白的了。而我却想当然地认定人在劳动时留下的手印必是黑的，尽管在那晚，我明明仰望过客厅的天花板。

我喜欢听杨绛先生说话，思路清晰，语气沉稳。虽然形容自己"坐在人生的边上"，但情感和视野从未离开现实。她读《美国国家地理》，也看电视剧《还珠格格》，知道前两年走俏日本的熊人玩偶"蒙奇奇"，还会告诉我保姆小吴从河南老家带给她的五谷杂粮，这些新鲜粮食，保证着杨绛饮食的健康。跟随钱家近二十年的小吴，悉心照料杨绛先生如家人，来自乡村的这位健康、勤勉的中年女性，家里有人在小企业就职，有人在南方打工，亦有人在大学读书，常有各种社会情状自然而然地传递到杨绛这里。我跟杨绛先生开玩笑说您才是接"地气"呢，这地气就来自小吴。杨绛先生指着小吴，说："在她面前我很乖。"小吴则说："奶奶（小吴对杨绛先生的称呼）有时候也不乖，读书经常超时，我说也不听。"除了有时读书超时，杨绛先生起居十分规律，无论寒暑，清晨起床后必先做一套钱锺书先生所教"八段锦"，直至春天生病前，弯腰双手可轻松触地。我想起杨绛告诉我钱先生教她八段锦时的语气，极轻柔，好像钱先生就站在身后，督促她每日清晨的健身。那更是一种从未间断的想念，是爱的宗教。杨绛晚年的不幸际遇，丧女之痛和丧夫之痛，在《我们仨》里，有隐忍而克制的叙述，偶尔一个情感浓烈的句子跳出，无不令人深感钝痛。她写看到爱女将不久于人世时的心情："我觉得我的心上给捅了一下，绽出一个血泡，像一只饱含着热泪的眼睛"，送别阿圆时，"我心上盖满了一只一只饱含热泪的眼睛，这时一齐流下泪来"。但是这一切并没有摧垮杨绛，她还要"打扫现场"，从"我们仨"的失散到最后相聚，杨绛先生独自一人又明澄勇敢、神清气定地走过近二十年。这是一个生命的奇迹，也是一个爱的奇迹。

我还好奇过杨绛先生为什么总戴着一块圆形大表盘的手表，显然这不是装饰。我猜测，那是她多年的习惯吧，让时间离自己近一些，或说把时间带在身边，随时提醒自己一天里要做的事。在《我们仨》中，杨绛写下这样的话："在旧社会我们是卖掉生命求生存，因为时间就是生命。"如今在家中戴着手表的百岁杨绛，让我看到了虽从容却严谨的学者风范。而小吴告诉我的，杨绛先生虽由她照顾，但至今更衣、沐浴均是独自完成，又让我感慨：杨绛先生的生命是这样清爽而有尊严。

二

有时候我怕杨绛先生戴助听器时间长了不舒服，也会和先生"笔谈"。我从茶几上拿过巴掌大的小本子，把要说的话写在上面。这样的小本子是杨绛用订书器订成，用的是写过字的纸，为节约，反面再用。我在这简陋的小本子上写字，想着，当钱锺书、杨绛把一生积攒的版税千万余元捐给清华大学的学子，是那样的毫不吝啬。我还想到作为文学大家、翻译大家的杨绛先生，当怎样的珍惜生命时光，靠了怎样超乎常人的毅力，才有了如此丰厚的著述。为翻译《堂吉诃德》，她四十七岁开始自学西班牙语，伴随着各种运动，七十二万字，用去整整二十年。1978年6月15日，杨绛参加了邓小平为西班牙国王胡安·卡洛斯一世和王后举行的国宴，邓小平将《堂吉诃德》中译本作为国礼赠送给贵宾，并把译者杨绛介绍给国王和王后。杨绛先生说，那天她无意中还听到两位西班牙女宾对她的小声议论，她们说"她穿得像个女工"。"她们可能觉得我听不见吧，我呢，听见了。其实那天我是穿了一套整齐的蓝毛料衣服的。"杨绛说。

有时我会忆起1978年的国宴上西班牙女宾的这句话："她穿得像个女工"。初来封闭已久、刚刚打开国门的中国，西班牙人对中国著名学者的朴素穿着感到惊讶并不奇怪，那时的中国知识分子，单从穿着看去，大约都像女工或男工。经历了太多风雨的杨绛，坦然领受这样的评价，如同她常说的"我们做群众最省事"，如同她反复说的，她是一个零。她成功地穿着"隐身衣"做大学问，看世相人生，哪怕将自己隐成一位普通女工。在做学问的同时，她也像那个时代大多数中国女性一样，操持家务，织毛衣烧饭，她常穿的一件海蓝色元宝针织法的毛衣就是在四十多年前织成。我曾夸赞那毛衣针法的均匀平展，杨绛脸上立刻浮现出天真的得意之色。

记得有一次在北京和台湾"中央研究院"一位年轻学者见面，十几年前她在剑桥读博士，写过分析我的小说的论文。但这次见面，她谈的更多的是杨绛，说无意中在剑桥读了杨先生写于20世纪40年代的两部话剧《称心如意》《弄真成假》，惊叹杨先生那么年轻就展示出来的超拔才智、幽默和驾驭喜剧的控制力。接着她试探性地问我可否引荐她拜访杨先生，就杨先生的话剧，她有很多问题渴望当面请教。虽然我了解杨绛多年的习惯：尽可能谢绝慕名而来的访客，但受了这位学者真诚"问学"的感染，还是冒失地充当了一次引见人，结果被杨绛先生简洁地婉拒。我早应知道会是这个结果，这个结果只让我更切实地感受到杨绛先生的"隐身"意愿，学问深浅，成就高低，在她已十分淡远。任何的研究或褒贬，在她亦都是身外之累吧。自此，我便更加谨慎，不曾再做类似的"引见"。

2011年7月15日，杨绛先生百岁生日前，我和作协党组书记李冰前去拜望，谈及她的青年时代，我记得杨绛讲起和胡适的见面。胡适因称自己是杨绛父亲的学生，曾经去杨家在苏州的寓所拜访。父亲的朋友来，杨绛从不出来，出来看到的都是背影。抗战胜利后在上海，杨绛最好的朋友陈衡哲跟她说，胡适很想看看你。杨绛说我也想看看他。后来在陈衡哲家里见了面，几个朋友坐在那儿吃鸡肉包子，鸡肉包子是杨绛带去的。我问杨绛先生鸡肉包子是您做的吗？杨绛先生说："不是我做的。一个有名的店卖，如果多买还要排队。我总是拿块大毛巾包一笼荷叶垫底的包子回来，大家吃完在毛巾上擦擦手。"讲起往事，杨绛对细节的记忆十分惊人。在她眼中，胡适口才好，颇善交际。由胡适讲到"五四"，杨绛先生说："我们大家讲五四运动，当时在现场的，现在活着的恐怕只有我一个了，我那时候才八岁。那天我坐着家里的包车上学，在大街上读着游行的学生们写在小旗子上的口号——'恋爱自由，劳工神圣，抵制日货，坚持到底！'我当时不认识'恋'字，把恋爱自由读成'变爱自由'。学生们都客气，不来干涉我。"杨绛先生还记得，那时北京的泥土路边没有阴沟，都是阳沟，下雨时沟里积满水，不下雨时沟里滚着干树叶什么的，也常见骆驼跪卧在路边等待装卸货。汽车稀少，讲究些的人出行坐骡车。她感慨那个时代那一代作家。"今天，我是所谓最老的作家了，又是老一代作家里最年轻的。"那么年轻一代中最老的作家是谁呢？——我发现当我们想到一个人时，杨绛先生想的是一代人。

三

杨绛先生有时候也会以过来人的幽默调侃老年人，一次她问我人老了最突出的标志是什么，接着自己总结说："人老了就是该鼓的地方都瘪了，该瘪的地方都鼓了。"说得在场的人大笑起来，杨绛先生也笑——笑得很乐。在生命的暮年，杨绛仍然葆有着对生活的体贴，对他人的细心同情，对人所给予的善意的珍视。有几年的冬天我去看她时，见客厅地上总立着一棵二十厘米高的小小的圣诞树，若是晚上，圣诞树上那些豆大的小彩灯便会亮起来，闪烁着并不耀眼的光。我问起这棵小精灵般的圣诞树，杨绛先生告诉我，那是有一年她在协和医院住院，正逢圣诞节，医生特意送到她病房的礼物，出院时，她就把这棵小树带回了家。在略显空旷和冷清的房间里，这棵站在水泥地上的小树让我感到温馨而又酸楚，杨绛先生是看重这树的，才会每年冬天都要把它搬出来点亮，她更看重的是协和医院护士们的美好情谊。

在杨绛先生家里我们拍过一些照片，一次我把拍好的照片洗印出来请人给杨绛送上，先生收到照片后还特别写信致谢。信纸末端有一滴绿豆大的斑痕，杨绛在那斑痕旁边注明："这是小吴不小心滴上的酱油，不是我滴的。"一句话道出杨绛先生和小吴的融洽关系，也让我体会到一代大家对信函书写的讲究。这古典的、即将失传的讲究里洋溢着结实的人间滋味。

有一年春节我去杨绛先生家拜年，临别时，杨绛先生说要送我一样东西，然后起身走进她的小书房——那是走廊尽头一个阴面房间，杨绛先生曾领我去过。当时她告诉我，她曾多年在这个房间写作。书桌一头临着靠北的窗户，冬天，从窗缝挤进来的冷风吹在她伏案的左臂上，当时不知不觉，但经年如此，左臂关节常常疼痛，后才搬到向阳的客厅工作。我正想着北京冬天北风的"贼冷"，杨绛先生脚步轻快地返回客厅，手里拿着一只鸽灰色工字纹织锦做面的考究纸盒。她把盒子放在我眼前的茶几上，说："这不是新东西，是件旧物，也许你用得着。"接着她怕我不接受似的指着盒子边角一块泛黄的印迹说："你看，真是件旧物，雨水淋过呢。"我打开纸盒，原来里面盛着一只造型简约、做工极为精美的长方形黑檀木盒，木质如缎似玉，天然纹理，深沉大气，盒盖中央镂刻出铜钱薄厚的两眼小孔，一块扎着细密明线的小牛皮穿孔而过，合拢后凸起在盒盖上，成为这盖子的手柄。我小心捏住这牛皮手柄掀起盒盖，见盒内由洋红色瓦楞纸做衬，整齐地排列着五支黑色铅笔。三棱型纯黑笔杆的握笔处凸起着几排防滑的细密小圆点，笔杆尾部有Faber-Castell的著名标志，是德国辉柏嘉品牌。辉柏嘉是欧洲最古老的工业企业之一，1761年生产出世界上第一支铅笔，二百五十多年来始终倡导无毒环保。

我接受了这样的礼物，这样一只特别的铅笔盒，没有对杨绛先生说过谢谢，觉得仅一声谢谢也许反而太过轻浮。在以后的日子里，我经常将这铅笔盒仔细端详，在散发着幽远暗香的黑檀木盒底上，一方略显陈旧的银色卡片，印有对这只盒子的繁体字介绍。这是原产于印尼苏拉威西岛的顶级黑檀木，以纯手工做法完成。这工匠认为，千百年来唯一能觉醒生活的，仅是一种简单却独特的味道。让朴拙取代繁复，自由带走束缚，透过人与木的对话，让一切回归自然。我琢磨木盒上那枚小牛皮手柄，它那仿佛"包浆"似的油润，有一种长久被人手抚摩的可喜的温软，必是主人的身边爱物。它和杨绛先生那间朝北的小书房，本是一体的吧。时间再往前推，它又和杨绛在不同"场景"的家里共度过多少时光？我把五支铅笔从黑檀木盒中取出排列在书桌上，这是五支削好的、从未使用过的辉柏嘉铅笔。我无以判断生产它的年代，但它古典而内敛的气质和通身的静谧遥远滋味，让我相信，它们的年龄应在一个甲子之上。这无疑是杨绛先生最喜欢的铅笔，她才会用贵重的黑檀木盒装了它们赠予我。也许在杨绛看来，再珍贵的黑檀，也比不过最好用的笔吧，虽然它们只是几支铅笔。我愈加感受到杨绛先生这馈赠的深情厚谊，她的别致典雅，她无言的期待和祝福，如深谙世间冷暖的明智长者，或是可以畅叙闺中喜忧的"杨绛姐姐"？

四

2013年夏天，年逾百岁的杨绛经历了一场因私人书信被拍卖而引发的官司。杨绛先生决定依法维权并公开发表声明。她在声明中说："近来传出某公司很快要拍卖钱锺书和我及钱瑗私人信件一事，媒体和朋友很关心，纷纷询问，我以为有必要表明态度，现郑重声明如下……"杨绛先生谈到此事让她很受伤害，极为震惊。她表示对此坚决反对，希望有关人士和拍卖公司尊重法律，尊重他人的权利。否则，她会亲自走向法庭，维护自己和家人的合法权利。

得知这一消息，我惊讶和钦佩杨绛先生以百岁之躯毅然维权的决心，又十分担心她的身体。记得我赶去杨绛先生家时，看见她面色稍显憔悴，但讲到维权事，叙述有力，神情倔强，一扫平日之淡然。我忽然不敬地想到，若钱先生在世，怕都不见得有这样一份果敢。也才更加具体地领略到钱先生每遇生活难处为什么只要听见杨绛说"不要紧，我会修"，"不要紧，我会洗"便踏实、安心。

我在杨绛家了解到事情全过程，我站在杨绛先生一边。当年5月30日，我接受了《文汇报》记者关于钱锺书、杨绛私人书信被拍卖一事的采访。我同意《文汇报》载一些法学家的看法：这一行为侵犯了他人的隐私权。我认为，私人间的通信是建立在互相尊重、信任的基础上的，利用别人的信任，为了一己之私，公开和出售别人的隐私，有悖于社会公德与人们的文化良知。在当事人坚决反对的情况下，如还执意要这样做，是对当事人更深的伤害。我对记者说，钱锺书和杨绛是我国著名的文学大家、翻译大家，深受国内外众多读者的喜爱，对中国文学乃至中国文化产生了重要影响。杨绛先生是亲历五四运动唯一仍在世的中国作家。钱、杨二人把一生的全部稿费和版税捐赠给母校清华大学设立"好读书"奖学金，至今捐款计逾千万元，受益者已达数百位学子。如今一百零二岁的杨绛精神矍铄，身体康健，这是中国文学界和文化界的幸事和喜悦之事。拍卖事让这位年逾百岁的老人在安宁和清静中被打扰，她的情感、精神受到伤害。让这样一位老人决意亲自上法庭，一定是许多喜爱钱锺书、杨绛作品的读者不希望看到的，一定也是善良的国人不乐意看到的。人心的秩序，人际关系中信任、坦诚这些美好词汇万不可变得如此脆弱和卑微。

杨绛先生的愤怒维权，得到社会众多方面的关注与支持，曾同我一道拜访过杨绛的李冰同志倾力相助，中国作家协会权保会也同有关方面积极沟通。经多方共同努力，持续将近一年的案件，终以法院判决杨绛胜诉而告一段落。

就此，我也感受到这位瘦小的老人胸中的硬气，她对著作权、隐私权，对丈夫、亲人和家庭义无反顾的捍卫。她的超然从容为她抵挡了学问著述之外的嘈杂，她的不妥协、不原谅则把她还原为一个常人而不是超人。身着隐身衣并非躲闪与逃避，也不是将自己低到尘埃里去。真正的隐身是需要大智慧大勇气的，在人所不见的地方，以远离虚名浮利的坚韧意志，定心明察，让灵性和思想的傲骨开出忧世且向善的花。

五

一次杨绛先生问到我的个人生活，说什么时候想要见见我先生。2013年春节前，我和先生同去杨绛先生家拜年。杨绛仔细端详着我的先生，扭头笑盈盈地对我说了夸奖逗趣他的话，那慈爱的神情，就像我的娘家人一样。我们聊了一些家事，还讲到我们的女儿。杨绛先生嘱咐说："下次来，送给我一张你们的全家福吧，照片背面要写上字呢。"2014年4月，我和先生再次拜访了杨绛。杨绛先生在生平与创作大事记中记录了这次见面："下午铁凝、华生同志来，说说笑笑，很高兴。"那确是一次轻松快乐的见面，杨绛先生维权胜诉后，身心放松的平静心绪感染着我们，闲聊中只有凡俗的家常气。这些年，越是和杨绛先生见面，就越是感受到她身上的家常气。柴米油盐和学问著述从未在她这里成为对立。杨绛对亲人和家庭孜孜不倦地爱和护卫，则处处洋溢着她教养不凡的生活情趣和生活智慧。这样的情趣和智慧，在某种意义上以并不低于学问本身的魅力，伴她渡过难关，清明而无乖戾，宁静而不萎靡。我们遵嘱送给杨绛先生一张全家福照片，她看着照片上的女儿，叫着孩子的名字，好像孩子已经站在她的眼前。杨绛先生比我们的女儿整整大了一百岁，当她看着照片上的孩子时，仿佛时光倒流，她的神情刹那间呈现出稚童样的活泼。

　　我和我的先生不忍更多打扰杨绛，更不曾想到让孩子前去打扰。但我在今年春节前给杨绛先生拜年时（这也是我和杨绛最后一次在三里河家中见面），刚刚坐在她的身边，面容已显出疲惫、形态也显出虚弱的杨绛先生，开口便先问起了我们的孩子。她清楚、准确地叫着女儿的名字，说："豆豆好吗？"这让我意外而又感动。事隔一年多之后，她还记得一个未曾见面的孩子。我相信，一百零五岁的杨绛，她爱的是天底下所有的孩子，这爱从来没有因为自己爱女的不幸离世而枯萎。她说过老人的眼睛是干枯的，只会心上流泪。她的心上"盖满了一只一只饱含热泪的眼睛"，她的眼光越过我们，祝福的是一个新世纪里更新的一代。我不愿相信，这是一位真正走到人生边上的世纪老人，对一个不谙世事的孩子最后一声问候。

　　读《杨绛全集》，杨绛写她和钱先生沦陷上海期间，"饱经忧患，也见到世态炎凉。我们夫妇常把日常的感受，当作美酒般浅斟低酌，细细品尝。这种滋味值得品尝，因为忧患孕育智慧"。在写到那段时间有人曾许给钱锺书一个联合国教科文的什么职位，被钱先生立即辞谢。"我问锺书：'联合国的职位为什么不要？'他说：'那是胡萝卜！'当时我不懂'胡萝卜'与'大棒'相连。压根儿不吃'胡萝卜'，就不受'大棒'驱使。"她写在当时的上海，谣言满天飞、人心惶惶的气氛中，"我们并不惶惶然"。"我们如要逃跑，不是无路可走。可是一个人在紧要关头，决定他何去何从的，也许总是他最基本的感情……我国是国耻重重的弱国，跑出去仰人鼻息，做二等公民，我们不愿意。我们是文化人，爱祖国的文化，爱祖国的文字，爱祖国的语言。一句话，我们是倔强的中国老百姓，不愿做外国人。我们并不敢为自己乐观，可是我们安静地留在上海，等待解放。"

　　读《杨绛全集》，我想起杨绛八十岁生日时夏衍先生所赠亲笔短诗："无官无位，活得自在；有才有识，独铸伟词。"其后，杨绛在九十六岁开始讨论哲学，自问灵魂去向，深思生死边缘的价值；九十八岁续写《洗澡》，成文《洗澡之后》。于是，《杨绛全集》便呈现出一种开放的、且读且新的气质。

我珍视和杨绛先生的每一次见面，也许是因为我每每看到这个时代里一些年轻人精致的俗相，一些已不年轻的人精致的俗相，甚至我自身偶尔冒出的精致的俗相，以及一些不由分说的尖刻和缺乏宽容、理性的暴戾之社会情绪，正需要经由这样的先行者，这样的学养、见识、不泯的良知去冲刷和洗涤。

一个不断崛起、日益被世界瞩目的民族，她的风骨、情怀与人文生态，仍然需要一代隐于人海的文化大家的长久滋养。我们的下一代，更下一代，当永怀赤子之心，真诚生活，才配得上这些秉持着智慧之烛，光照后辈的先贤们的问候和祝福。

在杨绛先生一百零五岁诞辰日之际，我写下以上文字，以表达对先生深切的怀念。

原载《以蓄满泪水的双眼为舟》三联书店2016年版

再见，白鹿原！

潘向黎

————————

　　4月30日早上打开手机，看到陈忠实离去的消息，因为此前不知道他患病，所以以为是讹传——怎么会？从书架上取下《白鹿原》，看作者简历，生于1942年，才七十出头。不会吧？因为是节日前最后一个工作日，我早早进了报社，这时各大媒体都发布了消息，微信朋友圈里已经是一片惊呼和泪水，马上想到能做些什么。看到做微信的同事正急忙在我们报社的网上搜过去陈忠实发在我们这儿的文章，我过去一看，从我进报社起，他的文章都是我责编的。我说："今天微信的编者按我来写，我见过他。"

　　生平鄙视借写名人而自我拔高的人，也看多了这样的情景：一位大家离去，与他交往最久、相知最深的人还没写什么，某些连面都未必见过的人已经洋洋洒洒写了一大篇，重点不在怀念，而在借这位大家之口大大肯定自己一番，实在让人啼笑皆非。我也深知陈忠实知音遍天下，而我们只是两面之缘，最近十年更几乎没有往来。我只是他千万读者中的一个，除此之外，我是他在《文汇报》的责任编辑，因为工作通过几封信，他很谦和很宽厚，我也认真尽心，如此而已。

如此而已。但是，怎么解释我此刻的心情？自从工作以来，已经无奈地习惯了在版面上送别文化界名人，每次也都深深浅浅地叹惜、伤感。可是这一次，一棵拔地参天、霜皮巨干、树冠黑郁的树，竟然倒下了，惊呼之后，一时间只能对着一块巨大的空地错愕失神。

作家陈彦在《陈忠实生命的最后三天》中这样写道："一个民族最伟大的书记员走了，我突然感到一种大地的空寂，尽管西京医院人山人海……在先生推车通过的电梯、路道、厅堂，我们行走甚至要贴身收腹，但还是感到一阵巨大的空旷与寂寥。"这位我从未谋面的作家，因为这篇我含泪读完、相信他也是含泪写下的文章，我记住了他的名字。

这么多年，因为作品所传递的淋漓元气和磅礴力量，竟然让人觉得陈忠实是岩石是土地是山峦，唯独不是肉身。

可是早就有人明白，陈忠实与《白鹿原》——作家和他用来垫棺作枕的那部作品，其实竟是相生相克的。

看作家刘兆林的文章，当年有位青年作家读过《白鹿原》后，不知道陈忠实是否还在世，就给人民文学出版社的何启治（他是《白鹿原》的责编）写信，说："五十多万字的《白鹿原》，简直字字都是蘸血写出来的，即使作者活着，也该累吐几次血吧？"

字字看来皆是血，用血写，用命换。路遥、陈忠实皆如此。

陈忠实回忆写《白鹿原》的过程，有个细节："田小娥被公公鹿三用梭镖钢刃从后心捅杀的一瞬，我突然眼前一黑，搁下钢笔。待我再睁开眼，顺手从一摞纸条上写下'生的痛苦，活的痛苦，死的痛苦'十二个字。"第一次读到这一段时，我也眼前一黑，太可怕了。

在《白鹿原》里，陈忠实其实死了很多次。每一场死亡，他都陪着死一次；不但如此，每一次暴怒，每一次出走，每一次决裂，每一次绝望，他都死一次。

那样的煎熬、挣扎，那样的心灵历程，作家其实活成了一棵树，被雷劈过几次的树。也许被劈断了一枝分叉，还被劈成了两半，当中是巨大的一道焦黑伤口，两边的枝叶向不同方向生长——一边叶叶都是控诉旧秩序对人性的禁锢，一边枝枝都在质疑时代对伦理与个体的摧毁。被雷劈过的树依旧茂密深绿。人们赞叹着树的高度，欣赏着枝叶，可是谁知道树有多痛、有多难、有多苦？

想着心痛。但是又无奈。即使是近旁的亲友也肯定束手。有些人注定拿命换作品，谁都劝不了。皆因一个民族有一个民族的定数，到了某个时代，就出几位这样的作家；而一个作家有一个作家的使命，像陈忠实这样的作家，他的存在与他的写作，是上苍选定的，岂是地面上的人可以妄言的？

说我见过陈忠实两次，准确地说，是一次半。

完整的那一次，是1998年秋天。那时我虽然出了几本书，但刚刚开始发表小说，因此是纯粹以编辑的身份去拜访他的。那时候我刚进报社不久，作为副刊部最年轻的编辑，在西安全国书展期间去组稿。那次的书展真是名家云集，记得龙应台先生也来了，我还在一个饭桌上目睹了一位陕西文化人因为宣扬男尊女卑而使龙应台惊怒，他本人还浑然不知的有趣过程。那次去西安，有个重要内容就是向陈忠实组稿。

记不清有没有先通过哪位作家向陈忠实引见——如果有，可能是邢小利，反正我顺利地在作协院子里找到了陈忠实。第一印象，与他的《白鹿原》带来的惊心动魄、剑拔弩张迥异的是，他整个人非常质朴、平和与忠厚，脸上沟壑纵横的皱纹和深邃而明亮的眼睛又让人感到与作品相通的一种力量。好像是作家红柯说的——"陈忠实那张脸，就是黄土高原。"那么陈忠实的那双眼睛，就是黄土高原上的启明星。

他对我们报纸印象不错，说了几句夸奖的话，后来我们谈起《白鹿原》，我按捺不住说起了读后感，他听得很专注，高高的个子，坐在一把椅子上，却没有向后靠，而是重心前倾，目光灼灼地盯着我，那表情好像要分辨我说的是不是真话。后来我想，那是因为我们在谈论作品，他进入了一种严肃讨论的状态。

我心里暗暗希望得到一本他签名的《白鹿原》，但是不好意思说，但是很神奇的，他中途突然说："你等一下，我送你一本《白鹿原》。"然后就从书桌边的一摞书中抽出一本《白鹿原》，翻到扉页，欲写我的名字又停下，拿起我的名片（我当时惭愧地想，我要是个名作家，他就省力了），逐字对照着题赠了，又拿起印，然后在桌上略略翻了一下，在几张纸下面找出印泥，一丝不苟、非常用力地盖了印，然后用一张边角料的宣纸夹进书中，好吸一吸未干的印油。我当时真是喜出望外。但是捧书在手，我马上发现是"修订版"，便说："其实没改过的那个版本更好。"他欲言又止，转而问我，他接受建议、做这么一个修订版，读者会不会觉得不好理解？谢天谢地，因为父亲对我常年进行的"做人要有大局观"的教育，当年呆而不萌的我总算没有说出不通人情的蠢话，我说："应该舍小就大，适当的让步是必要的，也是对的，这样也有利于这部作品的更好传播，让更多读者看到，也是好事。"

当时真是年轻无知，初次见面，就这样当面肆无忌惮地谈论一位名作家的代表作，事后想起来自己都脸红。当时他没有多说什么，脸上一直是思考的表情。奇怪的是，虽然他话不多，但是依然让人觉得他对你的到来是欢迎的，对你的话是重视的。

这次见面给我留下两个印象：第一，陈忠实这个人很厚道很谦和，一点都没有架子，也一点都不装，更难得的是对年轻人也特别平等。第二，陈忠实是个特别认真的人，活得一点都不轻松。

我的约稿非常顺利，然后我觉得应该告辞了。就在整个"工作流程"接近尾声的时候，突然发生了一个插曲，就是我在他的书架上看到了一本杜鹏程的书（或者是研究杜鹏程的书），顺口说了句"我在我家见过他"之类的话，他很惊讶，一追问，于是引出了我父亲。"什么？你是潘旭澜的闺女？哎呀！"然后，他脸上第一次露出强烈的表情，那是一种庄稼汉"没承想在这儿遇到自家人"的笑容，声音也高了八度："你是潘旭澜的闺女啊！你怎么不早说？！"我有点愕然，一方面，我不觉得我父亲有多么了不起，名声能传到这里来；另一方面，我曾经问过父亲，他说和陈忠实没有见过面。

陈忠实告诉我，因为我父亲和陕西作家特别有缘，研究过好几个陕西作家，然后他说了好几个名字，除了杜鹏程，好像还有王汶石和另外一位作家——名字记不得了，有的连我都不知道。当时我说，你真是博览群书，而且过目不忘。他用一种热烈到几乎是责怪的口气说："你不知道，我们陕西的作家，谁要是能被你父亲评论一次，那就是不得了的事情！你不知道他在我们陕西作家心目中的地位！我早就想，说不定什么时候他也能写我一篇评论？也不知道他看过《白鹿原》没有。"

之所以不避嫌疑记下这些话，因为陈忠实赞美的并不是我，而是作为评论家的我父亲——他在教书、文学评论与学术研究几方面的工作早有定评，他离开已经十年了，依然受到许多人的尊敬；还因为当时陈忠实的表情和话语让我印象深刻而且至今感动，写出来，既为这位作家淳朴的品行与温润的性情做一个小小的见证，也为中国当代文学曾经的生态环境增加一个细节。

当时，还没等我消化完我的惊讶，陈忠实已经站了起来，以一种不容拒绝的口吻说："咱们还在办公室说什么哪？哎呀，什么约稿不约稿的，我请你吃饭去！走走走！"

去了哪家饭店，我已经记不起来了，但是记得出门后我提出吃羊肉泡馍就很好，被他断然否决，最后去的是一家中等规模、环境很好的餐厅，而且他点了五个菜一个汤，菜都很美味，加上那天没有吃早饭，我也饿了，就毫不拘束地吃了起来，他胃口也不错，但是后半程就不吃了，只有我一个人还在风卷残云。他在对面看，很自在很满意的样子。

回到上海，我对父亲说："这顿饭人家请的是你，我简直就是代吃的。"父亲不理会我的玩笑。"陈忠实"，说完这个名字，父亲停顿了一会儿，然后很严谨很节制地说，"他的作品，那是非常什么的。"父亲晚年说话就这样，关键处"独创性"地用"什么"来做形容词，且运用广泛，比如说平辈——"（刘）锡诚兄做人真是很什么的"，说学生辈——"潘凯雄在出版社这几年，那是干得很什么的"。又如"王彬彬脾气大归大，但是对老师还是很什么的"。我母亲总是笑他"词汇贫乏"。

但是，人人都知道陈忠实抽雪茄，而且抽得凶，但是那天，我完全不记得有没有看到他抽雪茄。现在拼命想，也想不起来。莫非当时我终于见到了心目中了不起的作家，表面上对答如仪，其实内心还是兴奋而略带紧张的吗？

后来还见过半面，是我们在北京的作家代表大会上，不记得是2006年还是2011年了，记得当时在会场里看到他的样子没什么变化，我心想：他好像从来没有年轻过，后来倒也不怎么老。我很高兴地走过去和他打招呼，他对我微笑着点了点头，然后等我说话。因为他给我们写得少了，我没有工作的话头可起，又不好意思班门弄斧说自己的写作，难道会好意思说出"我这几年也写小说了，如果你不嫌带回去麻烦，我想送您一本"？正在迟疑，有几个电视台的记者来找他了，我就逃也似的走开了。后来我才恍然大悟，他之所以不太热情，是因为时隔几年，在那个人山人海的环境，他没有认出我来。我真是个呆子，我不但应该自我介绍，而且应该直接说："你还记得我吗？我是潘旭澜的闺女啊。"在他面前，这才是我的身份，他认定的。

如今，他题赠的厚厚的《白鹿原》，还好好地在我书架上，书上的满白文的"陈忠实印"也依然鲜红。可是他，不在了。

因为他，这两天的网上网下，一片惊呼、痛惜和哀悼。特别强烈，特别真。我的微信朋友圈里，每天刷屏的都是作家对他的悼念和回忆。好多人回忆起和他的交往，有些并不密切，但是都真真切切地留在了心上。因为他是陈忠实，是一位用血写作的作家；在作品之外，也是一位实心实意对别人的人。

一个名作家，不一定是文学史范畴里的好作家；一个好作家，也不一定是日常意义上的好人。但是陈忠实，他是位真正的名作家，更是一位真正的好作家。难得的是，他还是一位真正的好人。

是不是这样的担负，让他太累了？——他走得太早了，让人不禁这样想，并且感到心痛和莫名的内疚。

陪伴他生命最后三天的陈彦，说陈忠实最后还在家人的帮助下，用瘦弱的双手，勉强在一个本子上写个不停，字迹已经不清楚，句子压着句子，但他坚持写着，写着，不肯停下。

在一个微信群里，看到我的朋友、上海广播电台主持人欧楠转发的一段话，那是陈忠实1993年10月28日在北京写给评论家张锲一家的：

有幸与张锲兄结伴搭帮去意大利，行前出海关时，夫人景超及爱女苗苗到机场送行。最后挥手时，苗苗对我说："再见，白鹿原！"一个四岁孩子的机智令我心灵一震，恐怕终生难忘了，这也许是最值得作家珍重的话了。所有创作的艰辛都是合理的，这是苗苗的话给我的最好的慰藉。……

这就是悲伤中唯一的路了。就用他喜欢的方式与他道别吧，一起对他挥挥手，一起再说一遍——

"再见，白鹿原！"

山鸣谷应，他一定会听见。

原载《散文·海外版》2016年第4期